오스카 와일드 작품선

Oscar Wilde

세계문학전집 222

오스카 와일드 작품선

Oscar Wilde

오스카 와일드

정영목 옮김

민음사

차례

단편소설

희곡

단편소설

행복한 왕자

높고 둥근 기둥 위, 도시를 한눈에 내려다볼 수 있는 곳에 행복한 왕자의 조각상이 우뚝 서 있었다. 왕자의 몸은 순금으로 얇게 박이 입혀져 있었고, 눈은 반짝이는 사파이어였고, 검의 손잡이 끝에서는 크고 붉은 루비가 빛을 발했다.

보는 사람마다 왕자에게 감탄을 했다. "왕자는 지붕 위에 달린 수탉 풍향계처럼 아름답단 말이야." 예술을 볼 줄 아는 눈이 있다는 말을 듣고 싶은 시의회 의원이 말했다. "풍향계만큼 쓸모가 없어 탈이지만 말이야." 그는 혹시라도 사람들이 그를 실용적이지 못한 사람이라고 생각할까 두려워 그렇게 덧붙였다. 사실 그는 실용적이지 못한 사람이 아니었다.

"왜 너는 행복한 왕자를 좀 닮지 못하니?" 달을 따 달라고 우는 어린 소년의 어머니가 냉정하게 말했다. "행복한 왕자는 꿈에서도 뭘 달라고 우는 일이 없어."

"그래도 세상에 정말 행복한 사람이 있다는 게 다행이지 뭐야." 절망에 사로잡힌 남자가 멋진 왕자를 바라보며 중얼거렸다.

"꼭 천사 같아." 자선학교 아이들이 밝은 주홍색 망토에 깨끗한 하얀 앞치마 차림으로 교회에서 나오며 말했다.

"너희가 그걸 어떻게 아니?" 수학 선생님이 말했다. "천사를 본 적도 없으면서."

"아! 본 적이 있어요. 꿈에서요." 아이들이 대답했다. 그러자 수학 선생님은 이맛살을 찌푸리며 아주 심각한 표정을 지었다. 그는 아이들이 꿈꾸는 것을 못마땅하게 여겼기 때문이다.

어느 날 밤 귀여운 제비 한 마리가 도시로 날아왔다. 친구들은 모두 여섯 주 전에 이집트로 가 버렸지만 그는 혼자 남았다. 몹시도 아름다운 갈대를 사랑하게 되었기 때문이다. 초봄에 커다란 노란 나방을 따라 강 위를 날다 만난 갈대였는데, 그녀의 늘씬한 허리에 마음을 완전히 빼앗겨 날개를 접고 다가가 말을 걸었다.

"그대를 사랑해도 될까요?" 제비가 물었다. 제비는 핵심 이야기로 바로 들어가는 것을 좋아했기 때문이다. 갈대는 제비를 향해 낮게 고개를 숙였다. 그러자 제비는 그녀 주위를 뱅뱅 돌다가 날개를 강물에 살짝 스쳐 은빛 잔물결을 일으켰다. 이것이 제비의 사랑 법이었다. 제비의 사랑은 여름 내내 계속되었다.

"웃기는 사랑일세." 다른 제비가 재잘거렸다. "그 갈대는 돈도 없고 친척만 잔뜩 있는데." 정말이지 강에는 갈대가 가득했다. 이윽고 가을이 오자 제비들은 다 날아가 버렸다.

친구들이 다 가 버리자 제비는 외로웠고 애인에게는 싫증까지 났다. "도무지 대화라고는 몰라. 게다가 바람둥이인지도 모르겠어. 바람만 나타나면 애교를 떠니 말이야." 아닌 게 아니라 갈대는 바람만 불면 아주 우아하게 무릎과 허리를 굽혀 절을 했다. "그뿐인가. 이 아가씨는 나다니기를 싫어해. 하지만 나는 여행을 좋아하고, 그래서 내 아내가 될 사람도 여행을 좋아해야 하는데."

"나와 함께 가시렵니까?" 제비가 마침내 갈대에게 물었다. 그러나 갈대는 살랑살랑 고개를 저었다. 자기 집이 너무 좋았기 때문이다.

"지금까지 나를 가지고 놀았군요." 제비는 소리를 질렀다. "나는 떠나겠어요. 피라미드로 가겠어요. 잘 있어요!" 제비는 날아가 버렸다.

제비는 하루 종일 날아 밤이 되었을 때 이 도시에 이르렀다. "어디에서 묵는담? 이 도시에 묵을 데가 있으면 좋으련만."

그때 제비는 높은 기둥 위에 서 있는 왕자를 보았다.

"저기서 자면 되겠네." 제비가 소리쳤다. "위치가 좋아. 바람도 시원하게 잘 불고." 제비는 행복한 왕자의 두 발 사이에 내려앉았다.

"이거 황금 침실이네." 제비는 혼잣말로 중얼거리며 주위를 둘러보다 잠잘 준비를 했다. 그러나 제비가 막 날개 밑에 머리를 집어넣으려는데 커다란 물방울이 뚝 떨어졌다. "이런 희한한 일이 있나!" 제비가 소리쳤다. "하늘에는 구름 한 점 없고 별들이 또렷하게 반짝거리는데 비가 오다니. 북유럽 날씨는 정말 고약하단 말이야. 갈대도 비를 좋아했지. 하지만 어디 자기만 좋으면 되는 일인가."

그때 또 한 방울이 떨어졌다.

"비도 막아 주지 못하면 이런 조각상이 무슨 소용이야?" 제비가 말했다. "차라리 괜찮은 굴뚝 구멍이나 찾아봐야겠네." 제비는 그곳을 떠나기로 마음먹었다.

그러나 제비가 날개를 펼치기도 전에 세 번째 방울이 떨어졌다. 제비는 고개를 드는 순간 보았다. 아! 무엇을 보았을까?

행복한 왕자의 눈에는 눈물이 가득했다. 그 눈물이 황금 뺨 위로 흘러내리고 있었다. 달빛을 받은 그의 얼굴은 너무도 아름다워 작은 제비는 가슴이 몹시 아렸다.

"누구신가요?" 제비가 물었다.

"행복한 왕자란다."

"그런데 왜 울고 있어요?" 제비가 물었다. "그 바람에 내 몸이 다 젖었잖아요."

"내가 살아서 몸 안에 인간의 심장이 뛰고 있을 때는 오히려 눈물이 뭔지 몰랐지. 나는 상수시* 궁전에 살았거든. 거기는 슬픔이 들어올 수 없는 곳이야. 낮이면 정원에서 친구들과 놀고, 저녁이면 큰 회관에서 앞장서 춤을 추었지. 정원은 높은 담에 둘러싸여 있었는데, 나는 한 번도 그 너머에 무엇이 있는지 물어볼 생각도 하지 못했어. 내 주위 모든 것이 너무나 아름다웠거든. 신하들은 나를 행복한 왕자라고 불렀어. 실제로 나는 행복했지. 그렇게 즐거운 게 행복이라면 말이야. 나는 그렇게 살다 그렇게 죽었어. 내가 죽고 나서 사람들은 나를 여기 이 높은 곳에 세워 놓았어. 그러자 그때부터 내 도시의 추하고

---

* Sans-Souci. 근심 걱정이 없다는 뜻의 프랑스어.

비참한 모든 것이 눈에 들어오는 거야. 지금 내 심장은 납으로 만들어져 있지만 그래도 울지 않을 수가 없어."

'뭐라고! 다 금이 아니었어?' 제비가 속으로 말했다. 예의를 알았기 때문에 그런 마음속 생각을 밖으로 드러내지 않은 것이다.

조각상은 낮은 음악 같은 목소리로 말을 이어 가고 있었다. "저 멀리 좁은 거리에 가난한 집이 하나 있어. 창문 하나가 열려 있어서 여자가 탁자에 앉아 있는 게 보여. 여위고 시든 얼굴이야. 손은 빨갛고 거칠어. 온통 바늘에 찔렸거든. 여자는 재봉사야. 왕비의 가장 예쁜 시녀가 다음 궁정 무도회에서 입을 새틴 드레스에 시계풀을 수놓고 있어. 방구석에 있는 침대에는 어린 아들이 앓아누워 있어. 머리가 펄펄 끓어. 오렌지가 먹고 싶대. 하지만 어머니는 강물밖에 줄 게 없기 때문에 아이가 울고 있어. 제비야, 제비야, 귀여운 제비야, 내 검의 손잡이에 있는 루비를 빼서 저 여자한테 갖다주런? 내 발은 이 받침대에 박혀 있어서 움직일 수가 없어."

"이집트에는 나를 기다리는 친구들이 있어요." 제비가 말했다. "그 친구들은 나일 강을 따라 오르내리며 커다란 연꽃들하고 이야기를 나누고 있죠. 곧 친구들은 위대한 왕의 무덤으로 잠을 자러 갈 거예요. 왕은 예쁘게 칠한 관 안에 누워 있죠. 노란 아마포로 싼 다음 향료를 써서 미라로 만들어 놓았어요. 목에는 연녹색 옥 목걸이를 걸었지만, 손은 시든 잎 같아요."

"제비야, 제비야, 귀여운 제비야, 오늘 밤만 내 곁에 있으면서 내 사절이 되어 주지 않을래? 저 아이는 너무 목이 마르고, 저 어머니는 너무 슬퍼하고 있어."

"나는 남자아이들을 별로 좋아하지 않는데." 제비가 대답했다. "지난여름에 강변에서 놀고 있을 때, 못된 남자아이가 둘 있었죠. 방앗간 집 아들들이었는데, 나만 보면 돌을 던졌어요. 물론 맞지야 않았죠. 우리 제비들이 그까짓 돌멩이에 맞을 정도로 멍청하게 날지는 않으니까요. 게다가 나는 민첩하기로 유명한 집안 출신이거든요. 그렇다 해도, 그 무례함은 잊을 수가 없어요."

그러나 행복한 왕자가 몹시 슬퍼 보였기 때문에 귀여운 제비는 마음이 아팠다. "여기는 너무 추워서 싫어요." 제비가 말했다. "하지만 오늘 밤에는 왕자님과 함께 있으면서 사절 노릇을 해 드릴게요."

"고마워, 귀여운 제비야." 왕자가 말했다.

제비는 왕자의 검에서 커다란 루비를 뽑아 부리에 물고 도시의 지붕 위를 날아갔다.

하얀 대리석에 천사들이 조각되어 있는 성당 탑을 지나갔다. 궁궐을 지나갈 때 춤을 추는 소리가 들렸다. 아름다운 여자가 애인과 함께 발코니로 나왔다. "별들이 참 멋지네요." 남자가 여자에게 말했다. "그리고 사랑의 힘도 참 멋지죠."

"궁정 무도회 때까지 내 드레스가 완성되었으면 좋겠어요." 여자가 대꾸했다. "드레스 위에 시계풀을 수놓으라고 했거든요. 그런데 재봉사가 너무 게을러요."

제비는 강 위를 지나가다가 배 돛대 위에 등이 걸린 것을 보았다. 유대인 거주 구역을 지나다가 늙은 유대인들이 거래를 하고 구리 저울로 돈을 다는 것을 보았다. 마침내 제비는 가난한 집에 도착하여 안을 들여다보았다. 아이는 열에 들떠 침대에서 몸을 뒤척이고 있었다. 어머니는 너무 피곤해 잠들어 있었다. 제비는 안으로 풀쩍 뛰어 들어가 커다란 루비를 탁자 위 골무 옆에 놓았다. 그런 다음 살며시 침대 주위를 날아다니며 날개로 아이의 이마에 부채질을 해 주었다. "아, 시원해." 소년이 말했다. "몸이 낫나 봐." 그러더니 달콤한 잠 속으로 가라앉았다.

그것을 보고 제비는 다시 행복한 왕자에게로 돌아가 자신이 한 일을 이야기해 주었다. "이상한 일이에요. 날씨는 몹시 추운데 몸은 이렇게 따뜻하니 말이에요." 제비가 말했다.

"네가 좋은 일을 했기 때문이야." 왕자가 말했다. 귀여운 제비는 생각을 하는 듯하더니 어느새 잠이 들고 말았다. 생각만 하면 늘 졸렸기 때문이다.

날이 밝자 제비는 강으로 날아가 목욕을 했다. "이거 주목할 만한 현상이로군." 조류학 교수가 다리를 건너다 말고 말했다. "겨울에 제비라니!" 그는 지역 신문에 이 문제에 관한 긴 편지를 써 보냈다. 모두가 그 편지를 인용했다. 거기에는 그들이 이해하지 못하는 말이 가득했기 때문이다.

"오늘 밤에는 이집트에 가야지." 제비가 말했다. 그 생각에 제비는 몸에 기운이 솟는 듯했다. 제비는 도시의 공공 기념물을 다 찾아가 보고, 교회 첨탑 꼭대기에 한참 앉아 있어 보기도 했다. 가는 곳마다 참새들이 쩍쩍거리며 자기들끼리 소곤거렸다. "처음 보지만 꽤나 고귀해 보이네." 제비는 그런 말을 들을 때마다 흐뭇했다.

달이 뜨자 제비는 행복한 왕자에게 날아갔다. "이집트에서 나한테 시키실 일이 없나요?" 제비가 소리쳤다. "지금 출발하려고 하는데."

"제비야, 제비야. 귀여운 제비야." 왕자가 말했다. "나와 함께 하룻밤만 더 있지 않으련?"

"이집트에 기다리는 친구들이 있다니까요." 제비가 대답했다. "내일 내 친구들은 두 번째 폭포로 날아 올라갈 거예요. 그곳 애기부들 사이에는 하마들이 웅크리고 있죠. 커다란 화강암 보좌에는 멤논 신이 앉아 있고요. 멤논 신은 밤새도록 별을 지켜보다가 샛별이 반짝이면 딱 한 번 기쁨의 탄성을 내지르고 다시 입을 다물죠. 정오에는 노란 사자들이 물가로 내려와 물을 마셔요. 사자들 눈은 녹색 에메랄드 같아요. 그들은 폭포가 내는 소리보다 더 크게 울부짖죠."

"제비야, 제비야, 귀여운 제비야." 왕자가 말했다. "저 건너 멀리, 다락방에 사는 청년이 보이는구나. 종이로 잔뜩 덮인 책상에 웅크리고 있어. 옆에 놓인 컵에 꽂힌 제비꽃 한 다발은 다 시들었구나. 곱슬곱슬한 갈색 머리에 입술은 석류처럼 붉고 큰 눈은 꿈을 꾸는 것 같아. 지금 극장 감독에게 갖다 줄 희곡을 마무리하려고 하는데 너무 추워 더 쓰지를 못하는구나. 벽난로에는 불이 꺼졌어. 게다가 배가 고파 당장이라도 쓰러질 것 같아."

"왕자님과 하룻밤 더 머물지요." 정말로 마음 착한 제비는 말했다. "그 청년한테도 루비를 갖다 줄까요?"

"이런! 이제 루비는 없단다." 왕자가 말했다. "남은 건 내 눈뿐이야. 이건 진귀한 사파이어로 만든 거지. 인도에서 천 년 전에 가져온 거야. 그걸 하나 뽑아 가져다주렴. 보석상에 갖다 팔면 먹을 거하고 장작을 살 수 있을 거야. 그럼 희곡도 마무리

할 수 있겠지."

"왕자님." 제비가 말했다. "그렇게는 못 하겠어요." 제비는 울기 시작했다.

"제비야, 제비야. 귀여운 제비야." 왕자가 말했다. "내가 시키는 대로 하렴."

결국 제비는 왕자의 눈을 뽑아 청년의 다락방으로 날아갔다. 지붕에 구멍이 났기 때문에 들어가기는 쉬웠다. 제비는 그 구멍을 쑥 통과해 방 안으로 들어갔다. 청년은 두 손으로 머리를 감싸고 있었기 때문에 날개가 퍼덕이는 소리를 듣지 못했다. 청년이 눈을 들었을 때 시든 제비꽃들 위에 아름다운 사파이어가 놓여 있었다.

"이제야 나를 알아주는 사람이 생기기 시작했구나." 청년은 소리쳤다. "이건 나를 아주 존경하는 사람이 보낸 거야. 이제 내 희곡을 끝낼 수 있겠어." 청년은 무척 행복해 보였다.

다음 날 제비는 항구로 내려갔다. 그는 커다란 배 돛대에 앉아 뱃사람들이 선창에서 커다란 상자를 밧줄로 끌어 올리는 것을 구경했다. "어서 끌어 올려라, 이영차!" 그들은 상자를 끌어 올릴 때마다 소리쳤다. "나는 이집트로 갈 거야!" 제비는 소리쳤다. 그러나 아무도 관심을 가지지 않았다. 달이 뜨자 제비는 다시 행복한 왕자에게 돌아갔다.

"작별 인사를 하러 왔어요." 제비가 소리쳤다.

"제비야, 제비야. 귀여운 제비야." 왕자가 말했다. "나와 함께 하룻밤 더 있지 않으련?"

"이제 겨울이에요." 제비가 대답했다. "곧 이곳에는 차가운 눈이 내릴 거예요. 이집트에서는 녹색 야자나무 위로 햇볕이

따뜻하게 내리쬐죠. 악어들은 진흙에 엎드려 한가하게 주위를 둘러봐요. 내 친구들은 발벡의 신전에 둥지를 틀고 있어요. 분홍색과 흰색 비둘기들이 내 친구들을 지켜보며 자기들끼리 꾸꾸 소리 내고 있죠. 왕자님, 이제는 떠나야 해요. 하지만 왕자님을 잊지는 않을게요. 왕자님이 내주신 보석을 대신할 아름다운 보석 두 개를 내년 봄에 가져올게요. 내가 가져올 루비는 붉은 장미보다 더 붉을 거예요. 사파이어는 저 넓은 바다보다 더 파랄 거예요."

"저 아래 광장에는 말이다." 행복한 왕자가 말했다. "어린 성냥팔이 소녀가 서 있어. 성냥을 시궁창에 빠뜨리는 바람에 다 못 쓰게 되었지. 저 아이가 집에 돈을 가져가지 못하면 아버지가 때릴 거야. 그래서 아이는 울고 있어. 아이는 신발도 양말도 못 신었어. 맨머리가 바람에 다 드러나 있어. 내 다른 눈을 뽑아 저 아이에게 갖다주렴. 그러면 아이 아버지가 아이를 때리지 않을 거야."

"그래요, 왕자님과 하룻밤 더 있겠어요." 제비가 말했다. "하지만 왕자님 눈은 뽑을 수가 없어요. 그럼 왕자님이 장님이 되잖아요."

"제비야, 제비야. 귀여운 제비야." 왕자가 말했다. "내가 시키는 대로 하렴."

그래서 제비는 왕자의 남은 눈을 뽑아 쏜살같이 날아갔다. 제비는 성냥팔이 소녀에게로 휙 내려가 손바닥에 보석을 내려놓았다. "어머, 예쁜 유리네." 어린 소녀는 그렇게 소리치더니 웃음을 터뜨리며 집으로 달려갔다.

그러고 나서 제비는 왕자에게 돌아왔다. "이제 왕자님이 장님이 되었으니 나는 계속 여기 함께 있을래요."

"안 돼, 귀여운 제비야." 가엾은 왕자가 말했다. "너는 이집트로 가야 돼."

"그냥 왕자님과 함께 있을래요." 제비는 그렇게 말하고 왕자의 발에서 잠이 들었다.

제비는 다음 날 하루 종일 왕자의 어깨에 앉아 있었다. 그는 왕자에게 낯선 땅에서 본 것들을 이야기해 주었다. 나일 강변에 길게 줄을 이루어 서 있다가 부리로 금붕어를 잡아먹는 붉은 따오기 이야기도 해 주었다. 사막에 살면서 세상만큼 나이를 먹어 모르는 것이 없는 스핑크스 이야기도 해 주었다. 손에 호박 염주를 들고 낙타 옆에서 천천히 걸어가는 상인 이야기도 해 주었다. 흑단처럼 검은 커다란 수정을 섬기는, 달의 산에 있는 왕 이야기도 해 주었다. 사제 스무 명이 갖다 주는 벌꿀 케이크를 먹으며 야자나무에서 잠을 자는 커다란 녹색 뱀 이야기도 해 주었다. 크고 평평한 잎을 타고 커다란 호수 위를 돌아다니며 나비와 전쟁을 벌이는 피그미족 이야기도 해 주었다.

"귀여운 제비야." 왕자가 말했다. "너는 나한테 놀라운 것들을 이야기해 주는구나. 하지만 무엇보다 놀라운 건 저 사람들이 겪는 고통이란다. 저 고통보다 큰 수수께끼는 없어. 내 도시 위를 날아다녀 보렴, 귀여운 제비야. 그리고 거기서 본 걸 나한테 이야기해 줘."

그래서 제비는 큰 도시 위를 날아다니며 부자들은 아름다운 집에서 즐겁게 지내고 거지들은 그 문간에 앉아 있는 광경을 보았다. 어두운 골목길로 날아들었다가 굶주린 아이들이 하얀 얼굴로 검은 거리를 맥없이 내다보는 광경을 보았다. 다리의 아치 아래로는 어린 두 소년이 추위를 조금이라도 막아 보려고 서로 끌어안고 누워 있었다. "너무 배가 고파!" 소년들은 말했다. "여기 누워 있으면 안 돼." 야경꾼이 그렇게 소리치는 바람에 두 소년은 빗속으로 터덜터덜 걸어 나갔다.

제비는 왕자에게 돌아가 자기가 본 것을 이야기해 주었다.

"내 몸은 순금으로 덮여 있어." 왕자가 말했다. "그걸 한 조각씩 떼어다 내 가난한 사람들에게 나누어 주렴. 살아 있는 사람들은 금이 자기를 행복하게 해 줄 수 있다고 생각하니까."

제비는 순금을 한 조각씩 떼어 냈다. 마침내 행복한 왕자에게는 칙칙한 잿빛 몸만 남게 되었다. 제비는 떼어 낸 금 조각을 가난한 사람들에게 가져다주었다. 아이들의 얼굴은 장밋빛으로 발그레해졌다. 아이들은 웃음을 터뜨리며 거리에서 뛰어 놀았다. "이제 우리에게도 빵이 있어!" 아이들은 소리쳤다.

이윽고 눈이 왔고, 눈이 온 뒤에는 서리가 내렸다. 거리는 은을 깔아 놓은 것처럼 밝게 반짝거렸다. 처마에는 긴 고드름이 수정 단검처럼 매달려 있었다. 모두 털옷을 입고 다녔으며, 어린 소년들은 주홍색 모자를 쓰고 얼음을 지쳤다.

가엾은 제비는 점점 더 추위를 탔다. 그러나 왕자 곁을 떠나려 하지 않았다. 왕자를 너무도 사랑했기 때문이다. 제비는 주인이 보지 않을 때 빵가게 문밖에 있는 부스러기를 쪼아 먹었고, 날개를 퍼덕여 조금이라도 몸의 온기를 유지해 보려 했다.

마침내 제비는 자신이 곧 죽을 것임을 알았다. 이제 마지막으로 한 번 왕자의 어깨 위까지 날아갈 힘밖에 남지 않았다. "안녕히 계세요, 왕자님!" 제비가 중얼거렸다. "손에 키스를 해도 될까요?"

"마침내 이집트로 간다니 다행이구나, 귀여운 제비야." 왕자
가 말했다. "너는 여기 너무 오래 있었어. 하지만 꼭 내 입에
키스를 해 주렴. 나는 너를 사랑하거든."

"내가 가는 곳은 이집트가 아니에요." 제비가 말했다. "나는
죽음의 집으로 가요. 죽음은 잠의 형제죠, 안 그런가요?"

제비는 행복한 왕자의 입에 키스를 하고 왕자의 발밑으로
떨어져 죽었다.

그 순간 조각상 안에서 금이 가는 듯한 묘한 소리가 들렸
다. 뭔가가 부서지는 것 같았다. 납으로 만든 심장이 둘로 쪼
개진 것이다. 정말 무시무시한 된서리가 내린 모양이었다.

다음 날 아침 일찍 시장은 시의회 의원들과 함께 광장을 걷
고 있었다. 둥근 기둥에 이르렀을 때 그는 조각상을 보았다.
"저럴 수가! 행복한 왕자가 너무 초라해 보이잖아!" 시장이 말
했다.

"정말 초라하군요!" 늘 시장의 말에 맞장구만 치는 시의회
의원들이 소리쳤다. 그들은 자세히 보려고 위로 올라갔다.

"검에서는 루비가 떨어져 나갔군. 눈도 사라졌어. 게다가 몸
도 이제 금이 아니야." 시장이 말했다. "이거 뭐 거지가 따로
없구먼!"

"거지가 따로 없군요." 시의회 의원들이 말했다.

"게다가 발치에는 죽은 새도 있네!" 시장이 말했다. "정말이
지 새는 여기서 죽으면 안 된다는 포고를 발표해야겠어." 그러
자 시청 서기가 얼른 그 말을 받아 적었다.

그들은 행복한 왕자의 조각상을 끌어내렸다. "이제 아름답

지 않으니 쓸모도 없네." 대학에서 예술을 가르치는 교수가 말했다.

그들은 조각상을 용광로에서 녹였다. 시장은 조각상을 녹인 금속을 어떻게 할지 결정하려고 시의회를 열었다. "물론 다른 조각상을 세워야겠지. 이번에는 내 조각상이 될 거요." 시장이 말했다.

"아니, 내 조각상을 세워야 합니다." 시의회 의원들은 모두 똑같은 이야기를 했다. 그들은 그 문제로 크게 싸웠다. 얼마 전에 소식을 들었을 때도 그들은 여전히 싸우고 있었다.

"이상한 일일세!" 주물공장 감독이 말했다. "이 쪼개진 납 심장은 용광로에서도 녹지 않아. 갖다 버려야겠는걸." 그들은 심장을 죽은 제비가 누워 있는 쓰레기더미에 갖다 버렸다.

"이 도시에서 가장 귀한 것 두 가지를 가져오너라." 하느님이 한 천사에게 말했다. 그러자 천사는 납 심장과 죽은 새를 갖다 바쳤다.

"제대로 골랐구나." 하느님이 말했다. "이 귀여운 새는 내 천국의 정원에서 영원히 노래를 부르고, 행복한 왕자는 내 황금 도시에서 나를 찬양하게 하리로다."

아서 새빌 경의 범죄
—의무에 대한 연구

1

윈더미어 부인의 부활절 전 마지막 연회였기 때문에 벤팅크 하우스는 평소보다 훨씬 더 북적거렸다. 각료 여섯 명은 하원 의장 연회에서 바로 오는 바람에 별 모양 휘장과 훈장을 그대로 달고 있었고, 어여쁜 여인들은 모두 가장 맵시 있는 옷으로 차려입고 있었다. 그림이 진열된 방 끝에는 카를스루에*의 소피아 공주가 서 있었다. 몸집은 육중하고 눈은 작고 검어 타타르인처럼 보이는 이 여자는 아름다운 에메랄드 여러 개로 치장을 했다. 그녀는 형편없는 불어로 목청껏 떠들다가 누가 자기한테 말이라도 걸면 우렁차게 웃음을 터뜨렸다. 정말이지 가

---

* 독일 남서부에 있는 도시로 바덴 대공국이 1919년에 주(州)가 될때까지 1771년 이후 바덴 공국의 수도였다.

지각색의 사람들이 모인 자리였다. 화려한 귀족 부인이 과격한 급진파 인사와 사근사근하게 잡담을 나누었고, 인기 있는 전도사가 유명한 회의주의자와 어깨를 맞대고 두런거렸고, 주교한 무리가 풍채 좋은 프리마돈나를 이 방 저 방으로 쫓아다녔고, 층계에는 왕립 미술원 회원들이 예술가인 양 서 있었고, 조금 전에는 식당이 천재들로 미어터졌다는 이야기도 있었다. 사실 이 날은 윈더미어 부인에게 최고의 밤이라 할 만했으며, 소피아 공주도 12시가 다 되도록 자리를 지켰다.

공주가 떠나자 윈더미어 부인은 곧 그림이 있는 방으로 돌아갔다. 그곳에서는 유명한 정치경제학자가 과학적 음악 이론을 설명하고 있었고, 헝가리 출신의 대음악가가 씩씩대며 그 이야기를 듣고 있었다. 윈더미어 부인은 페이즐리 공작 부인과 이야기를 나누기 시작했다. 윈더미어 부인은 놀랍도록 아름다웠다. 상아 빛깔의 목에서는 기품이 드러났으며, 큰 눈은 물망초 빛깔이었고, 풍성한 곱슬머리는 황금 빛깔, 다시 말해 or pur, 그러니까 순금 빛깔이었다. 요즘 들어 황금 빛깔이라는 우아한 이름을 찬탈해 버린 옅은 지푸라기 색깔이 아니라, 햇살 속에 깃들어 있거나 묘한 호박(琥珀) 속에 감추어진 그런 황금 빛깔이었다. 이 머리카락 때문에 그녀의 얼굴은 성자의 후광에 둘러싸인 듯한 느낌을 주었지만, 그럼에도 죄인 특유의 매력 또한 물씬 풍겼다. 윈더미어 부인은 심리학적으로 볼 때 진귀한 연구 대상이었다. 그녀는 무분별함만큼 세상에 순결함과 흡사해 보이는 것은 없다는 중요한 진리를 일찌감치 터득했다. 그래서 일련의 무모한 탈선을 감행한 끝에(그 가운데 반은 전혀 무해한 것이었지만) 명사(名士)의 모든 특권을 손에 쥘 수 있었다. 그녀는 한 번 이상 남편을 바꾸었다. 사실 《디브렛 귀족 연감》은 그녀가 세 번 결혼한 공로를 인정하고 있었다. 그러나 애인은 한 번도 바꾼 적이 없기 때문에 그녀는 꽤 오랫동안 추문으로 인한 구설수에 오르지 않았다. 윈더미어 부인은 이제 나이가 마흔이었고 자식은 없었으며 무절제한 쾌락 추구에 몰두했는데, 실은 그것이 젊음을 유지하는 비결이기도 했다.

갑자기 윈더미어 부인은 눈을 빛내며 방을 둘러보더니 또렷한 콘트랄토 목소리로 말했다. "우리 수상가(手相家)는 어디 있죠?"

"뭐라고요, 글래디스?" 공작 부인이 자기도 모르게 흠칫 놀라며 소리쳤다.

"수상가 말이에요, 공작 부인. 나는 요즘 수상가 없이는 못 살거든요."

"어머, 글래디스! 언제나 독특하기도 하셔라." 공작 부인이 중얼거리며 수상가가 도대체 뭐하는 사람인지 기억을 더듬었다. 그것이 수족의(手足醫)와 같은 뜻이 아니기를 바랄 뿐이었다.

"그 사람은 매주 두 번씩 꼬박꼬박 내 손을 봐 주러 온답니다." 윈더미어 부인이 말을 이었다. "손을 보고 아주 재미있는 이야기도 해 주고요."

'세상에나!' 공작 부인이 속으로 중얼거렸다. '그러니까 결국 일종의 수족의라는 얘기네. 이렇게 망측할 수가. 어쨌든 외국인이었으면 좋겠는데. 그럼 그렇게까지 흉하다고는 할 수 없을 테니까.'

"정말이지 공작 부인께도 소개를 해 드려야겠어요."

"소개를 한다고요!" 공작 부인이 소리를 질렀다. "설마 그 사람이 지금 여기 있단 말씀은 아니겠죠?" 공작 부인은 주위를 두리번거리며 작은 거북 껍질 부채와 아주 낡은 레이스 숄을 찾기 시작했다. 여차하면 자리를 뜰 심산이었다.

"물론 여기 있죠. 그 사람 없이는 파티를 열 생각도 못 했을 거예요. 그 사람 말이 내 손은 순수하게 영적이라고 하더군요. 만일 내 엄지손가락이 조금만, 아주 조금만 짧았어도 나는 영락없이 염세주의자가 되어 수녀원에 들어갔을 거라던데요."

"아, 알겠어요!" 공작 부인이 크게 안도한 표정으로 말했다. "그러니까 행운 점을 치는 사람이로군요?"

"불운도 읽어 내죠." 윈더미어 부인이 대답했다. "실제로 아무리 큰 불운이라도 다 이야기해요. 예를 들면 내년에 내가 큰 위험에 처한대요. 뭍에서든 물에서든 다 마찬가지래요. 그래서 내년에는 기구(氣球)에서 살 생각이에요. 매일 저녁 바구니로 먹을 걸 끌어 올려 먹으면서 말이에요. 그게 다 내 새끼손가락에, 아니, 손바닥인가, 어디인지 잊어버렸네, 어쨌든 거기 씌어 있다는 거예요."

"하지만 그건 신의 섭리에 도전하는 거잖아요, 글래디스."

"어머, 공작 부인, 신의 섭리도 이제는 도전을 이겨 낼 때가 되지 않았나요. 나는 모두 사람들이 한 달에 한 번은 수상을 봐야 한다고 생각해요. 그래야 뭘 하면 안 되는지 알 수 있잖아요. 물론 그래도 할 건 다 하겠죠. 하지만 미리 경고를 받는다는 건 기분 좋은 일 아닌가요. 자, 누가 당장 가서 포저스 씨를 데려오지 않을 거라면, 내가 직접 가는 수밖에 없겠네요."

"제가 가겠습니다, 윈더미어 부인." 옆에 서서 흐뭇한 미소를 띤 채 대화를 듣고 있던 키가 크고 잘생긴 청년이 말했다.

"정말 고마워요, 아서 경. 하지만 얼굴을 모르실 텐데."

"그 사람이 지금 말씀하신 것처럼 뛰어난 사람이라면 설마 못 알아보고 지나치기야 하겠습니까, 윈더미어 부인? 어떻게 생겼는지 말씀해 주십시오. 당장 데려오겠습니다."

"흠, 수상가처럼 생기지는 않았어요. 그러니까 신비하지도, 비밀스럽지도 않고, 낭만적으로 보이지도 않는다는 거예요. 키는 작은데 어깨는 딱 벌어졌죠. 머리는 기묘하게 훌렁 벗어졌고요. 또 멋진 금테 안경을 썼어요. 전체적으로 주치의와 시골 변호사의 중간쯤 되는 느낌이에요. 정말 유감스럽기 짝이 없는 일이지만, 그게 뭐 내 잘못은 아니잖아요. 사람들이란 정말 짜증나지 않나요. 내가 데리고 있는 사람들을 보면, 피아니스트들은 모두 시인처럼 생겼고, 시인들은 모두 피아니스트처럼 생겼으니 말이에요. 그러고 보니 기억이 나는데, 지난 시즌에는 아주 무시무시한 음모가를 만찬에 초대했어요. 폭탄으로 많은 사람의 목숨을 날려 버린 인물이었지요. 늘 쇠 미늘 갑옷을 입고 소매에는 단검을 찔러 넣고 다닌다는 소문도 있었죠. 그런데 막상 만나 보니 늙은 성직자처럼 점잖게 생긴 것 아니겠어요. 게다가 저녁 내내 어찌나 농담을 잘하던지. 물론 아주 재미있기는 했지만, 그래도 나는 무지하게 실망했어요. 내가 쇠 미늘 갑옷 이야기를 물어보니까 그는 너털웃음을 터뜨리더니 잉글랜드에서는 너무 추워 입을 수가 없다고 대답하더군요. 아, 포저스 씨가 오셨네! 자, 포저스 씨, 페이즐리 공작 부인 수상 좀 봐 줘요. 공작 부인, 장갑은 벗으셔야 해요. 아뇨, 왼손이 아니고 오른손."

"글래디스, 정말이지 이게 옳은 짓인지 모르겠네." 공작 부인은 그렇게 말하면서도 느릿느릿 약간 꾀죄죄한 염소 가죽 장갑의 단추를 풀었다.

"재미있는 일치고 옳은 일 보셨어요?" 윈더미어 부인이 말했다. "On a fait le monde ainsi.* 아, 하지만 먼저 소개부터 할게요. 공작 부인, 여기는 내가 좋아하는 수상가 포저스 씨예요. 포저스 씨, 여기는 페이즐리 공작 부인이세요. 만일 공작 부인 손에 있는 달의 산이 내 것보다 크다고 말하면 앞으로 다시는 당신 말을 안 믿을 거예요."

"그럼요, 글래디스. 내 손에는 그런 건 전혀 없어요." 공작 부인이 엄숙한 표정으로 말했다.

"그 말씀이 정말 맞습니다, 각하 부인." 포저스 씨는 짧고 굵은 손가락들이 달린 작고 오동통한 손을 흘끗 보며 말했다. "달의 산은 발달하지 않았군요. 하지만 생명선은 훌륭합니다. 손목을 좀 굽혀 주시겠습니까. 고맙습니다. 손목에서 손으로 이어지는 선 세 개가 뚜렷하군요! 장수하시겠습니다, 공작 부인. 그리고 무척 행복하실 거고요. 야망은…… 아주 알맞군요, 지성선은 지나치게 뚜렷하지는 않고, 애정선은……."

"신중하게 굴 필요 없어요, 포저스 씨." 윈더미어 부인이 소리쳤다.

"저야 더 없이 즐거울 따름이지요." 포저스 씨는 고개를 꾸벅 숙였다. "공작 부인께서 과거에 신중하지 않으셨다면 말입니다. 하나 이런 말씀 드리기 죄송합니다만, 강한 의무감으로 애정이 꾸준하게 유지되는 양상이 보이는군요."

---

* 프랑스어로, "그게 세상 돌아가는 이치죠."라는 뜻.

"어서 계속하세요, 포저스 씨." 공작 부인이 말했다. 아주 즐거운 표정이었다.

"절약도 각하 부인의 큰 미덕 가운데 하나로 꼽을 수 있겠군요." 포저스 씨가 말을 이었다. 그러자 윈더미어 부인이 자지러지게 웃음을 터뜨렸다.

"절약은 아주 좋은 것이에요." 공작 부인이 은근하게 말했다. "내가 페이즐리와 결혼했을 때 그이한테는 성이 열한 개였지만, 들어가 살 만한 집은 한 채도 없었다우."

"그래서 지금은 집이 열두 채지만 성은 하나도 없군요." 윈더미어 부인이 소리쳤다.

"그러니까 그게 말이에요." 공작 부인이 말했다. "내가 좋아하는 것은……"

"안락함이죠." 포저스 씨가 말했다. "그리고 현대적 개량. 예를 들어 방마다 온수가 나오는 것 말입니다. 각하 부인 말씀이 전적으로 옳습니다. 안락이야말로 문명이 우리에게 줄 수 있는 유일한 것이지요."

"공작 부인의 성격을 멋지게 말해 주었어요, 포저스 씨. 자, 이제 플로라 양의 성격을 말해 보세요." 여주인이 웃음을 지으며 고개를 끄덕이자 소파 뒤에서 스코틀랜드인 특유의 모래 빛깔 머리에 키가 크고 어깨뼈가 높은 처녀가 어색하게 걸어나와 손가락 끝이 주걱 모양인 앙상한 손을 내밀었다.

"아, 피아니스트시군요! 한눈에 알겠습니다." 포저스 씨가 말했다. "뛰어난 피아니스트예요. 하지만 음악가라고는 할 수 없겠는데요. 아주 과묵하고 아주 정직하고 또 동물을 무척 사랑하시는군요."

"딱 맞네요!" 공작 부인이 탄성을 지르더니 윈더미어 부인을 돌아보았다. "정말 그대로예요! 플로라는 마클로스키에서 콜리 강아지를 스물네 마리나 키워요. 자기 아버지만 허락하면 우리 런던 집을 동물원으로 만들고 말 거예요."

"나는 목요일 저녁마다 내 집을 그렇게 만드는데요, 뭐." 윈더미어 부인이 큰 소리로 말하고는 웃음을 터뜨렸다. "다만 나는 콜리보다 사자*를 더 좋아할 뿐이죠."

"저야 윈더미어 부인께서 실수로 데려오셨습니다만." 포저스 씨는 그렇게 말하면서 오만하게 고개를 숙여 보였다.

"여자가 자신의 실수를 매력적으로 보이게 하지 못한다면 그 여자는 암컷에 지나지 않아요." 그녀의 답이었다. "어쨌든 수상이나 더 봐 줘요. 이리 오세요, 토머스 경. 포저스 씨한테 손을 보여 주시죠." 그러자 하얀 조끼를 입은 온화해 보이는 노신사가 앞으로 나오더니 두툼하고 거친 손을 내밀었다. 가운뎃손가락이 무척 길었다.

"모험적인 성격이시로군요. 과거에 네 차례 긴 항해를 했고 앞으로도 한 번 더 하시겠습니다. 난파를 세 번 당하셨군요. 골수 보수당원이시고 시간을 반드시 지키고 진귀한 물건을 수집하는 취미가 있으시군요. 열여섯에서 열여덟 살 사이에 큰 병을 앓으셨네요. 서른 무렵에 큰 유산을 물려받으셨고요. 고양이와 급진파는 질색하시는군요."

"대단하오!" 토머스 경이 탄성을 질렀다. "집사람 손도 꼭 좀 봐 주시오."

---

* 예술계나 문단의 촉망받는 인사나 실력자를 가리킨다.

"두 번째 부인 말씀이시겠죠." 포저스 씨가 토머스 경의 손을 잡은 채로 조용히 말했다. "두 번째 부인. 저야 기쁠 따름입니다." 그러나 갈색 머리에 속눈썹이 다감해 보이는 우울한 표정의 마블 부인은 자신의 과거나 미래를 드러내기를 한사코 거부했다. 러시아 대사 므시외* 드 콜로프 역시 윈더미어 부인이 아무리 애를 써도 장갑조차 벗지 않았다. 사실 꽤 많은 사람들이, 금테 안경을 쓰고 구슬 같은 눈을 반짝거리며 입가에서 미소를 잃지 않는 이 기묘한 작은 남자와 마주 보는 것조차 두려워했다. 이 남자가 가엾은 퍼모 부인의 손을 살피다가 그녀가 음악은 조금도 좋아하지 않지만 음악가는 아주 좋아한다고 사람들 앞에서 내뱉는 바람에, 모두들 수상이 아주 위험한 과학이며 단둘이 있을 때가 아니면 절대 권할 일이 아니라고 생각하는 것 같았다.

그러나 퍼모 부인의 안타까운 속사정을 전혀 알지 못한 채 큰 관심을 갖고 포저스 씨를 지켜보던 아서 새빌 경은 자신의 수상은 어떨지 무척 궁금했다. 그는 쑥스러워하는 표정으로 윈더미어 부인이 앉아 있는 곳으로 다가가 얼굴에 매력적인 홍조를 띠며 포저스 씨에게 부탁을 해도 괜찮겠느냐고 물었다.

"그럼요, 괜찮고말고요." 윈더미어 부인이 말했다. "그 일을 하려고 포저스 씨가 여기 와 있는 거니까요. 아서 경, 내 사자들은 모두 공연을 해요. 내가 요청을 하면 언제든지 고리를 통과하죠. 하지만 미리 말해 두는데, 나는 들은 이야기를 시빌한테 모두 전할 거예요. 내일 시빌이 와서 점심을 함께 먹으며 보

---

* Monsieur. 남자의 이름 앞에 붙이는 프랑스어 경칭.

닛 이야기를 하기로 했거든요. 만일 포저스 씨가 아서 경의 성질이 나쁘다거나 통풍을 일으키기 쉽다거나 베이스워터*에 부인이 있다든가 하는 사실을 알아내면, 나는 당연히 시빌한테 그 이야기를 할 거예요."

아서 경은 웃음을 지으며 고개를 저었다. "겁날 것 없습니다. 내가 시빌을 잘 아는 만큼 시빌도 나를 잘 알고 있거든요."

"아! 그 말을 들으니 약간 안됐다는 생각이 드네요. 결혼은 서로 간의 오해를 바탕으로 하는 건데. 아니, 내가 냉소적이어서 하는 말이 아니에요. 다만 경험이 풍부할 뿐이죠. 사실 그게 그거지만. 포저스 씨, 아서 시빌 경이 수상을 보고 싶어 죽을 지경이라는군요. 이분이 런던에서 가장 아름다운 아가씨와 약혼했다는 이야기는 하지 않아도 돼요. 그건 이미 한 달 전에 《모닝 포스트》**에 났으니까."

"윈더미어 부인." 제드버러 후작 부인이 소리쳤다. "포저스 씨가 여기 좀 더 있게 해 주세요. 방금 나한테 무대에 진출해야 한다고 했는데, 이것저것 궁금한 게 많아서요."

"그런 말을 했다니 포저스 씨를 얼른 데려와야겠네요, 제드버러 부인. 어서 이리 오세요, 포저스 씨. 아서 경의 손금 좀 읽어 봐요."

"흠." 제드버러 부인은 소파에서 일어서며 얼굴을 약간 찡그렸다. "무대에 진출하는 걸 허락받을 수 없다면, 관객이 되어도 좋다는 허락이라도 받아야겠네요."

---

* 런던 서부 지역에 있는 동네로, 당시 상류 계층 인사들의 주 활동지에서 벗어난 곳이다.

** 19세기에 인기 있던 신문으로, 런던 사교계 소식을 전했다.

"물론이죠. 우리 모두 관객이 되어야죠." 윈더미어 부인이
말했다. "자, 포저스 씨, 우리한테 반드시 뭔가 멋진 말을 해
줘야 해요. 아서 경은 내가 특별히 아끼는 분이거든요."

포저스 씨는 아서 경의 손을 보더니 얼굴이 묘하게 창백해
지면서 아무 말도 하지 않았다. 몸서리를 치는 것 같았다. 크
고 숱이 많은 눈썹이 발작적으로 꿈틀거렸다. 그는 당황할 때
면 보는 사람이 짜증날 만큼 그런 식으로 눈썹을 움직이곤 했
다. 이윽고 누런 이마에 굵은 땀방울이 맺히기 시작했다. 독 이
슬 같았다. 통통한 손가락들은 차갑게 식으면서 끈적거리기 시
작했다.

아서 경도 이 이상한 동요의 기미를 느꼈다. 아니, 그 정도
가 아니라 평생 처음으로 두려움까지 느꼈다. 당장 방에서 뛰
쳐나가고 싶은 것을 간신히 참아 냈다. 이렇게 끔찍한 불확정
성을 견디느니 무엇이 되었든 최악의 진실을 아는 것이 차라
리 나을 것 같았다.

"어서 말씀하시지요, 포저스 씨."

"다들 기다리고 있잖아요." 윈더미어 부인이 짜증을 내며
괄괄하게 소리쳤다. 그러나 수상가는 아무 대답도 하지 않았다.

"아서가 무대에 진출한다는 것 아닐까요." 제드버러 부인이
말했다. "하지만 아까 꾸짖으신 게 있으니 포저스 씨가 말을
못 하는가 봐요."

갑자기 포저스 씨는 아서 경의 오른손을 내려놓더니 왼손
을 잡았다. 손을 살피느라 허리를 너무 굽히는 바람에 안경의
금테가 손바닥에 닿을 것 같았다. 갑자기 그의 얼굴이 공포의
백가면으로 변했다. 그러나 곧 냉정을 되찾고 윈더미어 부인을

올려다보더니 억지로 웃음을 지었다. "매력적인 청년의 손이로군요."

"당연히 그렇죠!" 윈더미어 부인이 대답했다. "하지만 그 청년이 매력적인 남편이 될까요? 내가 알고 싶은 건 그거예요."

"매력적인 청년은 다 매력적인 남편이 되지요." 포저스 씨가 말했다.

"남편이 너무 매력적이면 안 된다고 생각해요." 제드버러 부인이 생각에 잠긴 얼굴로 중얼거렸다. "그건 너무 위험해."

"이런, 딱하기는. 남편이 어떻게 너무 매력적일 수가 있죠." 윈더미어 부인이 소리쳤다. "어쨌든 내가 원하는 건 좀 더 자세한 내용이에요. 자세한 내용이 아니면 재미가 없죠. 아서 경에게 무슨 일이 일어나는 거죠?"

"글쎄요, 몇 달 안으로 아서 경께서는 항해에 나서시게 되는데……"

"아, 그래, 물론 신혼여행이겠군!"

"친척을 한 사람 잃으시겠습니다."

"설마 누이는 아니겠죠?" 제드버러 부인이 측은한 마음을 드러내며 물었다.

"아, 물론 누이는 아닙니다." 포저스 씨가 나무라듯 손짓하며 대답했다. "먼 친척일 뿐입니다."

"이런, 정말 실망스러운데요." 윈더미어 부인이 말했다. "내일 시빌한테 말해 줄 게 하나도 없네. 요즘 누가 먼 친척한테 관심을 가지겠어요. 먼 친척은 유행이 한물간 지 오래예요. 하지만 시빌도 검은 비단옷을 준비해 두는 게 좋겠군. 어차피 교회 갈 때는 검은 옷이 어울릴 테니까. 그럼 저녁 먹으러 가죠.

다른 사람들이 다 먹어 치웠겠지만 뜨거운 수프는 좀 남아 있을 거예요. 프랑수아가 전에는 수프를 잘 끓였는데 요즘은 정치 때문에 너무 흥분을 해서 당최 안심이 안 된단 말이야. 불랑제 장군*이 가만히 좀 있었으면 좋겠는데. 공작 부인, 피곤하시죠?"

"전혀 피곤하지 않아요, 글래디스." 공작 부인이 문 쪽으로 어기적어기적 걸어가며 대답했다. "정말 즐거운 시간을 보내고 있어요. 그리고 그 수족의, 아니 수상가는 아주 재미있네요. 플로라, 내 거북 껍질 부채가 어디 있을까? 아, 고마워요, 토머스 경, 정말 고마워요. 내 레이스 숄은 어디 있지, 플로라? 아, 고마워요, 토머스 경, 정말 친절도 하셔라." 이 귀한 인물은 향수병을 두 번이나 떨어뜨린 후에야 겨우 아래층으로 내려갔다.

아서 새빌 경은 따라가지 않고 난로 옆에 서 있었다. 그는 여전히 두려움에 휩싸여 있었다. 그는 악이 다가오는 것을 느꼈다. 구역질이 치밀 것 같았다. 그는 누이를 향해 서글픈 미소를 지었다. 누이는 플림데일 경의 팔짱을 끼고 그의 옆을 지나갔다. 분홍색 문직과 진주 덕분에 어여뻐 보였다. 윈더미어 부인이 따라오라고 소리쳤지만 아서 경은 듣지 못했다. 그는 시빌 머튼을 생각하고 있었다. 자신과 그녀 사이에 무슨 일이 생길지도 모른다는 생각만으로도 벌써 눈물이 앞을 흐렸다.

이 순간에 누가 아서 경을 봤더라면 네메시스가 팔라스의

* 혼란스러웠던 19세기 말 프랑스의 국방부 장관을 지낸 인물로, 1889년에 정권 인수 시도를 하다 실패에 그쳤다.

방패를 훔쳐 고르곤의 머리를 그에게 보여 주었다고 생각했을 것이다.* 그는 돌로 변한 것 같았다. 우울한 얼굴은 대리석처럼 보였다. 그는 부유하고 좋은 가문에서 태어나 고상하고 사치스러운 생활을 해 온 청년이었다. 천한 근심에서 벗어나 아름답고 천진난만하고 태평하게 살 수 있었다는 점에서 최고의 삶이었다. 그런데 처음으로 '운명'의 무시무시한 신비를, '파멸'의 끔찍한 의미를 인식하게 된 것이다.

이 얼마나 기막히고 어처구니없는 일인가! 내 손에, 자신은 읽지 못하지만 다른 사람은 판독할 수 있는 문자로 어떤 죄의 무시무시한 비밀, 피처럼 붉은 범죄의 표식이 적혀 있단 말인가? 거기서 빠져나갈 방도가 없단 말인가? 보이지 않는 힘에 조종당하는 체스의 말보다, 명예를 얻든 창피를 당하든 도기장 마음대로 만들어지는 그릇보다 하등 나을 게 없단 말인가? 그의 이성은 반항했다. 그럼에도 자신의 머리 위에 어떤 비극이 도사리고 있는 느낌, 갑자기 감당할 수 없는 짐을 지라는 요구를 받은 듯한 느낌은 사라지지 않았다. 배우들은 운이 좋다. 비극에 나올지 희극에 나올지, 괴로워할지 즐거워할지, 웃을지 울지 선택할 수 있으니. 하지만 현실에서는 그렇지가 않다. 대부분의 경우 어울리지도 않는 역을 연기할 수밖에 없다. 길든스턴 같은 사람들이 햄릿을 연기하고, 햄릿 같은 사람들이 핼 왕자처럼 농담을 해야 한다.** 세계는 무대다. 하지만 배역은 형편없다.

---

* 그리스 신화의 인물들로, 네메시스는 복수의 여신이고 팔라스는 지혜의 여신 아테나의 별칭이다. 팔라스의 방패에는 고르곤의 머리가 달려 있는데 이것을 보는 사람은 돌로 변했다.

포저스 씨가 문득 방으로 들어왔다가 아서 경을 보고 흠칫 놀랐다. 추잡하고 퉁퉁한 얼굴이 노리끼리하게 변했다. 두 사람의 눈이 마주쳤다. 잠시 정적이 흘렀다.

"공작 부인께서 여기에 장갑 한 짝을 두고 가셔서 말입니다, 아서 경. 저더러 가져오라고 하셨거든요." 마침내 포저스 씨가 말했다. "아, 소파 위에 있군요! 그럼 이만."

"포저스 씨, 내가 묻는 말에 솔직하게 대답을 해 주셔야겠습니다."

"다음에 하지요, 아서 경. 공작 부인께서 기다리시거든요. 죄송합니다만 가 봐야겠습니다."

"못 갑니다. 공작 부인께서는 급하지 않으십니다."

"숙녀들을 기다리게 하면 안 되지요, 아서 경." 포저스 씨가 말하며 그늘진 미소를 입에 올렸다. "여자들은 조급하잖습니까."

섬세하게 조각한 듯한 아서 경의 입술이 비틀리며 성마른 경멸감을 드러냈다. 이 순간에 그 가엾은 공작 부인은 그에게 하찮은 존재일 뿐이었다. 아서 경은 포저스 씨가 서 있는 곳으로 다가가 손을 쑥 내밀었다.

"여기서 본 걸 이야기해 주십시오." 아서 경이 말했다. "진실을 말해 달란 말입니다. 나는 알아야겠어요. 나는 애가 아니란 말입니다."

금테 안경 뒤에서 포저스 씨의 눈이 껌뻑거렸다. 그는 불안

***

** 길든스턴은 셰익스피어의 『햄릿』에 등장하는 중요하지 않은 인물이며, 핼 왕자는 『헨리 5세』에서 왕이 되는 무모한 왕자다.

한 표정으로 다른 쪽 발로 무게 중심을 옮겼다. 손으로는 번쩍거리는 시곗줄을 신경질적으로 만지작거렸다.

"어째서 제가 그 손에서 아까 말씀드린 것 이상을 보았다고 생각하시는 겁니까, 아서 경?"

"그냥 압니다. 그게 뭔지 어서 말해 주기나 하세요. 돈은 주겠습니다. 수표로 백 파운드를 주죠."

순간 녹색 눈이 번쩍이는가 싶더니 다시 흐려졌다.

"기니*로 주시겠습니까?" 마침내 포저스 씨가 낮은 목소리로 말했다.

"물론입니다. 내일 수표를 보내지요. 어느 클럽으로 보내면 됩니까?"

"클럽은 없습니다. 그러니까 현재는 없다는 거지요.** 주소는……, 아, 제 명함을 드리지요." 포저스 씨는 조끼 호주머니에서 가장자리에 금테를 두른 명함을 꺼내 깊이 고개를 숙이며 아서 경에게 건네주었다. 거기에는 이렇게 적혀 있었다.

셉티머스 R. 포저스
수상 전문가
웨스트문 가 103a번지

"상담 시간은 10시부터 4시까지입니다." 포저스 씨가 버릇처

---

* 영국의 옛 금화로 21실링에 해당한다.(지금의 1파운드는 20실링에 해당한다.) 당시에 변호사나 의사 등 전문 직업인들은 수수료를 기니로 받았다. 포저스 씨는 자신을 전문직업인으로 대접해 달라고 요구하고 있는 것이다.
** 클럽 회원권은 사회적 지위의 표시였다.

럼 중얼거렸다. "가족이 다 보시면 할인을 해 드립니다."

"어서요." 아서 경이 소리쳤다. 그는 아주 창백한 얼굴로 손을 내밀었다.

포저스 씨는 불안한 표정으로 주변을 두리번거리더니 문에 묵직한 휘장을 쳤다.

"시간이 좀 걸립니다. 아서 경. 좀 앉는 게 좋겠군요."

"빨리 해 주세요." 아서 경이 다시 소리치며 광택이 나는 바닥에 발을 쾅 굴렀다.

포저스 씨는 미소를 짓더니 가슴 주머니에서 작은 돋보기를 꺼내 손수건으로 세심하게 닦았다.

"자, 준비가 끝났습니다." 포저스 씨가 말했다.

2

십 분 뒤 공포로 얼굴이 하얗게 질리고 비탄으로 눈을 홉뜬 아서 새빌 경이 벤팅크하우스에서 달려 나갔다. 커다란 줄무늬 차일 주위에 서 있던 모피 외투를 입은 하인들을 헤집고 나아갔다. 보이지도 들리지도 않는 것 같았다. 몹시 추운 밤이었다. 살을 에는 듯한 바람에 광장 주변의 가스등이 확 타오르다 꺼질 듯 주춤거리곤 했다. 그러나 그의 손은 열로 뜨거웠고 이마는 불처럼 타올랐다. 아서 경은 계속 앞으로 나아갔다. 술 취한 사람처럼 비틀거렸다. 경찰관이 지나가다가 호기심 어린 눈으로 바라보았으며, 아치 통로 아래 늘어져 있던 거지가 구걸을 하려다가 움찔했다. 거지의 눈에도 아서 경이 자기보다 더 비참해 보이는 모양이었다. 아서 경은 어느 가로등 밑에 발을 멈추고 자신의 두 손을 들여다보았다. 벌써 손에 피가 묻어 있는 것이 눈에 보이는 듯했다. 그의 떨리는 입술에서 희미한 외침이 터져 나왔다.

살인! 그것이 수상가가 그의 손에서 본 것이었다. 살인! 밤은 이미 아는 것 같았다. 쓸쓸한 바람이 그의 귀에 대고 살인이라고 부르짖는 것 같았다. 거리의 어두운 모퉁이마다 살인이 웅크리고 있었다. 살인은 지붕 위에서 그를 굽어보며 싱글거렸다.

아서 경은 우선 공원*으로 갔다. 그 어두침침한 숲에 마음이 끌렸다. 아서 경은 난간에 지친 몸을 기대고 축축한 금속에 이마를 식히며 나무들의 떨리는 침묵에 귀를 기울였다. "살인! 살인!" 그렇게 되풀이하면 그 말이 주는 공포가 희미해지기라도 할 것처럼 계속 그 말만을 되뇌었다. 그는 자기 목소리에 몸을 부르르 떨었지만, 차라리 에코**가 그의 목소리를 듣고 잠든 도시를 꿈에서 깨웠으면 하는 마음이었다. 지나가는 사람 누구라도 붙들고 속을 다 털어놓고 싶어 미칠 지경이었다.

아서 경은 공원을 떠나 옥스퍼드 가를 가로질러 좁고 추잡한 골목으로 들어섰다. 짙은 화장을 한 여자 둘이 그가 지나가는 것을 보고는 조롱을 했다. 어두운 안마당에서 욕설과 드잡이하는 소리가 들리더니, 곧이어 새된 비명이 울려 퍼졌다. 아서 경이 축축한 현관 계단에 몸을 곱송그렸을 때 가난과 노

* 하이드파크 공원을 가리킨다.
** 메아리라는 뜻으로 그리스 신화에 나오는 숲의 요정 이름이다.

40

화로 등이 구부러진 형체들이 눈에 띄었다. 그는 낯선 동정심에 사로잡혔다. 내가 나의 종말을 향해 가야 할 운명인 것처럼, 이 죄와 빈곤의 자식들도 자신들의 종말을 향해 나아갈 운명인가? 이들 역시 나처럼 어처구니없는 연극 속 꼭두각시에 불과하단 말인가?

그러나 아서 경이 눈여겨본 것은 고통의 신비한 면이 아니라 희극적인 면이었다. 고통이 아무짝에도 쓸모가 없다는 사실, 어처구니없어 보일 정도로 아무런 의미가 없다는 사실. 이 모든 것이 얼마나 모순되어 보이는지! 어쩌면 조화라고는 조금도 찾을 수 없는 것인지! 아서 경은 그날 낮에 자신이 품었던 천박한 낙관주의와 그 뒤에 마주친 삶의 진실이 너무도 어긋나는 것에 놀라움을 느꼈다. 그는 아직 젊디젊었다.

잠시 후 그는 메릴본 교회 앞에 와 있었다. 고요한 도로는 광택 나는 은으로 만든 긴 띠처럼 보였다. 물결치는 그림자들이 띠 위에 군데군데 짙은 덩굴무늬를 찍고 있었다. 줄을 지어 깜빡이는 가스등은 곡선을 그리며 아스라이 멀어져 갔다. 담으로 둘러싸인 집 바깥에 이륜마차 한 대가 외롭게 서 있고 그 안에 마부가 잠들어 있었다. 아서 경은 누가 쫓아오지나 않나 걱정하는 사람처럼 이따금씩 두리번거리면서 서둘러 포틀랜드플레이스 쪽으로 발을 옮겼다. 리치 가 모퉁이에 두 남자가 서서 게시판에 붙은 글을 읽고 있었다. 묘한 호기심이 그의 마음을 흔들었다. 아서 경은 두 남자 쪽으로 건너갔다. 가까이 다가가자 검은 활자로 찍힌 "살인"이라는 글자가 눈에 들어왔다. 아서 경은 흠칫 놀랐다. 뺨이 시뻘겋게 달아올랐다. 중키에 나이는 서른에서 마흔 사이, 중산모와 검은 외투에 체크무늬 바지 차림, 오른쪽 뺨에 흉터가 있는 남자를 체포하는 데 도움이 되는 정보를 제공하면 보상하겠다는 공고였다. 아서 경은 그것을 몇 번이고 되풀이해서 읽었다. 저 남자가 잡힐까? 어쩌다 얼굴에 흉터가 생겼을까? 언젠가 내 이름이 저렇게 런던 벽에 내걸리겠지? 언젠가는 내 머리에도 현상금이 붙겠지?

그런 생각을 하자 공포 때문에 구역질이 치밀어 올랐다. 아서 경은 몸을 돌려 황급히 밤의 어둠 속으로 몸을 감추었다.

어디로 가는지 스스로도 알지 못했다. 지저분한 집들로 이루어진 미로를 헤매다 어두침침한 거리의 거대한 그물 안에서 길을 잃었다는 희미한 기억뿐이었다. 마침내 피카딜리서커스에 이르렀을 때는 새벽이 환하게 밝아오고 있었다. 아서 경은 집이 있는 벨그레이브스퀘어 쪽으로 어슬렁어슬렁 걸어가다 코번트가든으로 가는 커다란 짐마차들을 만났다. 하얀 작업복을 입은 짐마차꾼들의 햇볕에 그을린 얼굴은 유쾌해 보였고 곱슬머리는 푸석푸석했다. 그들은 당당하게 앉아서 채찍을 휘두르며 이따금씩 서로 이름을 불렀다. 방울을 딸랑거리는 말들 가운데 우두머리인 거대한 회색 말 등에는 통통한 소년이 앉아 있었다. 낡은 모자에 앵초를 한 무더기 꽂은 소년은 작은 두 손으로 갈기를 꽉 움켜쥐고 웃음을 터뜨렸다. 잔뜩 쌓인 야채는 아침 하늘을 배경으로 쌓여 있는 옥 한 무더기, 아름다운 분홍색 장미 꽃잎을 배경으로 쌓여 있는 녹색 옥 한 무더기처럼 보였다. 아서 경은 자기도 모르게 이상한 감동을 받았다. 이유는 알 수 없었다. 새벽의 은은한 아름다움 속에 말로 표현할 수 없는 애처로움이 느껴졌다. 아서 경은 아름다움으로 동이 트는 모든 날들, 폭풍우 속에 저무는 모든 날들을 생각했다. 그리고 이 시골뜨기들, 거칠지만 선량한 목소리에 태평한 행동거지를 보여 주는 이 시골뜨기들을 생각했다. 이들에게는 런던이 얼마나 다르게 보일까! 밤의 죄와 낮의 연기로부터 자유로운 런던, 창백한 유령 같은 도시, 무덤들로 이루어진 황량한 도시! 저 사람들은 이곳을 어떻게 생각할까? 그 광채와 그 수치를, 불처럼 번지는 그 격한 기쁨과 그 무시무시한 굶주림을, 아침부터 저녁까지 만들고 부수는 그 모든 것을 조금이라도 알고 있을까? 어쩌면 그들에게 런던이란 과일을 내다 파는 시장, 기껏해야 몇 시간 머물다가 아직 거리가 고요할 때 아직 어떤 집도 잠을 깨지 않았을 때 등지고 떠나는 시장에 불과할 것이다. 아서 경은 그들이 지나가는 모습을 지켜보며 기쁨을 느꼈다. 징을 박은 무거운 구두를 신고 어색하게 걷는 이 사람들은 비록 천해 보이기는 했지만 아르카디아*의 한 부분을 거느리고 온 듯한 느낌을 주었다. 그들은 자연과 함께 살아 온 것 같았다. 자연이 그들에게 평화를 가르쳐 준 것 같았다. 그럼에도 그들은 아서 경이 뭘 부러워하는지 모르는 채 살아갔다.

벨그레이브스퀘어에 도착했을 때 하늘은 연푸른 빛이었다. 정원에서는 새들이 지저귀기 시작했다.

---

* 중부 그리스의 실존 지역이기도 한 이곳은 고대 라틴 문학 속에서 축복과 풍요의 땅으로 묘사되어 있는 목가적인 이상향을 가리킨다.

3

아서 경은 12시에 눈을 떴다. 한낮의 해가 상아빛 비단 커튼 사이로 흘러들고 있었다. 아서 경은 일어나 창밖을 보았다. 더위 때문에 커다란 도시 위로 흐릿한 아지랑이가 걸려 있었다. 지붕은 광택이 사라진 은 같았다. 아래 아른거리는 녹색 광장에서 아이들 몇이 하얀 나비처럼 가볍게 움직이고 있었다. 보도는 공원으로 가는 사람들로 혼잡했다. 인생이 이처럼 아름다워 보인 적이 없었다. 악한 것들이 이처럼 멀어 보인 적이 없었다.

잠시 후 하인이 쟁반에 초콜릿 컵을 받쳐들고 들어왔다. 아서 경은 초콜릿을 마신 뒤 복숭아 빛 플러시 천으로 만든 묵직한 휘장을 옆으로 걷고 욕실로 들어갔다. 투명한 얼룩 마노로 만든 천장의 얇은 판석들 사이로 부드러운 빛이 스며들었다. 대리석 욕조 물은 월장석처럼 은은하게 빛났다. 아서 경은 서둘러 욕조 안으로 뛰어들었다. 시원한 물살이 퍼지면서 목과 머리카락을 간질였다. 그는 수치스러운 기억의 오점을 씻어내려는 듯 바로 물에 머리를 담갔다. 그는 욕조에서 나오면서 마음의 평화를 느꼈다. 최상의 상태에 이른 그 순간의 몸 상태가 그를 지배하고 있었다. 실제로 본성이 아주 섬세하게 움직이는 사람들의 경우에는 이런 일이 자주 일어난다. 감각이란 불과 같아 파괴뿐 아니라 정화도 하기 때문이다.

아서 경은 식사 후 긴 의자에 풀썩 주저앉으며 담배에 불을 붙였다.* 오래된 우아한 문직으로 테두리를 장식한 벽난로 선반 위에는 시빌 머튼의 커다란 사진이 놓여 있었다. 노얼 부인의 무도회에서 처음 보았을 때 모습 그대로였다. 예쁘게 모양을 낸 작은 머리가 한쪽으로 약간 기울어져 있었다. 갈대처럼 가는 목으로는 그 아름다운 머리를 감당하지 못하겠다는 듯이. 입술은 약간 벌어져 있었다. 감미로운 음악이 어울릴 입술이었다. 꿈을 꾸는 듯한 눈 속에서는 연약하고 순수한 소녀가 경이감에 사로잡혀 밖을 내다보고 있었다. 사진 속 시빌은 몸에 달라붙는 부드러운 크레이프드신 드레스를 입고 잎 모양의 커다란 부채를 들고 있어 타나그라 근처 올리브 숲에서 발견된 우아하고 자그마한 인형** 같아 보였다. 자세나 몸가짐에서도 그리스의 우아함이 내비치는 듯했다. 그러나 그녀는 몸집이 작지 않았다. 단지 완벽하게 균형이 잡혀 있을 뿐이었다. 아주 많은 여자들이 지나치게 크거나 작은 시대에 보기 드문 예라고 할 수 있었다.

아서 경은 그녀를 바라보다가 사랑으로 인한 가슴 저린 동정심에 사로잡혔다. 살인이라는 어두운 운명을 따라가야 할 사람으로서 그녀와 결혼한다는 것은 유다의 배신과 다름없는 행위로 여겨졌다. 그것은 보르자***도 꿈꾸지 못했을 극악한 죄인 것 같았다. 손에 쓰인 무시무시한 예언을 언제 실행하게 될지 모르는 상황에서 그들에게 어떻게 행복이 있을 수 있겠는가? 운명의 여신이 여전히 이 무서운 운을 저울에 올려 놓고 있

---

* 19세기 영국에서 흡연은 유행의 첨단이었다.
** 고대 그리스 타나그라 지방의 고분에서 출토된 기원전 3~4세기의 작은 테라코타 상을 말하며 타나그라 인형으로 알려져 있다.
*** 교황 알렉산드르 6세의 서자였던 체사레 보르자를 가리킨다. 여러 가지 범죄로 악명이 높다.

는 상황에서 그들이 어떤 식으로 살아갈 수 있단 말인가? 무슨 일이 있어도 결혼은 미루어야 했다. 이 점에 대해서는 분명한 결심이 섰다. 그녀를 열렬히 사랑했지만, 함께 앉아 있을 때면 손가락만 닿아도 몸의 온 신경이 짜릿한 기쁨으로 떨렸지만, 그래도 그는 자신의 의무가 무엇인지는 분명히 알았으며 살인을 저지르기 전에는 결혼할 권리가 없다는 사실을 분명하게 인식했다. 살인만 하고 나면, 범죄를 저지르게 될 것이라는 공포 없이 시빌 머튼과 함께 제단 앞에 서서 자신의 삶을 그녀의 손에 맡길 수 있을 것이었다. 살인만 하고 나면 그녀가 자기 때문에 얼굴 붉힐 일도, 창피해서 고개를 숙일 일도 없을 것이라고 자신하며 그녀를 품에 안을 수 있을 것이었다. 그러니 우선 살인부터 해야 했다. 빠르면 빠를수록 둘 다에게 좋았다.

그만한 위치에 있는 남자들이라면 대개가 의무의 가파른 산비탈을 오르기보다는 앵초가 핀 길에서 빈둥거리는 쪽을 택했을 것이다. 그러나 아서 경은 양심적인 사람이었다. 쾌락을 원칙보다 앞세울 수는 없었다. 그의 사랑은 정열만으로 이루어진 것이 아니었다. 그에게 시빌은 선하고 고상한 모든 것의 상징이었다. 아서 경은 잠시 자신이 해야 할 일에 역겨움을 느꼈지만 그런 감정은 곧 사라졌다. 그의 가슴은 그것이 죄가 아니라 희생이라고 말하고 있었다. 그의 이성은 달리 다른 길이 없다고 일깨우고 있었다. 그는 자기 자신을 위해 사는 것과 남들을 위해 사는 것 사이에서 선택을 해야 했다. 자신에게 맡겨진 과제가 무시무시한 것은 틀림없었지만, 이기심이 사랑을 누르고 승리를 거두는 꼴은 도저히 봐 줄 수가 없었다. 조만간 우리 모두 똑같은 문제를 놓고 결정을 내려야 한다. 우리 모두 똑같은 질문을 받게 될 것이다. 아서 경에게는 그 질문이 인생의 이른 시기에, 그의 본성이 중년의 계산적인 냉소주의로 더럽혀지기 전에, 그의 심장이 우리 시대에 유행하는 천박한 자기중심주의에 부식되기 전에 닥쳤을 뿐이다. 그는 자신의 의무를 이행하는 데 아무런 망설임을 느끼지 않았다. 게다가 그는 다행스럽게도 단순한 몽상가, 게으른 딜레탕트*가 아니었다. 만일 그랬다면 그는 햄릿처럼 머뭇거렸을 것이고, 우유부단으로 인해 목적을 망쳐 버렸을 것이다. 그러나 그는 기본적으로 실천적인 사람이었다. 그에게 인생이란 생각보다는 행동이었다. 그는 세상에서 가장 드문 것, 그 상식이라는 것을 갖추고 있었다.

이제 전날 밤의 어수선하고 혼탁한 느낌들은 말끔하게 사라지고 없었다. 미친 듯이 거리를 헤맸던 일, 심한 감정적 괴로움에 시달렸던 일을 돌이켜보니 창피할 정도였다. 자신이 그렇게 진지하게 괴로워했다는 사실 때문에 이제는 오히려 그 괴로움이 비현실적으로 느껴졌다. 불가피한 일을 가지고 그렇게 호들갑을 떨다니 그거야말로 가장 어리석은 일 아닌가. 이제 그를 괴롭히는 유일한 문제는 누구를 죽이느냐 하는 것이었다. 살인은 이교도의 종교와 마찬가지로 사제뿐 아니라 제물도 요구한다는 것을 그도 잘 알고 있었기 때문이다. 아서 경은 천재가 아니었기 때문에 적이 없었다. 사실 지금은 개인적인 화풀이나 분풀이를 할 때가 아니었다. 그가 맡은 사명은 매우 엄숙한 것이었기 때문이다. 아서 경은 종이에 친구와 친척의 이름들을

---

* 예술이나 학문 따위를 직업이 아닌 취미로 하는 사람들.

죽 적었다. 그리고 신중하게 고려한 끝에 클레멘티나 보샹 부인이 좋겠다고 결론을 내렸다. 그녀는 커즌 가에 사는 친한 노부인이었으며, 외가 쪽으로 육촌 간이었다. 아서 경은 클렘 부인(모두들 그렇게 불렀다.)을 무척 좋아했다. 또 그는 성년이 되면서 럭비 경의 재산을 모두 물려받아 엄청난 부자가 되었기 때문에 그녀의 죽음으로 어떤 천박한 금전적 이익을 얻을 가능성도 전혀 없었다. 생각하면 할수록 그녀가 딱 맞는 사람이라는 느낌이 강해졌다. 아서 경은 일을 늦추는 것은 시빌에게 부당한 피해를 주는 짓이 된다고 생각하고 바로 준비를 하기로 결심했다.

물론 가장 먼저 할 일은 수상가와 계산을 끝내는 일이었다. 아서 경은 창가의 작은 셰라턴*풍 책상에 앉아 셉티머스 포저스 씨가 현금으로 찾을 수 있도록 105파운드를 수표에 적었다. 그런 다음 수표를 봉투에 넣어 하인에게 웨스트문 가로 가져가라고 했다. 이어 아서 경은 이륜마차를 보관하는 마구간에 말을 해 둔 뒤 외출을 하려고 옷을 입었다. 그는 방을 나서면서 시빌 머튼의 사진을 돌아보고 자신이 그녀를 위해서 하는 일을 그녀에게는 절대 알리지 않겠다고, 자기희생의 비밀을 언제까지나 마음에 감추어 두겠다고 맹세했다.

아서 경은 버킹검**으로 가는 길에 꽃가게에 들려 어여쁜 하얀 꽃잎에 빤히 바라보는 꿩의 눈 같은 무늬가 있는 아름다운 수선화 한 바구니를 시빌에게 보냈다. 그는 클럽에 도착하

---

* 18세기 후반 영국의 가구 장인 토머스 셰라턴.
** 클럽 이름.

자마자 도서관으로 직행하여 종을 쳐서 웨이터에게 레몬 소다와 독물학(毒物學) 책을 가져다 달라고 주문했다. 아서 경은 이미 이 골치 아픈 일에는 독이 최선의 수단이라고 결정을 내렸다. 직접적인 폭력 같은 것은 지극히 혐오스러운 일이었다. 게다가 절대 사람들 눈길을 끌지 않는 방법으로 클레멘티나 부인을 죽이고 싶은 마음이 간절했다. 윈더미어 부인의 집에서 명사 대접을 받는다거나 천박한 사교계 신문 기사에 자신의 이름이 오르내리는 것은 생각만 해도 끔찍했기 때문이다. 게다가 시빌의 부모 생각도 해야 했다. 그들은 약간 구식인 편으로 추문 같은 것이 생기면 결혼에 반대할 가능성도 있었다. 그러나 만일 그들에게 전모를 밝히면 누구보다 먼저 그가 일을 벌인 동기를 이해해 줄 것이라는 확신은 있었다. 어쨌든 그런 점들을 고려할 때 독은 당연한 선택이었다. 독은 안전하고 확실하고 조용했다. 무엇보다도 고통스러운 장면을 피할 수 있다는 점이 마음에 들었는데, 대부분의 영국인들처럼 그 역시 그런 장면에는 뿌리 깊은 반감을 품고 있었다.

그러나 아서 경은 독의 과학에 무지했다. 웨이터가 러프의 《가이드》와 베일리의 《매거진》 외에는 도서관에서 아무것도 찾아내지 못하자 아서 경은 직접 서가를 살폈고, 마침내 멋지게 장정된 『약전(藥典)』과 왕립의과대학 학장 매슈 리드 경이 편집한 어스킨의 『독물학』을 발견했다.* 매슈 리드 경은 버킹검의 가장 오래된 회원 중 한 사람이지만 사실은 다른 사람 대

---

* 《가이드》와 《매거진》은 둘 다 당시의 스포츠 잡지이며, 『약전』은 실제 있는 책이지만 『독물학』은 가공의 책이다.

신 착오로 선출되었다. 위원회는 이 뜻밖의 사고에 격분하여 원래의 인물이 나타나자 만장일치로 반대 투표를 했다. 아서 경은 두 책에서 사용하는 전문적인 용어에 상당히 당황했다. 옥스퍼드에 다닐 때 고전을 열심히 공부하지 않은 것이 후회되기 시작했다. 그러나 어스킨의 책 2권에서 아코니틴의 속성에 대한 흥미롭고도 완벽한 설명을 발견할 수 있었는데, 이것은 상당히 분명한 말로 적혀 있었다. 그가 원하던 바로 그 독약인 것 같았다. 그것은 빠르고(그 효과가 거의 즉시 나타났다.) 전혀 고통이 없었다. 게다가 매슈 경이 추천하는 방식인 젤라틴 캡슐 형태로 먹으면 전혀 역하지도 않았다. 아서 경은 셔츠 소매에 치사량을 적고, 책들을 제자리에 갖다 놓은 뒤 세인트 제임스 가를 천천히 걸어올라가 대형 약국 페슬앤드험블리로 갔다. 귀족이 오면 늘 직접 시중을 드는 페슬 씨는 그의 주문에 무척 놀라며 아주 정중한 태도로 의사의 처방이 필요하다는 이야기를 중얼중얼 전했다. 그러나 아서 경이, 광견병 초기 증상을 보여 벌써 마부의 종아리를 두 번이나 문 커다란 노르웨이산 마스티프를 없애기 위한 것이라고 설명하자 즉시 아주 흡족한 표정을 지으며 아서 경이 훌륭한 독물학 지식을 갖추고 있다고 칭찬하고 바로 약을 조제해 주었다.

아서 경은 페슬앤드험블리의 보기 흉한 약상자를 버린 다음 본드 가의 진열장에서 고른 예쁘고 작은 은 봉봉 상자에 캡슐을 넣고 클레멘티나 부인의 집으로 바로 마차를 달렸다.

"어머, monsieur le mauvais sujet.*" 아서 경이 들어가자 노부

---

* 프랑스어로, "이런 못된 것."이라는 뜻.

인이 소리쳤다. "왜 그동안 한 번도 안 왔니?"

"클렘 부인, 제 마음대로 할 수 있는 시간이 조금도 없었어요." 아서 경이 미소를 지으며 말했다.

"하루 종일 시빌 머튼 양과 쏘다니며 자질구레한 장신구나 사고 부질없는 이야기나 했다는 뜻이겠지? 도대체 그까짓 결혼 가지고 사람들이 왜 그리 법석을 떠는지 도무지 이해할 수가 없어. 내가 한창이었던 시절에는 사람들 앞에서 남녀가 붙어 가지고 시시덕거리는 건 꿈도 못 꿨는데. 그렇다고 둘이 있을 때는 그랬단 얘긴 아니지만서도."

"정말이지 시빌은 스물네 시간 동안 보지도 못했어요, 클렘 부인. 시빌은 아마 지금 모자 장수들한테 붙들려 있을걸요."

"그렇겠지. 그랬으니 네가 나 같은 추한 노파를 찾아와 준 것 아니겠니. 너희 남자들이란 건 주의를 줘도 받아들이지를 않으니 정말 놀라울 따름이야. On a fait des folies pour moi.* 그런데 지금 날 봐라. 가엾은 류머티즘 환자인 데다 앞머리에는 가발을 대고 성질까지 더럽잖니. 휴, 최악의 프랑스 소설들을 죄다 찾아서 보내 주는 고마운 잰슨 양이 아니면 하루하루를 넘길 수도 없을 거다. 의사들도 아무 소용없어. 그저 돈만 뜯어내려 할 뿐이지. 내 가슴앓이 하나 못 고치잖니."

"제가 그걸 고칠 약을 가져왔어요, 클렘 부인." 아서 경이 엄숙한 표정으로 말했다. "놀라운 거예요. 미국 사람이 만든 거라고 하더라고요."

"미국에서 만든 건 마음에 안 드는데, 아서. 정말 마음에 안

---

* 프랑스어로, "남자들은 나한테 홀딱 빠졌었지."라는 뜻.

들어. 최근에 미국 소설 몇 권을 읽어 봤는데 정말 말도 안 되더구나."

"하지만 이건 말이 안 될 게 전혀 없어요, 클렘 부인! 장담하는데 완벽한 약입니다. 꼭 드셔 보겠다고 약속해 주세요." 아서 경은 호주머니에서 작은 상자를 꺼내 클렘 부인에게 건네주었다.

"흠, 상자는 마음에 드는구나, 아서. 정말 선물로 주는 거니? 착하구나, 얘야. 그런데 이게 그렇게 놀라운 약이라구? 꼭 봉봉 과자처럼 보이는데. 당장 먹어 보자."

"맙소사! 클렘 부인." 아서 경이 소리치며 그녀의 손을 잡았다. "그러시면 절대 안 되요. 이건 동종요법(同種療法) 약이에요. 가슴앓이가 없을 때 이걸 드시면 어떤 해를 입을지 몰라요. 가슴앓이가 생길 때까지 기다렸다가 그때 드세요. 그럼 결과에 놀라실 거예요."

"지금 먹고 싶은데." 클레멘티나 부인은 빛을 향해 작고 투명한 캡슐을 들어올렸다. 액체 아코니틴이 거품처럼 동동 떠 있었다. "틀림없이 맛있을 것 같은데. 솔직히 말해서 말이다, 난 의사는 싫지만 약은 좋거든. 하지만 가슴앓이가 올 때까지 참고 기다리마."

"그게 언제일까요?" 아서 경이 간절한 눈빛으로 물었다. "빨리 올까요?"

"일주일은 제발 그냥 지나갔으면 좋겠다. 어제 아침에 가슴앓이 때문에 심하게 고생했거든. 하지만 모르는 일이지."

"그럼 이 달 말 전에는 꼭 한 번 올까요, 클렘 부인?"

"그럴 것 같구나. 그런데 너 오늘 정말 착하게 구는구나, 아서! 정말이지 시빌이 너한테 좋은 일을 많이 한 것 같다. 이제 그만 가 봐라. 나는 아주 따분한 사람들하고 식사를 해야 하거든. 추문 같은 건 이야기하지도 않는 사람들 말이다. 지금 자 두지 않으면 식사 시간에 졸고 말 거야. 잘 가라, 아서. 시빌한테 안부 전해 주고. 그리고 이 미국 약 정말 고맙구나."

"잊지 말고 드셔야 해요, 클렘 부인, 아셨죠?" 아서 경은 그렇게 말하며 자리에서 일어났다.

"물론 안 잊지, 이 어리석은 아이야. 이렇게까지 내 생각을 해 주다니 정말 착하기 그지없구나. 약이 더 필요하면 편지로 알려 주마."

아서 경은 기분 좋게 클레멘티나 부인의 집을 나왔다. 큰 안도감을 느꼈다.

그날 밤 아서 경은 시빌 머튼을 만났다. 그는 시빌에게 갑자기 자신이 몹시 어려운 상황에 놓이게 되었으며, 명예와 의무 때문에 그 상황에서 빠져나올 수 없다고 말했다. 결혼은 당분간 미루어야 한다. 이 무시무시한 혼란을 정리하지 못하는 한 나는 자유로운 사람이 아니다. 그렇게 말하면서도 그는 시빌에게 자신을 믿어 달라고, 미래에 대해서는 아무런 의심을 갖지 말아 달라고 호소했다. 모든 것이 잘될 것이다. 하지만 인내가 필요하다.

이런 대화는 파크레인에 있는 머튼 씨의 온실에서 이루어졌다. 아서 경은 평소처럼 그 집에서 저녁을 먹었다. 그때만 해도 시빌은 더 없이 행복해 보였다. 그는 잠시 겁쟁이가 되고 싶은 유혹을 느꼈다. 클레멘티나 부인에게 자신의 잘못을 솔직하게 고백하는 편지를 써 보낸 후, 포저스 씨 같은 사람은 완전히 잊어버리고 결혼을 그대로 진행시키고 싶었다. 그러나 곧 그의 더 나은 본성이 힘을 발휘하기 시작하여, 심지어 시빌이 울면서 그의 품에 뛰어들었을 때도 그는 흔들리지 않았다. 그의 감각을 흔들어 놓았던 아름다움이 그의 양심까지도 움직인 것이다. 아서 경은 몇 달의 쾌락을 위해 이렇게 아름다운 생명을 파멸로 이끄는 것은 잘못이라고 생각했다.

아서 경은 거의 자정까지 시빌 곁에 머물며 그녀를 위로하고 또 위로를 받았다. 그리고 다음 날 아침 일찍 머튼 씨에게 불가피하게 결혼을 연기하게 되었다고 남자답게 확실하게 밝히는 편지를 쓴 뒤에 베네치아*로 떠났다.

4

아서 경은 베네치아에서 형 서비튼 경을 만났다. 서비튼 경은 마침 코르푸 섬에서 요트를 타고 베네치아에 들른 참이었다. 두 청년은 즐겁게 두 주를 보냈다. 아침이면 리도 섬에서 말을 타거나 길고 검은 곤돌라를 타고 녹색 운하를 오르내렸다. 오후에는 보통 요트에서 손님을 맞이했다. 저녁에는 플로리안**에서 식사를 하고 피아자***에서 수도 없이 담배를 피웠다. 그

---

* 베네치아는 19세기 영국 상류층에게 아주 인기 있는 도시였다.

** 플로리안은 피아자산마르코 광장에 있는 카페로 당시 여행객들에게 인기가 많았으며 현재도 남아 있는 유서 깊은 곳이다.

*** Piazza. 광장이라는 뜻의 이탈리아어로 피아자산마르코 광장을 가리킨다.

러나 어쩐 일인지 아서 경은 행복해 보이지 않았다. 그는 매일 클레멘티나 부인의 사망 소식을 확인하려고 《타임스》의 부고란을 살폈지만 그때마다 실망하고 말았다. 그는 클레멘티나 부인에게 무슨 일이 생긴 것이라고 걱정하기 시작했으며, 효과를 시험하기 위해 아코니틴을 먹으려고 했을 때 말린 것을 후회했다. 시빌의 편지에는 사랑과 신뢰와 배려가 가득했지만 슬픔이 짙게 배어 나오는 경우가 많았다. 가끔 그녀와 영영 헤어진 것이 아닌가 하는 생각이 들기도 했다.

두 주 뒤 베네치아가 지겨워지자 서비튼 경은 해안을 따라 라벤나로 가기로 했다. 피네툼 숲에서 멋진 꿩 사냥 대회가 열린다는 이야기를 들었기 때문이다. 아서 경은 처음에는 가지 않겠다고 완강하게 버텼으나, 평소에 무척 좋아하는 서비튼 경이 혼자 다니엘리*에 있으면 우울해 죽을 것이라고 설득하는 바람에 마침내 넘어가고 말았다. 그들은 15일 아침에 출발했다. 북동풍이 강하게 불었고 바다는 약간 거칠었다. 꿩 사냥 대회는 훌륭했다. 분방한 야외 생활 덕분에 아서 경의 뺨에도 핏기가 돌아왔다. 그러나 22일쯤 되자 그는 다시 클레멘티나 부인이 걱정되기 시작하여 서비튼의 충고도 무시하고 기차로 베네치아로 돌아오고 말았다.

곤돌라에서 내려 호텔 계단에 발을 딛자 호텔 주인이 전보를 한 묶음 들고 다가왔다. 아서 경은 그의 손에서 전보를 낚아채 얼른 봉투를 뜯었다. 모든 일이 제대로 풀렸다는 것을 알 수 있었다. 클레멘티나 부인이 17일 밤에 급사한 것이다!

---

* 베네치아의 고급 호텔로, 19세기 영국 상류층에게 인기가 많았다.

처음 머리에 떠오른 사람은 시빌이었다. 아서 경은 그녀에게 당장 런던으로 돌아가겠다고 전보를 쳤다. 이어 하인에게 야간 우편열차로 보낼 수 있도록 짐을 싸라고 이르고, 곤돌라 사공들에게 보통 운임의 다섯 배 정도를 준 후, 명랑한 마음에 가벼운 발걸음으로 응접실로 달려 올라갔다. 방에서는 편지 세 통이 그를 기다리고 있었다. 하나는 다름 아닌 시빌이 보낸 것으로 동정심 가득한 마음으로 조의를 표하는 내용이었다. 나머지는 어머니, 그리고 클레멘티나 부인의 변호사가 보낸 것이었다. 노부인은 세상을 떠나던 날 밤 공작 부인과 함께 식사를 하면서 재치와 기지로 사람들을 즐겁게 해 주었으나, 가슴앓이가 시작되었다고 하면서 약간 일찍 집으로 돌아갔다. 노부인은 아침에 침대에서 주검으로 발견되었는데 고통은 전혀 겪지 않은 모습이었다. 가족은 즉시 매슈 리드 경을 불러 왔지만, 물론 그가 할 수 있는 일은 없었다. 노부인은 22일에 보상 샬코트에 묻힐 예정이었다. 클레멘티나 부인은 죽기 며칠 전 유언장을 작성했는데, 아서 경에게 커즌 가의 작은 집과 더불어 자신의 모든 가구, 개인 소지품, 그림을 남겼다. 다만 세밀화 수집품과 자수정 목걸이는 예외였다. 세밀화는 자매인 마거릿 러퍼드 부인에게, 목걸이는 시빌 머튼에게 남겼다. 유산은 대단한 가치가 있는 것이 아니었음에도 변호사 맨스필드 씨는 아서 경에게 가능하면 빨리 돌아오라고 안달이었다. 지불할 청구서들이 아주 많았고 클레멘티나 부인은 장부를 꼼꼼하게 기재해 두는 사람이 아니었기 때문이다.

아서 경은 클레멘티나 부인이 고맙게도 그를 기억해 준 것에 큰 감동을 받았고 포저스 씨 덕분인 것이 많다고 생각했다.

그러나 시빌을 사랑하는 마음이 다른 모든 감정을 압도했고 의무를 이행했다는 생각 덕분에 마음은 위로를 받아 평화를 누릴 수 있었다. 채링크로스에 도착했을 때 아서 경은 더 없이 행복한 기분이었다.

머튼 식구들은 아서 경을 따뜻하게 맞아 주었다. 시빌은 그에게서 앞으로는 그 어떤 일보다 두 사람 사이를 중시하겠다는 다짐을 받아냈으며, 결혼 날짜는 6월 7일로 확정했다. 아서 경의 인생은 다시 아름답게 빛났다. 그는 전과 다름없이 명랑한 모습을 보여 주었다.

어느 날 아서 경은 클레멘티나 부인의 변호사와 시빌과 함께 커즌 가의 집을 둘러보며 빛바랜 편지 묶음을 태우고 서랍에서 잡동사니를 꺼내 보고 있었다. 시빌이 갑자기 즐거운 탄성을 터뜨렸다.

"뭐가 나왔어, 시빌?" 아서 경이 하던 일에서 고개를 들고 미소를 지었다.

"이 귀엽고 예쁜 은 봉봉 상자 좀 봐요, 아서. 색다르잖아요? 네덜란드제인가? 이거 나 줘요! 자수정 목걸이가 나한테 어울리려면 여든이 넘을 때까지 기다려야 하잖아요."

그것은 아코니틴이 담겨 있는 상자였다.

아서 경은 기겁을 했다. 뺨이 희미하게 붉어졌다. 그는 자신이 한 일을 까맣게 잊고 있었다. 하필이면 시빌이 제일 먼저 그 일을 기억나게 하다니, 묘한 우연의 일치로 느껴졌다. 그 무시무시한 불안을 겪은 것이 바로 시빌 때문이었는데.

"아무렴, 가져도 되고말고. 그것은 내가 클렘 부인께 드렸던 거야."

"어머! 고마워요, 아서. 봉봉도 내가 가져도 되죠? 클레멘티나 부인께서 과자를 좋아하시는 줄은 몰랐네. 너무 지적이라서 그런 건 입에도 안 댈 줄 알았더니."

아서 경의 얼굴이 시체처럼 창백해졌다. 무시무시한 생각이 머릿속을 가로질렀다.

"봉봉이라고, 시빌? 무슨 소리야?" 아서 경은 쉰 목소리로 느릿느릿 말했다.

"안에 하나가 들어 있는데요. 하나뿐이에요. 아주 오래 되어서 먼지가 끼었어요. 물론 이걸 먹을 생각은 조금도 없어요. 그런데 왜 그래요, 아서? 얼굴이 새하얘졌어요!"

아서 경은 얼른 달려가 상자를 낚아챘다. 안에 호박색 캡슐이 들어 있고, 캡슐 안에는 독의 거품이 그대로였다. 클레멘티나 부인은 결국 자연사를 한 것이었다!

아서 경은 충격을 감당할 수가 없었다. 그는 캡슐을 불에 내던지고는 절망에 사로잡혀 소리를 지르며 소파에 주저앉았다.

5

결혼을 다시 연기하겠다는 말에 머튼 씨는 몹시 심란해했다. 이미 결혼식 때 입을 드레스까지 주문해 놓았던 줄리아 부인은 시빌에게 파혼을 하라고 다그치며 갖가지 방법으로 압력을 넣었다. 그러나 비록 어머니를 무척 사랑한다고는 하지만, 시빌은 이미 아서 경의 손에 온 인생을 맡긴 몸이었다. 줄리아 부인이 무슨 말을 해도 그녀의 믿음은 흔들리지 않았다. 아서 경이 무시무시한 실망감을 이겨 내는 데는 며칠이 걸렸다. 한동안 그의 신경은 예민하게 곤두서 있었다. 그러나 그의 탁월한 분별력이 이내 힘을 발휘하기 시작했으며, 건전하고 현실적인 그의 정신은 그가 어떻게 할지 마음을 정하지 못하는 상태로 오래 내버려 두지 않았다. 독이 완전히 실패했으니 다이너마이트나 다른 폭약을 사용하는 것이 확실한 대안으로 떠올랐다.

아서 경은 다시 친구나 친척 명단을 훑어보았다. 그는 신중하게 생각을 한 뒤에 치치스터의 주임 사제인 숙부를 폭탄으로 날려 버리기로 결정했다. 교양이 풍부하고 학식이 높은 주임 사제는 시계를 몹시 좋아하여 제작 연도가 15세기부터 현재에 이르는 멋진 시계들을 소장하고 있었다. 아서 경은 선량한 주임 사제의 이런 취미가 계획을 실행하기에 아주 좋은 기회를 제공한다고 생각했다. 물론 폭파 장치를 어디서 손에 넣느냐 하는 것은 완전히 다른 문제였다. 『런던 인명록』을 보아도 이 문제에 대해서는 아무런 정보를 얻을 수 없었다. 스코틀랜드야드*에 가 봐야 아무런 소용이 없을 것 같았다. 그들은 폭발이 실제로 일어나기 전에는 다이너마이트 파의 움직임에 대해 아무것도 몰랐으며, 사실 폭발이 일어난 뒤에도 별로 나아지는 것 같지 않았기 때문이다.

그때 갑자기 친구 루발로프가 떠올랐다. 그는 매우 친혁명적인 경향의 젊은 러시아인으로, 아서 경은 겨울에 윈더미어 부인의 집에서 그를 만난 적이 있었다. 루발로프 백작은 표트

---

* 런던 거리 이름으로, 런던 경시청의 별칭.

르 대제의 전기를 쓰고 있었으며, 표트르 대제가 선공(船工)으로 잉글랜드에 머물던 시절과 관련된 문건을 연구할 목적으로 런던에 온 것으로 알려져 있었다. 그러나 다들 그가 니힐리즘* 활동가라고 생각하고 있었으며, 어쨌든 러시아 대사관이 루발로프 백작의 런던 체류를 곱지 않게 보고 있다는 사실은 분명했다. 아서 경은 루발로프 백작이 자신의 목적에 딱 맞는 사람이라고 생각하고 어느 날 아침 블룸즈버리에 있는 그의 하숙집으로 찾아가 조언과 지원을 구했다.

"그러니까 정치를 진지하게 받아들이신다는 말씀이오?" 아서 경이 자신의 목적을 이야기하자 루발로프 백작이 물었다. 어떤 식으로든 흰소리 치는 것을 몹시 싫어하는 아서 경은 사회적인 문제에는 전혀 관심이 없으며 자신 외에는 누구도 관련이 없는 순수한 가족 문제로 폭파 장치가 필요할 뿐이라고 솔직하게 이야기했다.

루발로프 백작은 놀란 표정으로 한동안 아서 경을 바라보더니 그가 진심이라는 것을 알고 종이에 주소를 하나 적고 자신의 머리글자로 서명을 하고는 탁자 위로 종이를 내밀었다.

"이 주소를 손에 쥘 수만 있다면 스코틀랜드야드는 무슨 짓이든 할 겁니다."

"절대 그쪽으로 넘어가게 하지 않을 겁니다." 아서 경이 소리치더니 웃음을 터뜨렸다. 그는 젊은 러시아인과 따뜻한 악수를 나눈 뒤 계단을 내려가 종이에 적힌 주소를 보고 마부에

---

* 니힐리즘은 일반적으로 인정되어 온 이상, 도덕 규범, 생활 양식 등을 전적으로 부정하는 견해로, 러시아의 니힐리즘은 19세기 말에 차르 체제를 타도하려는 혁명 운동에서 주장되고 실천되었다.

게 소호스퀘어로 가자고 말했다.

소호스퀘어에 내린 아서 경은 그릭 가를 따라 천천히 걸어가다 베일즈코트라고 하는 곳에 이르렀다. 아치 아래를 통과하자 묘하게 막다른 곳에 이르렀는데 그곳에 프랑스 세탁소 하나가 자리 잡고 있었다. 집에서 집까지 뻗은 빨래줄들이 그물처럼 얽혀 있었으며, 아침 바람에 하얀 천들이 펄럭이고 있었다. 아서 경은 끝까지 걸어가 작은 녹색 집 문을 두드렸다. 잠시 아무런 응답이 없었다. 그사이 골목길에서는 밖을 살피려는 사람들의 얼굴 때문에 모든 창들이 흐릿한 덩어리로 바뀐 듯한 느낌을 주었다. 이윽고 약간 거칠어 보이는 외국인이 문을 열었다. 외국인은 몹시 서툰 영어로 무슨 일로 왔느냐고 물었다. 아서 경은 루발로프 백작이 준 종이를 건네주었다. 남자는 종이를 보자 꾸벅 절을 하더니 아서 경을 일 층의 아주 초라한 응접실로 안내했다. 잠시 후에 헤르* 빈켈코프(영국에서는 다들 그렇게 불렀다.)가 부산스럽게 응접실로 들어왔다. 목에는 포도주 얼룩이 잔뜩 묻은 냅킨을 두르고 왼손에는 포크를 든 채였다.

"루발로프 백작이 소개를 해 주더군요." 아서 경은 말하고 나서 고개를 숙였다. "일 문제로 잠깐 이야기를 나누었으면 합니다. 내 이름은 스미스, 로버트 스미스입니다. 시한폭탄을 하나 구하고 싶습니다."

"만나서 반갑소, 아서 경." 온화한 표정의 자그마한 독일인은 웃음을 터뜨렸다. "그렇게 놀란 얼굴 하지 마시오. 모든 사

---

* Herr. 남자의 이름 앞에 붙이는 독일어 경칭.

람을 아는 것이 나의 의무니까. 윈더미어 부인 댁에서 저녁에 한 번 뵌 기억이 나는군요. 윈더미어 부인은 안녕하시겠지요. 아침을 마저 먹어야 하는데, 잠깐 같이 앉으시겠소? 아주 맛있는 파테*가 있어요. 내 친구들은 고맙게도 내가 가지고 있는 라인산 포도주가 독일 대사관에서 마실 수 있는 어떤 것보다도 낫다고 하더군요." 상대가 자신을 알아본 충격이 채 가시기 전이라 아서 경은 얼떨결에 안쪽 방에 앉아 제국의 모노그램이 찍힌 옅은 노란색 백포도주 잔으로 아주 달콤한 마르코브뤼너를 홀짝이며 이 유명한 음모가와 그럴 수 없이 다정하게 담소를 나누게 되었다.

헤르 빈켈코프가 말했다. "시한폭탄은 해외 수출에 별로 적합한 물건이 아니지요. 설사 세관을 통과한다 해도 기차가 제멋대로 연착을 하니 바라던 목적지에 도착하기도 전에 터지는 일이 비일비재하고요. 하지만 집에서 사용하실 거라면 아주 좋은 물건을 하나 드릴 수 있지요. 결과에 틀림없이 만족하실 거요. 누구한테 쓰시려는 건지 여쭤봐도 되겠소? 경찰이나 스코틀랜드야드와 관련이 있는 사람에게 쓰는 거라면 안됐지만 아무것도 도와 드릴 수가 없소. 영국 형사들은 사실 우리와 가장 친한 친구들이거든요. 언제나 그들의 어리석음을 믿고 우리가 원하는 일을 할 수 있었으니까 말이오. 그래서 그 사람들 목숨은 하나라도 없애고 싶지 않소."

"분명히 말하지만 이건 경찰하고는 아무런 상관이 없습니다. 솔직히 말하면 시한폭탄은 치치스터의 주임 사제한테 쓰려

---

* 파이 류의 프랑스 요리.

는 겁니다."

"어이쿠! 종교에 대한 반감이 그렇게 강하신 줄은 몰랐소, 아서 경. 요즘 젊은이들 가운데는 그런 사람이 드문데."

"나를 과대평가하시는 것 같군요, 헤르 빈켈코프." 아서 경이 얼굴을 붉혔다. "사실 나는 신학은 아무것도 모릅니다."

"그럼 순수하게 개인적인 일이라는 말씀이오?"

"순수하게 개인적인 일이지요."

헤르 빈켈코프는 어깨를 으쓱하더니 방을 나갔다. 그는 잠시 후에 일 페니 동전 크기의 둥근 케이크처럼 생긴 다이너마이트와 작고 예쁘장한 프랑스 시계를 들고 왔다. 시계 위에는 전제 정치의 히드라*를 짓밟고 있는 조그만 자유의 여신이 우뚝 서 있었다.

그것을 보자 아서 경의 얼굴이 환하게 밝아졌다. "그게 바로 내가 원하던 겁니다." 그가 소리쳤다. "자, 어떻게 터뜨리는지 이야기해 주십시오."

"아! 나만의 비결이 있지요." 헤르 빈켈코프는 자부심 어린 표정으로 자신의 발명품을 물끄러미 바라보았다. 사실 자부심을 느낄 만도 했다. "언제 폭발하기를 원하는지 시간만 알려 주시오. 그러면 기계를 정확히 맞추어 놓겠소."

"어, 오늘이 화요일이니까, 그걸 당장 발송해 주실 수 있다면……."

"그건 불가능하오. 모스크바에 있는 친구 몇 사람한테 아주 중요한 일을 해 주기로 했거든. 하지만 내일이면 발송할 수 있

---

* 그리스 신화에 나오는 머리가 여럿 달린 뱀.

을 것 같소."

"아, 그 정도면 충분합니다!" 아서 경이 정중하게 말했다. "내일 밤이나 목요일 아침에 배달이 되기만 하면 되니까요. 폭발 시간은, 어디 보자, 금요일 정오 정각으로 하지요. 주임 사제님은 그 시간이면 늘 집에 계시니까요."

"금요일 정오라." 헤르 빈켈코프는 아서 경의 말을 되풀이하더니 벽난로 옆 책상에 놓인 커다란 장부에 시간을 적었다.

"자." 아서 경은 자리에서 일어서며 말했다. "내가 얼마나 줘야 하는지 말해 보십시오."

"이건 뭐 아주 작은 일이니 요금을 받고 싶지는 않소, 아서경. 다이너마이트는 7실링 6펜스이고, 시계는 3파운드 10실링이오. 운임은 5실링 정도 되오. 하지만 나는 루발로프 백작의 친구 분 부탁을 들어 주게 되어 기쁠 따름이오."

"하지만 수고비는요, 헤르 빈켈코프?"

"아, 그건 아무것도 아니오! 내가 좋아서 하는 일인데요. 나는 돈을 보고 일을 하지 않소. 나는 오로지 나의 예술을 위해 사는 사람이오."

아서 경은 탁자에 4파운드 2실링 6펜스를 내려놓고 키 작은 독일인에게 감사했다. 그는 다음 토요일에 고기와 차를 즐기는 자리*에서 무정부주의자들 몇 명을 만나 보라는 초대를 사양하고 집을 나와 공원으로 향했다.

---

* 보통 아서 경이 속한 계급에서는 오후 4시에 차와 가벼운 간식을 먹었다. 고기와 차는 그보다 약간 뒤에 먹는 좀 더 무거운 식사로, 아서 경의 계급에서는 유행하지 않는 것이었다.

다음 이틀 동안 아서 경은 심한 흥분 상태에서 헤어나오지 못했다. 그는 금요일 12시에 버킹검으로 마차를 달려가 소식을 기다렸다. 둔해 보이는 짐 운반꾼은 오후 내내 전국 각지에서 날아오는 전보를 게재하여 경마 결과, 이혼소송 평결, 날씨 같은 것들을 알려 주었으며, 테이프*는 하원의 철야 회의 내용을 지겨울 정도로 자세하게 쏟아 내고 증권거래소에서 일어난 작은 공황 소식을 알려 주기도 했다. 4시에 석간 신문들이 들어왔다. 아서 경은 《펠 맬》, 《세인트 제임스》, 《글로브》, 《에코》를 들고 도서관으로 사라졌다. 굿차일드 대령은 격분했다. 자신이 그날 아침 맨션하우스에서 남아프리카 전도 사업이라는 주제로 연설을 했다는 보도를 읽고 싶었기 때문이다. 그는 연설에서 모든 주에 흑인 주교를 두는 것이 좋겠다고 권고했다. 대령은 어떤 이유에서인지 《이브닝 뉴스》에 대해서는 강한 반감을 품고 있어 그 신문은 읽고 싶어 하지도 않았다. 그러나 아서 경이 가지고 들어간 어느 신문에도 치치스터에 대한 언급은 없었다. 아서 경은 자신의 시도가 실패한 것이 틀림없다고 생각했다. 그는 심한 충격을 받아 한동안 넋을 놓고 있었다. 다음 날 만난 헤르 빈켈코프는 정성껏 사과를 하더니 무료로 새 시한폭탄을 만들어 주거나 실비로 니트로글리세린 폭탄을 여러 개 넣은 상자를 만들어 주겠다고 제안했다. 그러나 아서 경은 폭약을 완전히 믿을 수 없게 되었다. 헤르 빈켈코프 자신도 요즘에는 뭐든지 불순물이 들어간 것이 많아 다이너마이트조차도 순수한 것을 구할 수가 없다고 말하지 않았던가. 그러나

---

* 전신에서 전보 내용을 계속 찍어 내는 종이 테이프.

키 작은 독일인은 그 기계가 뭔가 잘못되었음이 분명하다는 걸 인정을 하면서도 언젠가 폭탄이 터질지도 모른다는 희망은 버리지 않았다. 그러면서 오데사의 군부 총독에게 보낸 적이 있는 기압계 상자를 예로 들었다. 그 기계는 열흘 만에 터지기로 시간이 맞추어져 있었는데 석 달이나 지나서야 터져 버렸다. 물론 폭탄이 터졌을 때는 하녀만 가루가 되었을 뿐이다. 총독은 여섯 주 전에 이미 오데사를 떠났기 때문이다. 그럼에도 이 사건은 다이너마이트가 기계의 통제를 받을 때 시간을 잘 못 지키기는 하지만 파괴 장치로서는 막강한 힘을 발휘한다는 사실을 보여 주었다. 아서 경은 이 말에 약간 위로를 받았지만 여기에서도 실망할 수밖에 없는 운명이었다. 이틀 뒤에 그가 위층으로 올라가는데 공작 부인이 내실로 부르더니 주임 사제관에서 막 도착한 편지를 보여 주었다.

"제인이 편지를 아주 잘 쓰더구나." 공작 부인이 말했다. "방금 온 편지를 읽어 봐라. 무디*가 보내 주는 소설만큼 훌륭해."

아서 경은 그녀의 손에서 편지를 빼앗다시피 했다. 편지는 다음과 같은 내용이었다.

치치스터 주임 사제관으로부터

5월 27일

사랑하는 숙모님께

도커스 협회**에 보내 주신 플란넬 정말 감사드려요. 깅엄도

---

* 찰스 에드워드 무디가 1842년에 세운 도서관. 상류 계층에서 이용했으며 한 달에 한 번씩 책을 보내 주는 대출 시스템이었다.

감사드려요. 저도 그 사람들이 예쁜 것을 입고 싶어 한다는 게 말도 안 되는 이야기라는 데 숙모님과 의견이 같아요. 하지만 요새는 모두가 급진파에 무신론자가 되어 그 사람들에게 상류 계급처럼 옷을 입으려 하지 말라고 설득하기가 어려워요. 이러다 세상이 어찌 될지 정말 모르겠어요. 아빠가 설교 때 자주 말씀하시듯이, 우리는 불신의 시대를 살고 있는 거예요.

우리는 지난 목요일에 아빠를 존경하는 익명의 인물이 보내준 시계를 가지고 재미있게 놀았어요. 런던에서 나무 상자에 넣어 보냈는데, 운송료도 이미 지불을 했더군요. 아빠는 이 것이 아빠의 뛰어난 설교를 읽은 사람이 보낸 것이 틀림없다고 생각하세요. 그 설교 제목은 "방종이 자유인가?"예요. 시계 꼭대기에는 여자의 상이 달려 있는데, 아빠 말씀으로는 그 상이 머리에 자유의 모자*를 쓰고 있다더군요. 제가 보기에는 잘 어울리는 것 같지 않았지만 아빠가 역사적인 것이라고 말씀하시니 그런 대로 괜찮아 보이기도 해요. 파커가 상자에서 시계를 꺼냈고 아빠가 서재의 벽난로 위에 올려놓았어요. 그런데 금요일 아침에 모두 서재에 앉아 있는데 시계가 12시를 치더니 윙하는 소리를 냈어요. 그러더니 여신상의 받침대에서 연기가 획 피어오르지 뭐예요. 자유의 여신상은 시계에서 떨어져 난로 울에 코가 깨지고 말았어요! 마리아는 깜짝 놀랐지만 너무 우스꽝스러워서 제임스하고 저는 웃음을 터뜨렸죠. 심지어 아빠도 재미있어하셨어요. 가만 살펴보니 일종의 자명종인 것 같았어

** 19세기 영국에서 가난한 사람들에게 옷을 나눠 주는 봉사 활동을 했던 여성 단체.
* 프랑스 혁명 때 자코뱅당 당원들이 쓰던 모자를 이렇게 불렀다.

요. 그러니까 시간을 맞추어 놓고 작은 망치 밑에 화약하고 뇌관을 넣어서 원할 때마다 화약이 터지게 한 거죠. 아빠가 시끄러우니 서재에 두면 안 되겠다고 하시기에 레기가 학교 교실로 가져갔는데 거기서도 하루 종일 작은 폭발을 일으켰다지 뭐예요. 이것을 아서의 결혼 선물로 보내면 좋아할까요? 런던에서는 이런 것이 대유행인가 보던데. 아빠는 이것이 큰 도움이 될 거라고 말씀하세요. 자유는 지속될 수 없고 반드시 고꾸라진다는 것을 보여 준다는 점에서 말이에요. 아빠는 자유가 프랑스 혁명 때 발명되었다고 말씀하시죠. 그 자유라는 게 얼마나 끔찍해 보이는지!

전 지금 도커스에 가 봐야 해요. 그곳에서 사람들한테 숙모님이 보내 주신 교훈적인 편지를 읽어 줄 생각이에요. 사랑하는 숙모님, 그 계급 사람들이 보기 흉한 옷을 입어야 한다는 숙모님 생각은 정말 지당해요. 그 사람들이 옷에 대해 걱정한다는 게 얼마나 어처구니없는 일인지 모르겠어요. 이 세상에는, 또 저세상에서는 옷보다 중요한 일들이 정말 많잖아요. 꽃무늬 포플린이 아주 잘 나왔다니 정말 기뻐요. 그리고 숙모님 레이스가 찢어지지 않은 것도요. 저는 지금 노란 새틴을 입고 있어요. 숙모님이 고맙게도 저한테 주신 것 말이에요. 수요일에 주교님 댁에서 이게 괜찮아 보일 것 같아요. 그런데 나비 매듭을 하는 게 나을까요, 안 하는 게 나을까요? 제닝스 말로는 요새는 다들 나비 매듭을 하고 속치마에는 주름 장식을 단다던데. 레기 말이 폭발이 한 번 더 일어났대요. 그 말을 듣고 아빠는 시계를 마구간에 보내라고 했어요. 아빠는 이제 그 시계가 처음처럼 마음에 드시지 않는 모양이에요. 누가 아빠한테 그런 예쁘고 독창적인 선물을 보냈다는 사실이 무척 기분 좋은 일인 것은 변함없지만요. 사람들이 아빠의 설교를 읽고 거기서 도움을 얻는다는 사실을 보여 주니까 말이에요.

아빠가 안부 전하래요. 제임스하고 레기하고 마리아도요. 세실 숙부님의 통풍이 좋아지기를 바라고 있어요. 정말이에요, 사랑하는 숙모님.

늘 다정한 조카, 제인 퍼시 올림

추신—나비 매듭 얘기 좀 꼭 해 주세요. 제닝스는 그게 유행이라고 고집을 부려요.

편지를 든 아서 경의 표정이 너무 심각하고 언짢아 보여 공작 부인은 웃음을 터뜨리고 말았다.

"얘, 아서." 공작 부인이 소리쳤다. "다시는 너한테 젊은 숙녀의 편지를 보여 주지 않으마! 하지만 그 시계 얘기는 정말 재미있지 않니? 그거 아주 우수한 발명품 아니냐? 나도 하나 있었으면 좋겠구나."

"대단치 않은 것 같은데요." 아서 경이 말하며 서글픈 웃음을 지으며 말했다. 그는 어머니에게 입을 맞춘 뒤 방을 나왔다.

아서 경은 위층으로 올라가 소파에 몸을 던졌다. 눈에 눈물이 고였다. 살인을 하려고 최선을 다했으나 두 번 모두 실패하고 말았다. 게다가 자신의 잘못도 아니었다. 자신은 의무를 이행하려고 노력했으나 운명의 여신이 배반을 해 버린 것 같았다. 좋은 의도가 아무런 성과를 거두지 못했다는 느낌, 잘해 보려 했으나 소용없었다는 느낌 때문에 가슴이 답답했다. 완전히 파혼을 해 버리는 것이 상책이라는 생각도 들었다. 물론 시빌은 괴로울 것이다. 하지만 그런 괴로움쯤으로 그녀의 고귀한 본성이 훼손되는 일은 없을 터였다. 나야 어떻게 되든 무슨 상관인가? 세상의 많은 사나이들이 전쟁에 나가 죽기도 하고 대의에 목숨을 걸기도 한다. 따라서 인생이 즐겁지 않은 마당에 죽는 것은 전혀 두렵지 않았다. 운명의 여신은 내 어두운 운명을 뜻대로 하라. 나는 당신을 돕기 위해 손끝 하나 까딱하지 않겠다.

아서 경은 7시 30분에 옷을 입고 클럽으로 갔다. 서비튼이 그곳에서 젊은 남자들과 어울리고 있었기 때문에 아서 경은 그들과 식사를 할 수밖에 없었다. 그러나 그들의 잡담과 한가한 농담에는 전혀 흥미를 느끼지 못했다. 아서 경은 커피가 들어오자마자 약속이 있다고 둘러대고 자리를 떴다. 막 클럽을 나서려는데 짐꾼이 편지를 건네주었다. 헤르 빈켈코프가 보낸 것으로, 다음 날 저녁에 한번 들러서 펼치자마자 터지는 우산 폭탄을 한번 봐 달라는 이야기였다. 최신 발명품으로, 방금 제네바에서 도착했다는 것이었다. 아서 경은 편지를 갈기갈기 찢어 버렸다. 이미 실험은 중단하기로 결심했기 때문이다. 아서 경은 템스 강 제방으로 어슬렁어슬렁 걸어가 강변에 몇 시간 동안 앉아 있었다. 사자의 눈 같은 달이 황갈색 구름으로 이루어진 갈기 사이로 강을 살피고 있었다. 헤아릴 수 없이 많은 별이 자주색 돔에 뿌려 놓은 금가루처럼 텅 빈 하늘에서 반짝거리고 있었다. 이따금씩 바지선이 건들거리며 탁한 물결을 따라 들어왔다가 물살에 밀려 둥둥 떠내려갔다. 기차가 다리를 건너며 비명을 지르면 철로 신호등이 녹색에서 선홍색으로 바꿰었다. 시간이 조금 지나자 웨스트민스터의 높은 탑이 우렁차게 12시를 알렸다. 종소리가 낭랑하게 울려 퍼질 때마다 밤이 몸을 부르르 떠는 것 같았다. 이윽고 철로의 신호등이 꺼졌다. 외롭게 홀로 남은 등이 거대한 기둥에서 커다란 루비처럼 빛을 발하고 있었다. 도시의 포효도 점점 희미해졌다.

아서 경은 2시에 자리에서 일어나 블랙프라이어스 수도원으로 천천히 걸어갔다. 모든 것이 얼마나 비현실적으로 보이는지! 생경한 꿈 같았다! 강 건너편의 집들은 어둠으로 지은 것 같았다. 마치 은과 그림자가 세상을 다시 만들어 놓은 듯했다. 세인트폴 성당의 거대한 돔은 어스레한 하늘에 뜬 거품처럼 아련해 보였다.

클레오파트라의 바늘*로 다가가는데 한 남자가 난간에 몸을 기대고 서 있는 모습이 보였다. 더 가까이 다가갔을 때 남자가 고개를 들었고, 그 순간 가스등 불빛이 얼굴 전체를 환하게 비추었다.

수상가 포저스 씨였다! 푸짐한 살, 축 늘어진 얼굴, 금테 안경, 병약해 보이는 미소, 음탕해 보이는 입을 잘못 알아봤을 리 없었다.

아서 경은 발을 멈추었다. 멋진 생각이 머리를 스치고 지나갔다. 그는 살금살금 포저스 씨 뒤로 다가갔다. 그러고는 순식간에 포저스 씨의 두 발을 붙잡아 템스 강에 내던졌다. 상스러운 욕설에 이어 묵직한 것이 첨벙 하며 떨어지는 소리가 들리

---

* 영국인들이 이집트에서 가져와 1878년 런던 템스 강변에 세운 오벨리스크의 별칭. 고대 이집트 투트모세 3세의 것이다.

더니 이윽고 잠잠해졌다. 아서 경은 불안한 표정으로 난간 너머를 보았다. 수상가의 모습은 보이지 않고 달빛에 반짝이는 물의 소용돌이를 따라 맴도는 실크해트 하나만 보였다. 잠시 후 실크해트마저도 가라앉았다. 포저스 씨는 자취도 남기지 않고 사라진 셈이었다. 문득 살이 뒤룩뒤룩 찐 볼품없는 형체가 다리 옆의 층계로 헤엄쳐 나아가는 모습을 본 듯했다. 아서 경은 실패했다는 아득한 느낌에 사로잡혔다. 그러나 그것은 그림자에 불과했다. 달이 구름 뒤에서 얼굴을 내밀자 그림자도 사라져 버렸다. 마침내 아서 경은 운명의 명령을 이행한 셈이었다. 깊은 안도의 숨을 내쉬자마자 시빌의 이름이 입 밖으로 튀어나왔다.

"뭘 떨어뜨렸습니까?" 갑자기 뒤에서 목소리가 들렸다.

아서 경은 몸을 빙글 돌렸다. 경찰관이 휴대용 랜턴을 들고 서 있었다.

"별것 아닙니다, 경사." 아서 경은 웃음을 지으며 대답하고는 지나가는 이륜마차를 불러 마부에게 벨그레이브스퀘어로 가자고 했다.

아서 경은 다음 며칠 동안 희망과 공포 사이를 오락가락했다. 여러 번 포저스 씨가 방으로 걸어 들어올 것만 같은 느낌이 들기도 했다. 그러나 운명의 여신이 자신을 그렇게까지 못살게 굴지는 않을 것이라는 느낌도 들었다. 아서 경은 웨스트 문 가에 있는 수상가의 집에 두 번이나 갔지만 차마 초인종을 누르지는 못했다. 그는 분명하게 알고 싶었지만 동시에 그것을 두려워하고 있었다.

마침내 그는 분명하게 알게 되었다. 아서 경은 클럽 끽연실에 앉아 차를 마시며 약간 따분해하고 있었다. 서비튼은 게이어티 극장*에서 얼마 전에 들은 희극적인 노래 이야기를 하고 있었다. 그때 웨이터가 여러 가지 석간 신문을 들고 들어왔다. 아서 경은《세인트 제임스》를 집어 들고 늘쩍지근한 표정으로 한 장 한 장 넘기다가 다음과 같은 이상한 제목에 시선을 고정시켰다.

　수상가 자살

　흥분 때문에 아서 경의 얼굴에 핏기가 가셨다. 그는 기사를 읽기 시작했다. 기사는 이런 내용이었다.

　어제 아침 7시 유명한 수상가 셉티머스 R. 포저스 씨의 주검이 그리니치의 해변에 있는 쉽 호텔 바로 앞으로 떠내려왔다. 포저스 씨는 지난 며칠간 실종 상태였으며, 수상계에서는 그의 안전을 염려하고 있었다. 포저스 씨는 과로로 인한 일시적 정신 착란으로 자살한 것으로 보이며, 오늘 오후 검시관의 배심 역시 같은 취지의 평결을 내렸다. 포저스 씨는 인간의 손을 주제로 한 정교한 논문을 막 완성한 상태였다. 곧 발표할 예정인 이 논문은 큰 반향을 불러일으킬 것으로 예상된다. 고인은 향년 65세이며, 유가족은 없는 것으로 보인다.

　아서 경은 신문을 손에 쥐고 클럽을 뛰쳐나갔다. 짐꾼은 깜

---

* 런던 웨스트엔드에서 뮤지컬 코미디로 유명한 극장.

짝 놀라 그를 막으려 했지만 소용없었다. 아서 경은 곧장 파크 레인으로 마차를 달렸다. 시빌은 창에서 그의 모습을 보고 그가 좋은 소식을 들고 왔다는 것을 짐작했다. 그녀는 아래층으로 달려 내려가 그를 맞이했다. 그의 얼굴에는 모든 것이 잘됐다고 씌어 있었다.

"사랑하는 시빌." 아서 경이 소리쳤다. "우리 내일 결혼해!"

"이런 바보 같으니! 케이크도 주문해 놓지 않고선!" 시빌이 그렇게 말하며, 눈물 사이로 웃음을 터뜨렸다.

6

몇 주 뒤 결혼식이 열린 세인트피터 성당에는 상류사회 인사들이 빠짐없이 참석하여 인산인해를 이루었다. 치치스터의 주임 사제는 매우 인상 깊은 결혼 예식을 주관하였으며, 사람들은 모두 이 신혼부부처럼 멋진 쌍은 본 적이 없다고 입을 모았다. 그러나 그들은 단지 멋지기만 한 것이 아니었다. 그들은 행복했다. 아서 경은 시빌을 위해 자신이 해야 했던 그 모든 일을 한순간도 후회하지 않았다. 반면 그녀는 아서 경에게 여자가 남자에게 줄 수 있는 최고의 것들을 주었다. 바로 존경과 배려, 그리고 사랑이었다. 그들은 현실이 로맨스를 죽인다는 말이 무엇인지 모르고 살았다. 늘 젊음을 잃지 않았다.

몇 년 뒤, 이들 부부 사이에서 난 아름다운 두 아이들이 자라고 있을 때, 공작이 아들에게 결혼 선물로 준 보금자리인 앨턴프라이어로 윈더미어 부인이 그들을 찾아와 묵었다. 어느 오후 윈더미어 부인은 정원의 보리수 아래 아서 부인과 함께 앉아 어린 소년과 소녀가 변덕스러운 햇살처럼 장미 길을 따라 오르내리며 노는 것을 지켜보고 있었다. 윈더미어 부인은 갑자기 안주인의 손을 잡으며 물었다. "행복해, 시빌?"

"그럼요, 행복하죠, 윈더미어 부인. 행복하지 않으세요?"

"행복할 시간이 없어, 시빌. 나는 늘 가장 최근에 소개받은 사람을 좋아해. 하지만 보통 상대를 알자마자 싫증을 느끼게 되지."

"윈더미어 부인의 사자들이 만족스럽지 않나요?"

"아, 만족스럽지 않아! 사자는 한 시즌만 좋을 뿐이야. 갈기를 자르는 즉시 세상에서 가장 둔한 동물이 되고 말지. 게다가 잘해 주면 아주 못되게 굴어요. 그 지긋지긋한 포저스 씨 기억나? 그 사람은 정말 끔찍한 사기꾼이었어. 물론 나야 그런 데는 관심 없지만. 심지어는 그 사람이 나한테서 돈을 빌리고 싶어 할 때도 용서를 해 주었지. 하지만 나한테 구애하는 꼴은 견딜 수 없더라고. 정말이지 나는 그 사람 때문에 수상이 싫어졌어. 이제 내 관심은 텔레파시로 옮겨 갔어. 그게 훨씬 더 재미있더라고."

"여기서는 수상에 대해 나쁘게 말씀하시면 안 돼요, 윈더미어 부인. 아서는 다른 건 몰라도 수상을 가지고 농담하는 건 좋아하지 않아요. 수상에 대해서는 정말 진지한 태도를 보이죠."

"설마 아서가 그걸 믿는다는 말은 아니겠지, 시빌?"

"직접 물어보세요, 윈더미어 부인. 저기 오네요." 아서 경이 손에 큼지막한 노란색 장미 다발을 들고 정원을 따라 올라왔다. 두 아이가 주위에서 춤을 추고 있었다.

"아서 경?"

"네, 윈더미어 부인."

"설마 수상을 믿는 건 아니죠?"

"당연히 믿지요." 젊은 남자가 미소를 지었다.

"왜?"

"내 인생의 모든 행복이 다 수상 덕분이거든요." 아서 경은 고리 버들 세공 의자에 털썩 주저앉았다.

"어머, 아서 경, 무슨 덕을 봤다는 거예요?"

"수상 덕분에 시빌과 결혼했지요." 아서 경은 아내에게 장미를 건네며 그녀의 보랏빛 눈을 들여다보았다.

"그런 말도 안 되는!" 윈더미어 부인이 소리쳤다. "내 평생 그런 말도 안 되는 소리는 처음 들어 보네."

비밀 없는 스핑크스
─ 에칭*

　어느 날 오후 나는 카페 드라페 밖에 앉아 파리의 삶의 광채와 남루를 지켜보며 베르무트 주(酒)를 마시고 있었다. 자부심과 궁핍이 빚어 내는 묘한 파노라마에 놀라움을 금치 못하고 있을 때 누가 내 이름을 부르는 소리가 들렸다. 고개를 돌려 보니 머치슨 경이었다. 우리는 약 십 년 전 대학에 다닐 때 이후로 한 번도 만난 적이 없었다. 무척 반가웠다. 우리는 따뜻하게 악수를 나누었다. 옥스퍼드 시절 우리는 절친한 사이였다. 나는 그를 무척 좋아했다. 그는 아주 잘생겼고 씩씩했고 의젓했다. 우리는 그에게 너무 솔직하지만 않으면 최고가 될 거라고 말하곤 했지만, 사실은 그런 정직함 때문에 더욱더 그를 존경했던 것 같다. 그러나 그는 많이 변해 있었다. 안절부절 불

＊ 오스카 와일드는 다른 예술 형식, 특히 음악이나 미술에서 따온 용어로 시의 부제를 달곤 했는데, 여기에서도 그런 습관이 엿보인다.

안해하는 눈치였으며, 뭔가 미심쩍어하는 것 같았다. 현대적 회의주의의 결과는 분명 아닌 듯했다. 머치슨은 완강한 토리당원이자, 귀족원(貴族院)을 믿듯이 모세오경*을 굳게 믿는 사람이었으니까 말이다. 그래서 나는 여자 문제라고 결론을 내리고 결혼을 했느냐고 물었다.

"나는 여자를 잘 이해하지 못하네." 그가 대답했다.

"이런, 제럴드, 여자는 사랑을 해야지 이해하려 들면 안 돼."

"신뢰를 할 수 없는데 어떻게 사랑을 하나." 그가 대답했다.

"자네 인생에는 뭔가 수수께끼가 있는 것 같군, 제럴드." 내가 소리쳤다. "어서·얘기해 보게."

"한 바퀴 돌기나 하자고." 그가 대꾸했다. "여긴 너무 복잡해. 아, 아니, 노란 마차 말고. 다른 색깔로. 저기, 저 청록색이 좋겠군." 몇 분 뒤에 우리는 마차를 타고 마들렌** 방향으로 넓은 가로수 길을 달리기 시작했다.

"어디로 가는 건가?" 내가 물었다.

"아, 어디든 자네 마음대로 가자고!" 그가 대답했다. "부아*** 의 식당으로 갈까? 거기서 식사를 하고, 그런 다음 자네 이야기를 다 해 보게."

"자네 이야기를 먼저 듣고 싶은데." 내가 말했다. "자네 수수께끼를 말해 봐."

그는 호주머니에서 은 걸쇠가 달린 작은 모로코 가죽 상자

---

* 구약성경 중 모세가 썼다고 하는 다섯 편으로, 「창세기」, 「출애굽기」, 「레위기」, 「민수기」, 「신명기」를 가리킨다.
** 파리에 있는 생마들렌 교회를 가리킨다.
*** Bois. 숲이라는 뜻의 프랑스어로 여기서는 블로뉴 숲을 가리킨다.

를 꺼내 나에게 내밀었다. 나는 상자를 열어 보았다. 안에는 여자 사진이 있었다. 키가 크고 가냘펐으며, 크고 흐릿한 눈에 늘어진 머리카락이 묘하게도 그림에 나오는 여자 같은 인상을 풍겼다. 모피를 친친 감은 그 여자는 꼭 천리안을 지닌 사람처럼 보였다.

"그 얼굴 어때?" 그가 물었다. "진실해 보여?"

나는 주의 깊게 살폈다. 뭔가 비밀을 가진 사람의 얼굴처럼 보였다. 그러나 그 비밀이 선한지 악한지는 알 수 없었다. 그 아름다움은 많은 수수께끼를 빚어 만든 것이었다. 사실 형상의 아름다움이 아니라 심리적인 아름다움이었다. 보일 듯 말 듯 입가에 감도는 희미한 미소는 달콤하다고 하기에는 너무 엷었다.

"그래, 어때?" 그가 기다리지 못하고 소리쳤다.

"검은담비를 두른 조콘다*로군." 내가 대답했다. "이 여자에 대해 다 알고 싶은데."

"지금은 안 돼." 그가 말했다. "식사하고 나서." 그는 다른 이야기를 하기 시작했다.

이윽고 웨이터가 커피와 담배를 가져오자 나는 제럴드에게 아까의 약속을 일깨웠다. 그는 자리에서 일어나 방을 두세 번 왔다 갔다 하더니 팔걸이의자에 주저앉아 다음과 같이 이야기를 시작했다.

"어느 날 저녁 5시쯤 본드 가를 따라 걷고 있었네. 마차 충돌 사고가 심하게 일어나 교통은 거의 정체 상태였지. 보도 가

---

* 레오나르도 다 빈치의 「모나리자」를 가리킨다.

까이에 작은 노란색 유개마차가 서 있었네. 어찌 된 일인지 그 마차가 내 눈길을 끌더군. 그 옆을 지나는데 마차 안에서 내가 오늘 오후에 자네한테 보여 준 얼굴이 밖을 내다보는 거야. 나는 그 얼굴을 보자마자 반하고 말았네. 그날 밤 내내 그 얼굴만 생각했지. 다음 날도 하루 종일. 그 한심한 로*에 가서 어슬렁거리며 마차마다 안을 살피며 그 노란 유개마차가 오기를 기다렸지. 그러나 ma belle inconnue**는 찾을 수가 없었네. 결국 나는 내가 꿈을 꾼 거라고 생각해 버렸지. 그러다 한 일주일쯤 지났을까. 마담*** 드 라스타일 집에서 저녁 모임이 있었네. 원래 식사 시간은 8시였는데, 8시 30분이 되도록 우리는 응접실에서 기다려야 했지. 그때 하인이 문을 열더니 알로이 부인이 도착했다고 알렸네. 바로 내가 찾던 여인이었지. 알로이 부인은 느릿느릿 안으로 들어왔네. 회색 레이스를 단 달빛처럼 보이더군. 나는 짜릿한 기쁨을 맛보았지. 자리에 앉은 뒤에 나는 별 생각 없이 말했네. '얼마 전에 본드 가에서 뵌 것 같습니다, 알로이 부인.' 그러자 알로이 부인은 얼굴에 핏기가 싹 가시더니 나한테 낮은 소리로 말했네. '그렇게 큰 소리로 말하지 마세요. 남들이 듣겠어요.' 나는 출발부터 완전히 망친 것 같아 몹시 비참한 기분이었네. 그래서 무모하게도 프랑스 연극이라는 주제로 뛰어들었지. 알로이 부인은 거의 말을 하지 않았네. 늘 변함 없는 낮은 목소리로, 음악을 연주하듯이 이야기를 했지. 누가 자기 이야기를 듣는 것을 두려워하는 것 같았네. 나는 정

---

* 하이드파크 공원의 유명한 산책로인 로튼로를 가리킨다.
** 아름다운 미지의 여인이라는 뜻의 프랑스어.
*** Madame. 여성의 이름 앞에 붙이는 프랑스어 경칭.

열적으로, 어리석다 싶을 정도로 사랑에 빠져들었지. 또 그녀를 둘러싼 뭐라 꼬집어 말할 수 없는 신비한 분위기 때문에 강렬한 호기심을 느꼈네. 알로이 부인은 식사를 마치자 곧바로 자리에서 일어서더군. 나는 찾아 뵈어도 괜찮겠느냐고 물었지. 알로이 부인은 잠시 망설이더니 주위에 누가 있는지 흘끔거리며 말했네. '네. 내일 5시 15분에요.' 나는 마담 드 라스타일한테 알로이 부인 이야기를 해 달라고 졸랐네. 하지만 내가 알아낸 것이라고는 알로이 부인이 파크레인의 아름다운 집에 사는 과부라는 사실뿐이었지. 과학 이야기를 즐기는 따분한 사람하나가 과부에 관해 늘어놓는 장광설을 들으면서 나는 그 집을 나왔네. 과부는 결혼에서 적자생존을 보여 주는 사례라나 뭐라나.

다음 날 나는 파크레인에 정각에 도착했네. 하지만 알로이 부인이 막 나갔다고 집사가 전하더군. 나는 클럽으로 갔네. 언짢기도 했고 어리둥절하기도 했지. 결국 한참 생각한 뒤에 알로이 부인에게 편지를 썼네. 언제 오후에 다시 한 번 기회를 주십사 하는 내용이었지. 며칠 동안 답이 없더군. 그러다 마침내 일요일 4시에 집에 있겠다는 짧막한 메모를 받았네. 이 메모에는 특별한 추신이 붙어 있었지. '다시는 이곳으로 편지를 하지 마세요. 만나서 설명드리죠.' 일요일에 나는 알로이 부인을 만났네. 정말 고혹적인 모습이더군. 내가 자리를 뜨려고 하자 알로이 부인은 다시 편지를 쓸 일이 생기면 '녹스 부인 앞, 그린가 휘테이커 도서관 전교(轉交)'로 보내라더군. '우리 집에서는 편지를 받지 못할 이유가 있어요.'

나는 시즌 내내 알로이 부인을 자주 만났네. 그래도 그녀의 신비한 분위기는 사라지지 않았지. 가끔 어떤 남자의 손 안에 있는 게 아닌가 하는 생각도 들었지만, 워낙 가까이하기 어려운 사람이라 그것도 아닐 것 같더군. 어떤 쪽으로든 결론을 내리기가 무척 어려웠네. 알로이 부인은 박물관에 있는 그 이상한 수정 같았기 때문이지. 어느 순간에는 맑았다가 다음 순간에는 흐려지는 수정 말일세. 마침내 나는 알로이 부인에게 청혼하기로 결심했네. 알로이 부인이 나의 방문, 나아가서 내가 보낸 몇 통 안 되는 편지 역시 계속 비밀로 감추려 드는 데 정말 짜증이 났거든. 나는 도서관 주소로 편지를 보내 다음 월요일 6시에 만날 수 있느냐고 물었네. 좋다고 하더군. 나는 일곱번째 하늘에 들어간 것처럼 기뻤다네. 그만큼 알로이 부인한테 푹 빠져 있었거든. 당시에는 그런 수수께끼들이 있어도 반했다고 생각했지만, 지금 보니 바로 그런 수수께끼 때문에 반했다는 것을 알겠네. 아니, 내가 사랑한 것은 그 여자 자신일세. 수수께끼야 나를 괴롭히고 화나게 했을 뿐이지. 어째서 우연은 나를 그 길로 인도한 것일까?"

"그렇다면 수수께끼를 풀었다는 얘기로군." 내가 소리쳤다.

"그런 것 같네." 제럴드가 대답했다. "하지만 자네가 듣고 스스로 판단해 보게."

"월요일에 나는 숙부와 점심을 먹고 4시쯤 메릴본 도로에 들어서게 되었네. 알다시피 숙부는 레전트파크에 사시잖나. 나는 피카딜리에 가고 싶었네. 그래서 지름길로 가기로 하고 초라하고 작은 거리들을 수도 없이 통과했지. 그런데 갑자기 눈앞에 알로이 부인의 모습이 보이는 게 아니겠나. 짙은 베일을 쓰고 아주 빠르게 걷고 있더군. 알로이 부인은 어떤 거리의 마지막 집에 이르자 층계를 올라가더니 열쇠로 문을 따고 안으로 들어가더군. '이게 그 수수께끼였군.' 나는 혼잣말을 하고는 서둘러 다가가 집을 살펴보았네. 하숙집 같았네. 현관 계단에는 알로이 부인이 떨어뜨린 손수건이 있었네. 나는 손수건을 집어 들어 호주머니에 넣고, 이제 어떻게 해야 할지 생각하기 시작했네. 결국 나에게는 알로이 부인을 염탐할 권리가 없다고 결론을 내리고 클럽으로 마차를 달렸네. 그리고 6시에 알로이 부인을 찾아갔지. 알로이 부인은 소파에 누워 있더군. 은빛 천으로 만든 다회복(茶會服)을 입고 평소에 늘 달고 다니던 묘한 월장석 몇 개를 두르고 있더군. 아주 예뻐 보였네. '오셔서 반가워요.' 알로이 부인이 말했네. '하루 종일 집에만 있었어요.' 나는 놀라서 알로이 부인을 물끄러미 바라보다가 호주머니에서 손수건을 꺼내 건네주었네. '오늘 오후에 이것을 컴너 가에 떨어뜨리셨더군요, 알로이 부인.' 나는 아주 차분하게 말했네. 알로이 부인은 공포에 질린 표정으로 나를 보았네. 손수건은 잡으려고 하지도 않았지. '거기서 뭘 하고 계셨습니까?' 내가 물었네. '무슨 권리로 물어보시는 거죠?' 알로이 부인은 그렇게 대꾸하더군. '당신을 사랑하는 남자의 권리입니다.' 내가 대답했네. '나는 청혼을 하러 이곳에 온 것입니다.' 알로이 부인은 두 손으로 얼굴을 가리더니 울음을 터뜨렸네. '반드시 말씀해 주셔야겠습니다.' 내가 다그쳤지. 알로이 부인은 자리에서 일어서더니 내 얼굴을 똑바로 바라보았네. '머치슨 경, 아무것도 말씀드릴 게 없어요.' '누군가를 만나러 간 것 아닙니까.' 내가 소리쳤네. '이것이 당신의 수수께끼 아닙니까.' 알로이 부인은 무시무시하게 느껴질 정도로 얼굴이 새하얘지더니 이렇게 말하더군. '누구를 만나러 간 게 아니에요.' '사실을 말해 줄 수 없습니까?' 내가 소리쳤네. '이미 말했잖아요.' 알로이 부인은 그렇게 대답하더군. 나는 화가 났네. 미칠 것 같았네. 무슨 말을 했는지는 기억나지 않지만, 어쨌든 알로이 부인한테 아주 심한 말을 했네. 마침내 나는 그 집에서 뛰쳐나왔네. 알로이 부인이 다음 날 편지를 보냈더군. 나는 그 편지를 뜯어 보지도 않고 돌려 보낸 뒤 앨런 콜빌과 함께 노르웨이로 떠났네. 한 달 뒤에 돌아오자마자 《모닝 포스트》에 실린 기사가 눈에 띄었네. 알로이 부인이 죽었다는 기사였지. 오페라를 보러 갔다가 감기에 걸려 닷새 뒤에 폐충혈로 죽었다는 거였네. 나는 집에 틀어박혀 아무도 만나지 않았네. 그 여자를 무척이나 사랑했는데, 미친 듯이 사랑했는데. 맙소사! 내가 그 여자를 얼마나 사랑했는데!"

"그 거리로 가 보았나? 그 집으로 가 보았나?" 내가 물었다.

"그래." 그가 대답했다.

"어느 날 컴너 가에 가 보았네. 어쩔 수가 없었지. 의심 때문에 너무 괴로웠으니까. 문을 두드렸더니 기품 있는 여자가 문을 열더군. 나는 여자에게 세 들 방이 있느냐고 물었지. '글쎄요. 객실들은 다 이미 세를 놓기는 했는데, 세 든 부인을 석 달 동안이나 뵙지 못했네요. 집세도 밀렸으니까, 그 방들을 쓰시면 될 것 같아요.' '이 사람이 그 부인입니까?' 나는 사진을 보여 주었네. '맞습니다, 바로 그분이에요.' 여자가 소리쳤네. '부인은 언제 오시죠?' '부인은 돌아가셨습니다.' 내가 대답했네. '어머나, 그럴 수가, 어떻게 그런 일이!' 여자가 말했네. '그분은 가장 좋은 하숙인이었어요. 이따금씩 와서 객실에 앉아 있기만 하면서 일주일에 삼 기니를 냈거든요.' '그분이 여기서 사람을 만난 겁니까?' 내가 물었네. 여자는 그렇지 않다고, 늘 혼자와서 아무도 만나지 않았다고 확언했네. '그럼 대체 여기서 뭘한 겁니까?' 내가 소리쳤네. '그냥 객실에 앉아서 책을 읽고 가끔 차를 마시기도 했죠.' 여자가 대답했네. 나는 무슨 말을 해야 좋을지 알 수가 없어서 일 파운드 금화를 하나 주고 그곳을 나왔네. 자, 이게 다 어떻게 된 일이라고 생각하나? 그 여자가 거짓말을 한 것일까?"

"아니라고 보네."

"그럼 왜 알로이 부인이 거기에 갔던 것일까?"

"이보게, 제럴드, 알로이 부인은 그저 수수께끼에 푹 빠진여자였을 뿐이네. 그냥 베일을 쓰고 그곳에 가서 자신이 수수께끼의 여주인공이라고 생각하면서 즐기기 위해 그 방들을 빌렸던 걸세. 비밀을 즐기던 사람이었던 거지. 하지만 그 여자 자신은 비밀이 없는 스핑크스에 불과했다네."

"정말 그렇게 생각하나?"

"물론이지." 내가 대답했다.

제럴드는 모로코 가죽 상자를 꺼내 열더니 사진을 보았다. "그런가?" 제럴드가 마침내 중얼거렸다.

캔터빌의 유령
─물질관념론*적 로맨스

1

  미국인 목사 하이람 B. 오티스 씨가 캔터빌 저택을 사자 모두들 아주 어리석은 일을 했다고 말했다. 그 집에 귀신이 나오는 것은 분명한 사실이었기 때문이다. 캔터빌 경은 명예를 중시하고 꼼꼼하게 격식을 차리는 사람이었기 때문에 계약 조건 이야기가 나왔을 때 오티스 씨에게 그 사실을 언급하는 것이 자신의 의무라고 생각했다.

  "우리도 그곳에서는 살고 싶어 하지 않았습니다." 캔터빌 경이 말했다. "저의 대고모이신 볼턴 공작 미망인께서 저녁을 드시려고 옷을 입던 중 해골의 손이 어깨를 짚는 바람에 겁에 질

---

* 와일드가 존경하던 시인 콘스턴스 네이든의 학설로, 영적인 영역을 물질적 영역의 일부로 본다.

려 발작을 일으키신 뒤 다시 기운을 차리지 못하셨기 때문입니다. 오티스 씨, 우리 가족만이 아니라 교구 신부이자 케임브리지 킹스 대학의 명예 교우이신 오거스터스 댐피어 신부님께서도 유령을 보셨다는 사실을 말씀드리지 않을 수 없군요. 공작 부인께 불행한 사고가 일어난 뒤 젊은 하인들은 모두 떠났고, 캔터빌 부인은 밤에 회랑과 서재에서 나는 수상쩍은 소리 때문에 잠을 이루지 못하곤 했습니다."

"캔터빌 경." 목사가 대답했다. "현재의 감정 가격으로 가구와 유령까지 있는 그대로 다 받아들이기로 하지요. 저는 현대적인 나라에서 왔습니다. 그곳에는 돈으로 살 수 있는 것은 다 있지요. 우리의 기운찬 젊은이들이 구세계를 쏘다니면서 최고의 배우와 프리마돈나를 데려오는 걸로 보아, 유럽에 유령이라는 것이 있다면 곧 우리 고향의 공공 박물관이나 길거리 전시장에도 유령이 전시될 것으로 봅니다."

"안됐지만 유령은 실제로 존재합니다." 캔터빌 경은 웃음을 지었다. "유령이 아직 진취적인 미국 흥행사들의 제안을 받아들이지는 않은 모양입니다만. 이 유령은 삼백 년 전부터, 정확히 말하면 1584년 이후로 세상에 알려졌고, 우리 가족 중 누군가가 죽기 전이면 늘 모습을 나타냅니다."

"아, 그거야 가족 주치의도 마찬가지지요, 캔터빌 경. 하지만 유령 같은 것은 없습니다. 영국 귀족이라고 해서 자연의 법칙이 적용되지 않을 리 없잖습니까."

"미국인은 정말 자연스럽군요." 캔터빌 경이 대꾸했다. 오티스 씨의 마지막 말을 잘 이해하지 못했던 것이다. "집 안에 유령이 있어도 괜찮다면 좋습니다. 다만 제가 미리 경고를 했다는 점은 잊지 마십시오."

몇 주 뒤 매매는 마무리되었고, 시즌이 끝날 무렵 목사 가족은 캔터빌 저택으로 내려왔다. 웨스트 53번가의 루크리티어 R. 태펀 양이라는 이름으로 뉴욕 사교계를 주름잡던 당대의 미녀 오티스 부인은 이제 중년이었지만 여전히 미모를 간직히고 있었다. 눈매가 고왔고 옆모습이 아름다웠다. 미국 부인들 가운데는 고향을 떠나면 만성적으로 병에 시달리는 시늉을 하는 사람들이 많았다. 그것이 유럽식의 세련된 품행이라고 믿었기 때문이다. 그러나 오티스 부인은 결코 이런 과오를 저지르지 않았다. 그녀는 좋은 기질을 타고났으며, 정말 놀라울 정도로 동물적인 활기가 넘쳐났다. 사실 오티스 부인은 많은 면에서 영국인이나 다름없었으며, 요즘에는 우리가 사실상 모든 것(아, 물론 언어는 빼고.)을 미국과 공유하고 있음을 보여 주는 아주 좋은 예였다. 부모가 애국심이 끓어오르던 순간에 이름을 짓는 바람에 워싱턴이라 불리게 된 장남은 늘 그 이름을 못마땅해했지만, 그는 꽤 잘생긴 금발의 젊은이로 세 시즌 연속 뉴포트카지노에서 저먼을 이끌어* 미국 외교에 뛰어들 자격을 갖추었으며, 심지어 런던에서도 뛰어난 춤꾼으로 이름을 떨쳤다. 치자나무 꽃과 귀족 사회에서의 계급이 유일한 약점이었을 뿐, 다른 부분에서는 매우 분별력 있는 태도를 보여 주는 젊은이였다. 버지니아 E. 오티스 양은 열다섯 살의 어린 소녀로, 새끼 사슴처럼 나긋하고 아리따웠으며, 크고 파란 눈에는

---

* leading the German. 저먼이라는 춤을 이끌었다는 뜻과 함께 독일을 이긴다는 뜻도 된다.

아름다운 자유가 깃들어 있었다. 또 그녀는 놀라운 아마존*으로, 한번은 조랑말을 타고 늙은 빌튼 경과 공원을 두 바퀴 도는 경주를 하여 아킬레스 상 바로 앞에서 한 마장 반 차이로 승리를 거두기도 했다. 그것을 본 젊은 체셔 공작은 말로 표현할 수 없는 기쁨에 사로잡혀 그 자리에서 그녀에게 청혼을 했다가 그날 밤 후견인들에게 등을 떠밀려 눈물을 펑펑 쏟으며 이튿으로 돌아가고 말았다. 버지니아 뒤에는 쌍둥이가 태어났는데, 이들은 보통 '별과 줄'**이라고 불렀다. 늘 채찍에 맞았기 때문이다. 이들은 아주 유쾌한 소년들이었으며, 훌륭한 목사를 제외하면 이 가족에서 진정한 공화주의자는 이들뿐이라고 할 수 있었다.

캔터빌 저택은 가장 가까운 기차역 애스컷에서 십 킬로미터 넘게 떨어져 있었다. 오티스 씨가 미리 전보로 사륜경마차 한 대를 불러 놓았기 때문에 그의 가족은 편안하게 집으로 갈 수 있었다. 7월의 아름다운 저녁이었다. 소나무 덕분에 공기는 향긋했다. 이따금씩 산비둘기 한 마리가 자신의 달콤한 목소리를 스스로 되새겨 보는 듯한 소리가 들리기도 했고, 바스락거리는 양치류 식물 더미 속 깊은 곳에서 꿩의 빛나는 가슴이 보이기도 했다. 작은 다람쥐들은 너도밤나무에 올라앉아 그들이 지나가는 모습을 살폈으며, 토끼들은 흰 꼬리를 공중에 쳐들고 허둥지둥 숲을 가로질러 이끼 낀 작은 언덕 너머로 달아났다. 그러나 캔터빌 저택의 가로수 길로 접어들자 하늘에 갑

* 그리스 신화에 나오는 여전사.
** 성조기를 가리키는 말이기도 하다.

자기 구름이 덮이며 컴컴해졌다. 묘한 적막이 대기를 틀어쥔 것 같았다. 집에 도착하기 전부터 굵은 빗방울이 떨어지기 시작했다.

층계에서 그들을 맞이한 사람은 노파였는데 단정한 검은 비단옷 차림에 하얀 모자를 쓰고 앞치마를 두르고 있었다. 이 사람이 가정부 엄니 부인이었다. 오티스 부인은 캔터빌 부인의 간곡한 요청에 따라 엄니 부인에게 하던 일을 그대로 맡기기로 했다. 엄니 부인은 마차에서 내리는 가족 한 사람 한 사람에게 깊이 몸을 숙여 절하고 구식의 예스러운 말투로 말했다. "캔터빌 저택에 오신 것을 환영하옵니다." 가족은 엄니 부인을 따라 멋진 튜더 왕조식 현관을 가로질러 서재로 들어갔다. 길지만 천장이 낮은 방은 검은 떡갈나무 판벽으로 둘러싸여 있었다. 한쪽 끝에는 커다란 스테인드글라스 창문이 달려 있었다. 이곳에 그들을 위한 차가 준비되어 있었다. 가족은 외투를 벗고 자리에 앉아 주위를 둘러보기 시작했다. 엄니 부인이 그들의 시중을 들었다.

갑자기 벽난로 바로 옆 바닥에 있는 칙칙한 붉은 자국이 오티스 부인 눈에 띄었다. 그녀는 그것이 무엇을 의미하는지 전혀 알지 못하고 엄니 부인에게 말했다. "저기 뭘 흘린 것 같네요."

"네, 부인." 늙은 가정부는 낮은 목소리로 대답했다. "저 자리에는 피가 흘렀죠."

"무서워라." 오티스 부인이 소리쳤다. "응접실에 핏자국이 있는 건 정말 싫어요. 당장 없애 줘요."

노파는 웃음을 짓더니 여전히 낮고 신비한 목소리로 대답했다. "저건 엘리너 드 캔터빌 부인의 피예요. 1575년 바로 저 자리에서 남편 사이먼 드 캔터빌 경에게 살해되셨죠. 사이먼 경께서는 그 뒤로도 구 년을 더 사시다가 수수께끼만 남긴 채 홀연히 사라져 버리셨어요. 사이먼 경의 주검은 발견되지 않았죠. 하지만 그분의 죄 많은 영혼은 여전히 저택을 떠나지 않았어요. 저 핏자국은 관광객이나 다른 여러 사람 들이 아주 귀중하게 여기는 것이라 지울 수가 없답니다."

"말도 안 돼." 워싱턴 오티스가 소리쳤다. "핑커튼의 챔피언 얼룩 지우개와 패러건 세제면 금방 깨끗이 지울 수 있는데." 워싱턴은 경악한 가정부가 어떻게 해 보기도 전에 바닥에 무릎을 꿇더니 검은 화장품처럼 보이는 작은 막대로 바닥을 빠르게 문질렀다. 몇 분이 안 되어 핏자국은 자취도 없이 사라졌다.

"핑커튼이면 될 줄 알았지." 워싱턴이 감탄하는 가족을 둘러보며 의기양양하게 말했다. 그러나 그 말이 끝나기가 무섭게 무시무시한 번개가 번쩍여 어두운 방이 환하게 밝아졌다. 곧이어 들려온 엄청난 천둥소리 때문에 가족은 소스라쳐 자리에서 일어서고 말았다. 엄니 부인은 혼절했다.

"무시무시한 날씨로구먼!" 미국인 목사는 차분하게 말하며 양 끝을 자른 여송연에 불을 붙였다. "이 오래된 나라에는 인구가 하도 많아 모든 사람에게 골고루 나누어 줄 좋은 날씨가 충분치 않은가 보군. 그래서 내가 전부터 영국이 살 길은 오직 이민이라고 주장한 것 아니겠어."

"하이람." 오티스 부인이 말했다. "이 여자 이렇게 기절했으니 어떻게 하면 좋죠?"

"물건이 파손되었을 때처럼 변상하라고 해." 목사가 대답했다. "그러면 다시는 기절하는 일이 없을 거야." 아닌 게 아니라 몇 분이 지나자 엄니 부인은 정신을 차렸다. 그러나 그녀는 여전히 매우 당황한 기색이었다. 그녀는 엄한 표정으로 오티스 씨에게 곧 집에 문제가 생길 테니 주의하라고 경고했다.

"저는 제 눈으로 어떤 기독교인의 머리카락이라도 쭈뼛 솟게 할 만한 일들을 직접 봤어요. 이곳에서 벌어진 끔찍한 일들 때문에 잠을 못 이룬 날이 하루 이틀이 아니에요." 그러나 오티스 부부는 자신들은 유령을 두려워하지 않는다며 그 진실한 사람을 따뜻하게 다독거렸다. 늙은 가정부는 신에게 새 주인 부부의 축복을 빌더니 보수 인상 이야기를 한 뒤에 종종걸음으로 자기 방으로 떠났다.

2

그날 밤 내내 폭풍우가 거세게 몰아쳤지만 특별한 일은 일어나지 않았다. 그러나 다음 날 아침 식사를 하려고 아래층에 내려왔을 때 그 끔찍한 핏자국이 다시 바닥에 보였다. "패러건 세제 문제는 아닌 것 같아요." 워싱턴이 말했다. "그걸로 안 되는 게 없었거든요. 틀림없이 유령 짓이에요." 워싱턴은 다시 핏자국을 문질러 지웠지만, 그다음 날 아침에 다시 나타났다. 밤에 오티스 씨가 서재 문을 잠근 뒤 열쇠를 가지고 위층에 올라갔지만 셋째 날 아침에도 핏자국은 다시 나타났다. 이제 온 가족이 이 문제에 큰 관심을 가지게 되었다. 오티스 씨는 유령의 존재를 부인한 자신의 태도가 너무 교조적이었던 것이 아닌가 하는 의심을 품기 시작했으며, 심령학회에 가입하겠다는 뜻까지 밝혔다. 워싱턴은 마이어스 씨와 포드모 씨에게 범죄와 관련된 핏자국의 지속성 문제에 관하여 긴 편지를 쓰기로 했다. 유령이 과연 객관적으로 존재하는지에 대한 의심은 그날 밤 모두 사라졌다.

따뜻하고 화창한 날이었다. 시원한 저녁이 되자 가족은 다 같이 마차를 타고 나갔다. 그들은 9시가 되어서야 집에 돌아와 자기 전에 가볍게 식사를 하기로 했다. 유령에 대해서는 아무도 입도 뻥긋하지 않았다. 심령현상이 나타나려면 그런 현상을 받아들이겠다는 자세로 은근히 기대하는 마음을 품어야 하는 법인데, 결국 이 집은 일차적 조건조차 갖추어지지 않은 셈이었다. 필자가 나중에 오티스 씨에게 들은 바로는 그 식사 자리에서 나왔던 이야기는 교양 있는 상층 계급 미국인이 보통 입에 올리는 화제였을 뿐이다. 예컨대 패니 대븐포트 양이 사라 베르나르*보다 훨씬 뛰어난 여배우라든가, 아무리 훌륭한 영국인 가정에서도 풋옥수수, 메밀가루 케이크, 탄 옥수수는 구하기 힘들다든가, 세계영혼**의 발전에서 보스턴이 매우 중요하다든가, 철도 여행에서 수화물 표 체계가 이점이 많다든가, 뉴욕의 악센트가 런던의 느릿느릿한 말투보다 더 달콤하다든가 하는 이야기들이었다. 초자연적인 것에 관해서는 아무런 언급이 없었다. 사이먼 드 캔터빌 경에 관해서도 어떤 식으로

---

* 패니 대븐포트는 당시 인기 있던 미국 여배우이며, 사라 베르나르는 유럽 전역과 미국에서까지 인기를 얻은 프랑스 여배우이다. 베르나르는 와일드의 「살로메」에서 주연을 맡기도 했다.

** 인간의 몸과 영혼처럼, 물질적 세계에 대비되는 세계의 영혼.

든 넌지시 말하는 법도 없었다. 11시에 가족은 잠자리에 들었으며, 삼십 분 뒤에는 불도 다 껐다. 잠시 후 오티스 씨는 방 밖의 복도에서 들리는 이상한 소리에 잠을 깼다. 쇠붙이가 절거덕거리는 소리 같았다. 시간이 흐를수록 점점 가까이 다가오는 것 같았다. 오티스 씨는 얼른 일어나 성냥을 켜고 시간을 보았다. 정각 1시였다. 그는 매우 차분한 마음이었다. 맥을 잡아 보았지만 열띤 움직임이라곤 전혀 없었다. 이상한 소리는 계속되었다. 사슬 소리와 함께 발소리가 똑똑하게 들렸다. 오티스 씨는 슬리퍼를 신고 탁자에서 타원형의 작은 약병을 집어든 다음 문을 열었다. 그의 바로 앞에 얼굴이 무시무시한 노인이 흐릿한 달빛을 받으며 서 있었다. 눈은 불이 붙은 석탄처럼 시뻘겠다. 긴 잿빛 머리는 뒤엉키고 꼬부라진 채 어깨 위로 늘어져 있었다. 옛날식으로 재단한 옷은 더러운 누더기가 되었고, 손목과 발목에는 묵직한 수갑과 녹슨 차꼬가 채워져 있었다.

"이런." 오티스 씨가 말했다. "정말이지 그 사슬에 기름 좀 칠해야겠군요. 그래서 여기 태머니라이징선 윤활유를 작은 병으로 하나 가져왔습니다. 한 번만 발라도 효과가 아주 확실하지요. 우리 고향 성직자들 가운데 유명한 몇 분도 그런 취지의 증언을 했다고 포장지에 적혀 있더군요. 여기 침실 촛불 옆에 두고 갈 테니 쓰도록 하십시오. 필요하면 언제든지 더 갖다 드리겠습니다." 미합중국 목사는 그렇게 말을 하더니 병을 대리석 탁자에 내려놓고 문을 닫았다.

당연한 일이지만 캔터빌의 유령은 분기탱천하여 잠시 꼼짝도 못 하고 그대로 서 있었다. 이윽고 윤활유 병을 광택이 나는 바닥에 집어 던지더니 힘없이 신음을 내뱉으며 복도를 따라 빠르게 사라졌다. 몸에서는 무시무시한 녹색 빛이 뿜어져 나왔다. 그가 커다란 떡갈나무 층계 꼭대기에 이르자 문 하나가 활짝 열리더니 하얀 가운을 걸친 작은 형체 둘이 나타났다. 동시에 베개 하나가 캔터빌 유령의 머리 옆을 지나 윙 소리를 내며 날아갔다! 어물거릴 시간이 없었다. 캔터빌의 유령은 사차원 공간을 이용하여 서둘러 탈출하기로 결정하고 징두리 벽판을 통과하여 사라졌다. 집은 다시 고요해졌다.

캔터빌의 유령은 집의 왼쪽 날개에 있는 작은 비밀 방에 이르자 달빛에 몸을 기대고 가쁜 숨을 진정시켰다. 그는 이 상황을 이해해 보려고 애썼다. 삼백 년 동안 부단히 화려한 경력을 쌓아 왔고 그간 이렇게 무례한 모욕은 한 번도 당해 본 적이 없었다. 공작 미망인은 레이스 달린 옷에 다이아몬드 장식을 하고 거울 앞에 서 있다가 그를 보고 발작을 일으켰다. 하녀 네 명은 그가 빈 방의 커튼 사이로 한 번 싱긋 웃어 주었을 뿐인데 히스테리를 일으켰다. 교구 신부는 어느 날 밤늦게 서재에서 나올 때 그가 손에 든 촛불을 훅 불어 꺼 주었을 뿐인데 그 이후 신경성 질환의 완벽한 순교자가 되어 윌리엄 걸 경의 보호를 받으며 살았다. 늙은 마담 드 트레무이야크는 어느 날 새벽에 눈을 떴다가 난롯가 팔걸이의자에 해골 하나가 앉아 그녀의 일기를 읽는 모습을 보고 뇌염에 걸려 침대에서 여섯 주 동안 일어나지 못했으며, 뇌염에서 회복되자 바로 악명 높은 회의주의자 므시외 드 볼테르*와 관계를 끊고 교회로 돌아

---

* 18세기 프랑스의 작가이자 자유사상가로, 1726년부터 1729년까지 영국을 방문했다.

갔다. 캔터빌의 유령은 사악한 캔터빌 경이 화장실에서 다이아몬드 잭 카드가 목에 반쯤 걸리는 바람에 숨이 막혀 어쩔 줄 몰라하던 그 무시무시한 밤을 기억했다. 캔터빌 경은 크록퍼드*에서 찰스 제임스 폭스를 속여 오만 파운드를 딸 때 바로 그 카드를 이용했다는 사실을 죽기 직전에 고백했으며, 유령이 강제로 그 카드를 삼키게 했다고 주장했다. 그 외에도 녹색 손이 유리창을 두드리는 것을 보고 나서 식료품 저장실에서 총으로 자살한 집사에서부터 손가락 다섯 개가 하얀 피부를 태운 자국을 감추기 위해 늘 목에 검은 벨벳 띠를 두르고 살다가 결국 킹스워크의 끝에 있는 잉어 연못에 몸을 던졌던 아름다운 스터트필드 부인에 이르기까지 자신이 이룬 위대한 업적과 관련한 인물들에 대한 기억이 하나하나 되살아났다. 캔터빌의 유령은 진정한 예술가답게 열렬한 자기중심적 태도로 자신의 가장 유명한 공연들을 다시 검토했다. '붉은 로이벤, 목 졸린 아기'로 마지막 등장을 했던 때, '벡슬리 무어의 흡혈귀 곤트 기브온'으로 데뷔했을 때가 생각났다. 또 잔디 테니스장에서 자신의 뼈로 나인핀스 놀이를 하는 것만으로 6월의 어느 아름다운 저녁을 흥분의 도가니로 몰아넣었던 열광적인 공연도 떠올렸다. 그는 씁쓸하게 웃음을 지었다. 그런 업적을 쌓은 유령에게 불쾌한 현대 미국인 몇 명이 나타나 라이징선 윤활유를 주지 않나, 머리를 향해 베개를 던지지 않나! 정말 견딜 수 없는 일이었다. 사실 역사상 어떤 유령도 이런 대접을 받은 적이 없었다. 따라서 캔터빌의 유령은 복수를 하기로 결심하고, 깊은

---

* 1827년 윌리엄 크록퍼드가 런던에 세운 유명한 도박장.

생각에 잠긴 자세로 동이 틀 때까지 그대로 있었다.

3

　다음 날 아침 식사 자리에 모인 오티스 가족은 유령에 관해 잠시 이야기를 나누었다. 당연한 일이지만 미합중국 목사는 자신의 선물이 받아들여지지 않은 것에 약간 화가 나 있었다. "나는 그 유령한테 어떤 개인적인 피해도 주고 싶은 마음이 없는데 말이야. 사실 말이지, 그 유령이 그동안 이 집에 머물렀던 세월을 생각하면 유령한테 베개를 던지는 것은 결코 예의바른 행동이 아니었어." 맞는 말이었지만, 안타깝게도 쌍둥이는 큰소리로 웃음을 터뜨렸다. 목사가 말을 이었다. "어쨌든 유령이 정말로 라이징선 윤활유를 사용하지 않겠다면 사슬을 벗겨야 할 거야. 방 밖에서 그런 시끄러운 소리가 들리면 도저히 잠을 잘 수가 없잖아."

　그러나 그 주 나머지 기간 동안 그들은 편하게 잘 수 있었다. 유일하게 눈길을 끄는 것은 서재 바닥의 핏자국이 늘 새로워진다는 점이었다. 이것은 확실히 이상했다. 밤이면 오티스 씨가 문을 늘 잠가 두었기 때문이다. 창문 역시 단단히 빗장을 질러 두었다. 그 핏자국의 카멜레온 같은 색깔을 두고도 꽤 의견이 분분했다. 어떤 날 아침에는 탁한 붉은색으로, 인도빨강색에 가까웠다가 어느 때는 주홍으로 변했으며, 또 어느 때는 진한 자주색으로 변하기도 했다. 한번은 자유 미국 개혁 감독파 교회의 단순한 양식에 따라 가족 기도회를 열려고 내려왔다가 밝은 에메랄드 녹색으로 변한 것을 보기도 했다. 당연한 일이지만 목사 가족은 이 만화경 같은 변화에 큰 재미를 느꼈으며, 매일 저녁 이 문제를 놓고 마음껏 내기를 했다. 이런 장난에 참여하지 않은 사람은 어린 버지니아뿐이었다. 그녀는 알 수 없는 이유로 핏자국을 볼 때마다 몹시 괴로웠으며, 핏자국이 에메랄드 녹색으로 변했던 아침에는 울음을 터뜨릴 뻔했다.

유령은 일요일 밤에 두 번째로 나타났다. 잠자리에 든 직후 현관에서 뭔가 크게 부딪히는 소리에 가족은 깜짝 놀랐다. 아래층으로 달려 내려오니 오래된 갑옷이 전시대에서 돌바닥으로 떨어져 있었다. 등받이가 높은 의자에는 캔터빌의 유령이 앉아 몹시 아픈 듯 얼굴을 잔뜩 찌푸린 채 무릎을 문지르고 있었다. 장난감 콩알 총을 가지고 내려왔던 쌍둥이는 즉시 유령을 향해 콩알 두 발을 발사했다. 습자지에 오랫동안 신중히 연습해 왔기에 가능한 정확한 사격 솜씨였다. 그와 동시에 미합중국 목사는 리볼버로 유령을 겨누고, 캘리포니아 예법에 따라 두 손을 들 것을 요구했다! 유령은 깜짝 놀라 소리를 버럭 지르며 벌떡 일어나더니 안개처럼 가족 사이를 지나갔다. 가는 길에 워싱턴 오티스의 촛불을 껐기 때문에 가족은 완벽한 어둠 속에 남게 되었다. 유령은 층계 꼭대기에 이르러서야 정신을 차리고 유명한 악마의 웃음을 한바탕 터뜨려 주기로 결심했다. 사실 이 웃음은 과거에 여러 번 아주 유용하게 써먹었다. 이 웃음 때문에 레이커 경의 가발이 하룻밤 사이에 잿빛으로 변했다고도 하며, 캔터빌 부인의 프랑스 여가정교사 세 사람이 한 달을 채우지 못하고 그만두는 분명한 이유가 되었다고도 했다. 유령은 가장 무시무시한 웃음을 터뜨렸고, 그

소리가 낡은 둥근 천장에 쩌렁쩌렁 울리기 시작했다. 그러나 그 무시무시한 메아리가 사라지자 곧 문이 하나 열리더니 오티스 부인이 옅은 파란색 실내복 차림으로 나왔다. "몸이 아주 안 좋으신 것 같네요." 오티스 부인이 말했다. "여기 닥터도벨 팅크를 가져왔어요. 혹시 소화불량 때문이라면 이게 즉효약이에요." 유령은 화가 머리끝까지 나서 오티스 부인을 노려보다가 커다란 검은 개로 변신할 준비를 서두르기 시작했다. 이것은 그에게 응분의 명성을 안겨 준 업적이었다. 캔터빌 경의 가족 주치의는 그의 숙부 토머스 호턴 각하가 구제불능의 백치가 된 것이 바로 검은 개 때문이라고 진단했다. 그러나 다가오는 발소리 때문에 유령은 원래 세웠던 회심의 목표를 달성하는 것을 망설이다가 결국 희미하게 형광 빛을 발하는 것으로 만족했으며, 쌍둥이가 다가오자 곧 묘지에서 들려오는 것 같은 낮은 신음을 토하더니 사라져 버렸다.

자기 방에 이른 유령은 완전히 허물어졌다. 그는 격렬한 흥분 상태에 빠져들었다. 쌍둥이의 천박함, 오티스 부인의 상스러운 물질주의도 물론 지극히 화가 나는 일이었지만 유령에게 정말 괴로웠던 것은 자신이 사슬 갑옷을 입을 수 없었다는 사실이었다. 유령은 아무리 현대적인 미국인이라 해도 갑옷을 입은 유령의 모습에는 전율을 느낄 것이라고 생각했다. 다른 그럴듯한 이유가 없다 해도 적어도 자국 시인 롱펠로에 대한 존경심 때문에라도 그러리라 믿었다.* 캔터빌 가족이 런던에 가 있

---

* 미국 시인 헨리 워즈워스 롱펠로의 작품 「갑옷을 입은 해골」을 염두에 두고 하는 말이다.

을 때면 유령 자신도 롱펠로의 우아하고 매력적인 시를 읽으며 지루한 시간을 때우곤 했다. 게다가 그 갑옷은 바로 자신의 것이었다. 그는 케닐워스 마상 시합 때 그 갑옷을 훌륭하게 차려입고 다름 아닌 동정녀 여왕*으로부터 직접 갑옷 칭찬을 들었다. 그러나 조금 전에 갑옷을 입었을 때는 거대한 가슴받이와 강철 투구의 무게에 완전히 짓눌려 그대로 돌바닥에 쓰러지고 말았다. 그 바람에 양쪽 무릎을 심하게 찧고, 오른손 관절 몇 군데는 멍이 들었다.

이 일이 있고 나서 며칠 동안 유령은 심하게 앓았으며 핏자국을 제대로 손보는 일을 할 때 외에는 방 밖으로 거의 나가지도 못했다. 그러나 세심하게 자신을 보살핀 끝에 유령은 회복이 되었으며, 미합중국 목사 가족을 놀라게 하겠다는 세 번째 결심을 했다. 유령은 다음 등장일로 8월 17일 금요일을 선택했다. 그날 유령은 거의 하루 종일 옷장을 살피다가 마침내 붉은 깃털이 달리고 테가 늘어진 커다란 모자, 손목과 목에 주름 장식이 달린 수의와 녹슨 단검을 골랐다. 저녁 무렵 심한 폭풍우가 몰아치기 시작했다. 바람이 너무 강해 낡은 집의 모든 창과 문이 흔들리고 덜컹거렸다. 이것이야말로 유령이 사랑하는 날씨였다. 유령의 계획은 조용히 워싱턴 오티스의 방으로 가 침대 발치에서 알아들을 수 없는 말을 지껄인 다음 느린 음악에 맞추어 자신의 목을 세 번 찌르는 것이었다. 유령은 워싱턴에게 특히 원한이 많았다. 유명한 캔터빌 핏자국을 핑커튼의 패러건 세제를 이용해 습관적으로 지우는 사람이 바로 워싱턴이

---

* 엘리자베스 1세 여왕을 가리킨다.

라는 사실을 잘 알고 있었기 때문이다. 유령은 이 무모하고 저돌적인 젊은이를 비참한 공포로 몰아넣은 다음, 미합중국 목사와 그 부인이 쓰고 있는 방으로 갈 계획이었다. 그곳에서 차고 끈적끈적한 손으로 오티스 부인의 이마를 짚고, 떨고 있는 남편의 귀에는 쉭쉭거리는 소리로 납골당의 무시무시한 비밀을 속삭여 줄 생각이었다. 어린 버지니아를 어떻게 할지는 아직 정하지 못했다. 그녀는 한 번도 그를 모욕한 적이 없었으며 늘 예쁘고 상냥했다. 따라서 옷장에서 희미한 신음을 몇 번 토하는 것만으로도 충분할 것 같았다. 혹시 그것으로 잠에서 깨지 않는다면 마비되어 경련을 일으키는 손가락으로 이불을 잡아당기면 될 것 같았다. 그러나 쌍둥이는 단단히 혼을 내 주기로 굳게 결심을 했다. 물론 제일 먼저 할 일은 그들의 가슴을 타고 앉아 두 아이가 악몽의 답답한 느낌을 맛보게 하는 것이었다. 그러고 나서 가까이 붙어 있는 두 침대 사이에 얼음처럼 차가운 녹색 주검의 모습으로 서서 두 아이가 공포로 몸이 마비되는 모습을 지켜보기로 했다. 그리고 마지막으로 수의를 벗어 던지고 백골에 두리번거리는 눈알 하나만 달고 방을 기어 다니기로 했다. 이것은 '멍청이 대니얼, 자살 해골'로, 그간 여러 번 큰 효과를 본 역할이었다. 유령은 이것이 '광인 마틴, 가면을 쓴 수수께끼'라는 유명한 역할에 버금간다고 생각했다.

10시 30분에 가족이 잠자리에 드는 소리가 들렸다. 잠시 쌍둥이가 마구 웃어 대는 소리가 귀에 거슬렸다. 어린 남학생들 특유의 가볍고 명랑한 기분으로 자기기 전에 잠시 놀고 있는 것이 분명했다. 그러나 11시 15분이 되자 그들마저 잠잠해졌다. 자정을 알리는 종소리가 들리자 캔터빌의 유령은 출동했다. 올

빼미가 유리창을 두드리고, 까마귀가 늙은 주목 위에서 쉰 목소리로 울어 대고, 바람이 길 잃은 영혼처럼 신음을 토하며 집 주위를 배회했다. 그러나 오티스 가족은 다가오는 불길한 운명을 까맣게 모르고 잠들어 있었다. 폭풍우 소리보다 훨씬 높은 음으로 미합중국 목사가 꾸준하게 코를 고는 소리가 들렸다. 유령은 징두리 벽판에서 슬며시 걸어 나왔다. 주름진 잔인한 입에는 사악한 미소가 감돌았다. 그가 커다란 퇴창을 지나가자 달이 구름 속으로 얼굴을 감추었다. 창에는 자신과 살해당한 부인의 문장(紋章)이 하늘색과 황금색으로 그려져 있었다. 캔터빌의 유령은 악한 그림자처럼 계속 미끄러져 나아갔다. 그가 지나가는 모습을 보고 어둠조차도 혐오감을 느끼는 것 같았다. 유령은 무슨 소리가 들린 것 같아 갑자기 발을 멈추었다. 그러나 그것은 '붉은 농장'의 개가 짖는 소리일 뿐이었다. 유령은 16세기의 이상한 욕을 중얼거리며 계속 나아갔다. 이따금씩 허공에 녹슨 단검을 휘두르기도 했다. 마침내 캔터빌의 유령은 가엾은 워싱턴의 방으로 통하는 복도 모퉁이에 이르렀다. 유령은 그곳에서 잠시 발을 멈추었다. 바람이 긴 회색 머리카락을 휘젓더니 뭐라 말할 수 없는 공포가 느껴지는 수의를 비틀어 괴기하고 환상적인 주름을 잡아 놓았다. 이윽고 시계가 12시 15분을 알렸다. 유령은 때가 되었다고 느꼈다. 그는 혼자 낄낄거린 다음 모퉁이를 돌았다. 그러나 모퉁이를 돌자마자 겁에 질려 애처롭게 흐느끼며 뒤로 넘어져 뼈만 남은 긴 손으로 해골을 가리고 말았다. 그의 바로 앞에는 무시무시한 유령이 조각상처럼 꼼짝도 하지 않고 서 있었다. 마치 광인의 꿈에나 나올 법한 거대하고 소름 끼치는 모습이었다! 대머리에서는 광택이 났다. 새하얀 얼굴은 둥글고 통통했다. 무시무시한 웃음은 이목구비를 비틀어 영원히 싱글거리는 표정으로 굳혀 버린 것 같았다. 눈에서는 주홍색 광선들이 흘러나왔다. 입은 널찍한 불의 우물이었다. 캔터빌의 유령이 입은 것과 똑같은 무시무시한 옷이 고요한 설원의 빛깔로 그 거대한 형체를 감싸고 있었다. 가슴에 건 판에는 옛날 글자로 이상한 글이 적혀 있었다. 어떤 수치의 두루마리, 어떤 무시무시한 죄의 기록, 어떤 범죄의 끔찍한 목록처럼 보였다. 오른손에는 빛나는 강철로 만든 언월도를 높이 쳐들고 있었다.

캔터빌의 유령은 이제까지 한 번도 유령을 본 적이 없었기 때문에 당연히 기겁을 할 만큼 놀랐다. 그는 얼른 다시 그 무시무시한 유령을 흘끔거린 뒤에 자기 방으로 달아났다. 빠른 걸음으로 복도를 지나가다 자신의 긴 수의에 걸려 넘어지곤 했다. 마침내 녹슨 단검은 목사의 긴 장화 안에 던져 버렸다. 이 단검은 아침에 집사가 발견했다. 아무도 방해하지 않는 자신의 숙소로 돌아오자 유령은 짚으로 만든 작고 초라한 침대에 벌렁 드러누워 옷가지로 얼굴을 가렸다. 그러나 잠시 후 오랜 전통을 지닌 캔터빌 가문의 용맹을 되살려 날이 밝는 즉시 다른 유령에게 가서 말을 건네 보기로 결심했다. 새벽이 은빛으로 언덕을 어루만지는 광경이 보이자 캔터빌의 유령은 곧 섬뜩한 유령을 처음 보았던 곳으로 돌아갔다. 결국 유령 둘이 하나보다는 낫지 않겠느냐는 생각도 들었고, 새로운 친구의 도움을 받아 쌍둥이와 편하게 붙어 볼 수 있겠다는 생각도 들었기 때문이다. 그러나 현장에 도착하자 끔찍한 광경이 눈에 들어왔다. 다른 유령에게 무슨 일이 생긴 것이 분명했다. 그 텅 빈 눈에서는 빛이 완전히 사라졌고, 빛나는 언월도는 바닥에 떨어져 있었다. 유령도 긴장되고 불편한 자세로 벽에 기대서 있었다. 캔터빌의 유령은 앞으로 달려나가 그의 두 팔을 잡았다. 순간 다른 유령의 머리가 미끄러져 바닥을 뒹구는 것을 보고 다시 기겁을 하고 말았다. 몸은 벽에 기댄 자세 그대로였다. 캔터빌의 유령은 자기도 모르게 하얀 돈을줄무늬 침대용 커튼을 꽉 움켜쥐었다. 발치에는 빗자루, 부엌용 큰 칼, 속이 빈 무가 흩어져 있었다! 캔터빌의 유령은 이 묘한 변신을 이해하지 못하고 열에 들뜬 사람처럼 황급히 가슴의 판을 움켜쥐었다. 유령은 아침이 뿜어내는 회색빛의 도움을 받아 그곳에서 이런 무시무시한 말을 읽을 수 있었다.

오티스의 유령

진짜 하나뿐인 최초의 유령.
가짜를 조심하시오.
다른 것은 모두 가짜.

이제야 모든 것을 알 것 같았다. 자신이 거꾸로 상대의 꾀에 걸려 허를 찔린 것이다! 그의 눈에 예전 캔터빌의 모습이 비쳤다. 캔터빌의 유령은 이 없는 잇몸을 악물었다. 그는 시든 두 손을 머리 위로 높이 들어올리고, 고대 학파의 아름다운 어법으로 챈티클리어*가 즐거운 나팔을 두 번 불면 피를 부르는 일

---

* 중세 영국 시인 제프리 초서의 『캔터버리 이야기』에 나오는 수탉.

이 이루어질 것이며 살인이 소리 없는 발로 돌아다니게 될 것이라고 맹세했다.

그가 이 무시무시한 맹세를 입 밖에 내자마자 먼 농가의 붉은 기와를 덮은 지붕에서 수탉이 울었다. 캔터빌의 유령은 낮고 씁쓸한 웃음을 오랫동안 터뜨린 후 다음 울음을 기다렸다. 그러나 몇 시간을 기다려도 이상하게도 어떤 이유에서인지 수탉은 다시 울지 않았다. 마침내 7시 30분에 하녀들이 도착하는 바람에 유령은 무시무시한 철야를 중단하고 성큼성큼 자기 방으로 돌아갔다. 머릿속에는 헛된 맹세와 좌절된 목적에 대한 생각뿐이었다. 캔터빌의 유령은 자기 방에서 고대 기사도에 대한 책을 몇 권 들추어 보았다. 그가 무척 좋아하는 책들이었다. 결국 그는 역사상 자신이 조금 전에 했던 맹세를 했을 때 챈티클리어가 한 번만 울고 만 적은 없었다는 사실을 알게 되었다. "그 못된 새가 파멸을 맞이하리라." 유령은 중얼거렸다. "옛날 같았으면 나의 억센 창으로 그 목구멍을 꿰뚫어 죽어 가면서라도 나를 위해 울게 했으련만!" 이윽고 캔터빌의 유령은 편안한 납 관에 들어가 저녁까지 그곳에 머물렀다.

4

다음 날 유령은 무척 피곤하고 기운이 없었다. 엄청난 흥분 상태에서 네 주를 보냈더니 그 여파가 밀려오기 시작하는 것 같았다. 신경은 완전히 바스러져 조그만 소리에도 깜짝깜짝 놀라곤 했다. 캔터빌의 유령은 닷새 동안 문밖 출입을 하지 않았다. 마침내 서재의 핏자국은 포기하기로 결심했다. 오티스 가족이 그것을 원치 않는다면 그것을 누릴 자격이 없다는 뜻이었다. 그들은 비천한 물질주의로 세상을 살아가는 사람들이어서 감각적 현상의 상징적 가치를 알아볼 능력이 전혀 없는 것이 틀림없었다. 유령으로서 출현하는 문제는 물론 아스트랄체*의 발달과 완전히 별개의 사안으로, 사실 캔터빌의 유령으로서도 어쩔 도리가 없었다. 일주일에 한 번씩 복도에 나타나고, 매달 첫째, 셋째 수요일에 커다란 퇴창에서 알아들을 수 없는 말을 지껄이는 것은 그의 엄숙한 의무였다. 그 의무를 어떤 방법으로 명예롭게 피해야 좋을지 생각이 나지 않았다. 물론 그는 매우 악한 삶을 살았다. 그러나 초자연적인 일에서만큼은 언제나 매우 양심적이었다. 그래서 캔터빌의 유령은 그 다음 삼 주 동안 토요일마다 평소처럼 자정과 3시 사이에 복도를 가로질렀지만, 누가 듣거나 보지 못하도록 최대한 주의를 기울였다. 장화를 벗고, 낡고 벌레 먹은 판자들을 최대한 가볍게 디뎠으며, 크고 검은 벨벳 망토를 걸쳤고, 사슬에 라이징선 윤활유를 조심스럽게 칠했다. 이 마지막 방법을 채택한 것이 그로서는 무척 힘겨운 결정이었을 거라는 걸 필자도 인정하지 않을 수 없다. 어느 날 밤 오티스 가족이 저녁을 먹을 때 캔터빌의 유령은 오티스 씨의 방으로 슬며시 들어가 윤활유 병을 들고 나왔다. 처음에는 약간 창피했지만, 시간이 지나면서 분별력을 회복하여 이 발명품이 매우 훌륭하며 그의 목적에도

---

* 신지학(神智學)에서 인간의 감정이나 욕망을 표출시키는 요소로 감정체 또는 성기체(星氣體)라고도 부른다. 이 문장은 유령이 자신의 감정과 관계없이 유령으로 모습을 드러내야 한다는 뜻이다.

꽤 쓸모가 있다는 사실을 인정하지 않을 수 없었다. 그럼에도, 이렇게 노력을 했음에도, 그는 마음 편하게 지낼 수가 없었다. 복도에는 아이들이 줄을 쳐 놓아 어둠 속에서 걸려 넘어지기 일쑤였다. 한번은 '검은 이삭, 호글리 우즈의 사냥꾼' 역할을 하려고 의상을 갖추어 입었다가 버터 미끄럼틀을 딛는 바람에 벌렁 나자빠지고 말았다. 쌍둥이가 '벽걸이 융단 방' 입구에서부터 떡갈나무 층계 꼭대기까지 미끄럼틀을 만들어 놓은 것이다. 캔터빌의 유령은 이런 수모를 당하자 분노가 폭발하여 자신의 위엄과 사회적 지위를 되찾기 위해 마지막으로 한 번 더 노력을 하기로 결심하고, 다음 날 밤 '경솔한 루퍼트, 머리 없는 백작'으로 분장하고 이튼 학교에 다니는 그 무례한 꼬마들을 찾아가기로 계획을 세웠다.

유령이 이 역으로 나타난 것은 칠십여 년 만이었다. 정확히 말하자면 이 역으로 어여쁜 바버러 모디시 양을 놀라게 한 이후로 처음이었다. 그녀는 너무 놀라 현재의 캔터빌 경의 할아버지와 맺었던 약혼을 바로 파기하고 미남 잭 캐슬턴과 함께 그레트너그린으로 달아나, 저녁 어스름에 무시무시한 유령이 테라스를 배회하도록 내버려 두는 집안에는 절대 시집갈 수 없다고 선언했다. 가엾은 잭은 나중에 원즈워스커먼에서 캔터빌 경과 결투를 하여 총에 맞아 죽었으며, 상심한 바버러 양은 그 해가 다 가기 전에 턴브리지웰스에서 세상을 떠났다. 말하자면 모든 면에서 큰 성공을 거둔 역이었다. 그러나 이 역은 '분장'이 매우 까다로웠다. 초자연적인 세계, 아니 좀 더 과학적인 용어를 사용한다면, 상위 자연세계의 가장 큰 신비와 관련하여 '분장' 같은 연극 용어를 사용해도 좋을지는 모르겠지만,

어쨌든 준비를 하는 데만 꼬박 세 시간이나 걸렸다. 마침내 모든 준비가 끝났을 때 유령은 자신의 외양에 매우 만족했다. 의상과 어울리는 커다란 가죽 승마 장화는 약간 컸다. 말 탄 사람들이 쓰는 대형 권총도 원래는 두 개여야 하지만 하나밖에 찾지 못했다. 그럼에도 전체적으로 아주 만족스러웠다. 캔터빌의 유령은 1시 15분에 징두리 벽판에서 미끄러져 나와 복도를 따라 살금살금 걸어갔다. 쌍둥이가 자는 방(이제 와서 하는 이야기지만 그 방은 벽지 색깔 때문에 '파란 침대 방'이라고 불렀다.)의 문은 약간 열려 있었다. 유령은 극적인 효과를 내며 들어가고 싶었기 때문에 문을 활짝 열어젖혔다. 그 순간 물이 가득 든 묵직한 단지가 그를 향해 낙하하며 몸을 흠뻑 적셨다. 단지는 왼쪽 어깨를 아슬아슬하게 빗나갔다. 그와 동시에 사주(四柱) 침대의 이불 속에서 웃음이 터져나왔다. 유령의 신경계는 큰 충격을 받았다. 캔터빌의 유령은 있는 힘을 다해 자기 방으로 달아났다. 다음 날 그는 심한 감기 때문에 하루 종일 누워 있었다. 유일하게 위안이 되는 일이라면 머리를 가져가지 않았다는 사실이었다. 만일 머리를 가져갔더라면 그 결과는 정말 심각했을 것이다.

캔터빌의 유령은 이제 이 무례한 미국인 가족에게 겁을 줄 수 있을 거라는 희망을 완전히 포기했다. 그는 헝겊 슬리퍼*를 신고, 외풍을 피해 목에 두툼한 붉은색 머플러를 두르고, 쌍둥이의 공격에 대비하여 작은 화승총을 들고 다니는 것으로

---

* 연극 무대에서 유령 역을 맡은 배우가 발소리를 내지 않기 위해 신는 슬리퍼.

만족했다. 그럼에도 유령은 9월 19일에 마지막으로 또 한 번 타격을 받고 말았다. 그는 아래층의 커다란 현관으로 내려갔다. 그곳에 있으면 어쨌든 괴롭힘을 당하는 일은 없을 것이라는 확신이 섰기 때문이다. 그는 현관에서 이제 캔터빌 가문의 그림들을 대신하고 있는 미합중국 목사 부부의 커다란 사진들(사로니*가 찍은 사진들이었다.)을 보고 신랄한 논평을 하며 놀았다. 유령은 긴 수의를 입고 있었다. 소박하지만 단정한 차림이었다. 수의 여기저기에 묘지 곰팡이 자국이 있었다. 턱은 노란 아마포 띠로 묶고 손에는 작은 랜턴과 교회 일꾼이 쓰는 삽을 들고 있었다. 사실 이것은 '무덤 없는 조너스, 처트시 반의 시체 탈취자' 차림으로, 그의 가장 뛰어난 역으로 꼽히기도 했다. 캔터빌 집안 사람들은 이 역을 잊을 수 없었다. 이것이 이웃인 러퍼드 경과 싸운 진짜 이유였기 때문이다. 새벽 2시 15분쯤이었다. 캔터빌의 유령이 확인한 바로는 모두 깊은 잠에 빠져 있었다. 그러나 핏자국이 조금이라도 남았는지 보려고 서재 쪽으로 어슬렁어슬렁 걸어갈 때 갑자기 어두운 구석에서 시커먼 형체 둘이 튀어나오더니 두 팔을 머리 위로 어지럽게 흔들면서 그의 귀에 대고 "우우!" 하고 큰 소리로 야유를 보냈다.

캔터빌의 유령은 공황 상태에 빠졌다. 정황을 보건대 그럴 만도 했다. 유령은 층계를 향해 달려갔다. 그러나 그곳에는 워싱턴 오티스가 정원용 펌프를 들고 기다리고 있었다. 사방에서 적들에 둘러싸여 궁지에 몰리자 유령은 커다란 철 난로 속으

---

* 나폴레옹 사로니는 캐나다 출신의 사진작가로 오스카 와일드의 사진을 찍기도 했다.

로 사라졌다. 다행스럽게도 난로는 꺼진 상태였다. 유령은 연도와 굴뚝을 통해 방으로 돌아가야 했다. 그는 헝클어진 옷에 먼지를 뒤집어쓴 끔찍한 몰골로 자기 방에 도착했다. 유령은 절망에 사로잡혔다.

이 일 뒤로는 유령이 야간 원정에 나서는 모습은 두 번 다시 보이지 않았다. 쌍둥이가 몇 번 유령을 기다리기도 했다. 복도에 매일 밤 견과 껍질을 뿌려놓아 부모나 하인들이 싸증을 내기도 했다. 그러나 소용없었다. 유령은 마음에 큰 상처를 입고 다시는 나타나지 않을 작정인 것 같았다. 덕분에 오티스 씨는 전부터 몇 년 동안 마음먹고 몰두해 오던 민주당 역사 저술 작업을 계속할 수 있었다. 오티스 부인은 해변에서 대합을 구워 먹는 멋진 미국식 파티를 주최했는데, 이 행사에 군 전체가 놀라움을 금치 못했다. 아이들은 라크로스, 유커,* 포커 등 미국의 국민적 놀이에 몰두했다. 버지니아는 방학 마지막 주에 캔터빌 저택을 찾아온 젊은 체셔 공작과 함께 조랑말을 타고 좁은 길을 돌아다녔다. 모두들 유령이 떠났다고 생각했다. 오티스 씨는 그런 내용의 편지를 캔터빌 경에게 쓰기도 했다. 캔터빌 경은 답장에서 크게 기뻐하며 목사의 훌륭한 부인에게 축하 인사를 전하기도 했다.

그러나 오티스 가족은 착각하고 있었다. 유령은 여전히 집에 있었기 때문이다. 비록 환자에 가까운 상태였지만 이 상황을 그냥 이대로 내버려 둘 생각은 전혀 없었다. 더군다나 손님 가운데 젊은 체셔 공작이 있다는 이야기까지 들은 다음에야.

---

* 카드 놀이의 일종.

공작의 종조부인 프랜시스 스틸턴 경은 캔터빌의 유령과 주사위 놀이를 하겠다며 카베리 대령과 백 기니 내기를 했다가 다음 날 아침 카드룸 바닥에 몸이 마비되어 쓰러진 채 발견된 적이 있었다. 그는 오래 살기는 했지만 "여섯 점짜리 두 개"라는 말 외에 다른 말을 결코 하지 못했다. 양쪽 귀족 집안의 감정을 존중하여 입막음을 하려는 노력이 백방으로 이루어졌음에도 이 이야기는 당시에 널리 알려졌다. 이 사건의 정황과 관련된 자세한 이야기는 태틀 경의 『섭정궁(攝政宮)과 그의 친구들의 회상』 3권에 담겨 있다. 따라서 유령은 스틸턴 집안에 대한 자신의 영향력이 사라지지 않았음을 보여 주고 싶어 안달할 수밖에 없었다. 사실 유령은 그 집안과 먼 친척간이기도 했다. 그의 사촌이 벌클리 씨와 재혼을 했기 때문이다. 모두가 알다시피 체셔 공작은 벌클리의 직계 후손이었다. 그래서 캔터빌의 유령은 '뱀파이어 수사, 창백한 베네딕틴'이라는 유명한 역을 맡아 버지니아의 어린 연인에게 나타날 준비를 했다. 이 연기는 매우 무시무시하여 스타트업 부인은 1764년의 운명적인 마지막 날 그것을 보고 고막을 찢을 듯한 비명을 내질렀다. 결국 스타트업 부인은 뇌졸중을 일으켜 사흘 뒤에 세상을 떴는데, 그 전에 캔터빌 집안과 의절을 하고 모든 돈을 런던의 한 약제사에게 물려주고 말았다. 캔터빌의 유령은 이 역을 연기할 준비를 다 갖추었다. 그러나 마지막 순간에 쌍둥이가 두려워 방을 나서지 못하고 말았고, 덕분에 '왕의 침대 방'에 묵고 있던 어린 공작은 깃털로 만든 커다란 침대 지붕 밑에서 버지니아 꿈을 꾸며 평온하게 잠이 들 수 있었다.

5

그로부터 며칠 뒤 버지니아와 그녀의 곱슬머리 기사는 브로클리 초원으로 말을 타러 나갔다. 버지니아는 산울타리를 통과하다 옷이 심하게 찢어져 집에 돌아왔는데 사람들 눈에 띄지 않게 들어가려고 뒤쪽 층계를 이용했다. 종종걸음으로 달려가는데 문이 열린 '벽걸이 융단 방' 안에 사람이 있는 것 같았다. 버지니아는 가끔 그곳으로 일거리를 가지고 들어가는 하녀라고 생각하고 안을 들여다보며 옷을 꿰매 달라고 말했다. 그러나 안에는 사람이 아니라 캔터빌의 유령이 있었다. 버지니아는 깜짝 놀랐다! 유령은 창가에 앉아, 노랗게 변해 가는 나무에서 떨어진 황금 잎이 허공에 흩날리고 붉은 잎들이 긴 가로수길을 따라 미친 듯이 춤추는 광경을 지켜보고 있었다. 머리는 한 손에 괴어 놓고 있었다. 자세만 보아도 극심한 우울증에 빠졌음을 한눈에 알 수 있었다. 어린 버지니아는 처음에는 달아나서 자기 방에 들어가 문을 잠글 생각이었다. 그러나 유령이 너무 쓸쓸하고 무기력해 보여 그만 동정심에 사로잡혀서는 그를 위로하기로 마음을 고쳐먹었다. 그녀의 발걸음이 너무 가볍고 자신의 우울은 너무 깊어 유령은 그녀가 말을 걸었을 때에야 방에 누가 있다는 사실을 알았다.

"할아버지 때문에 마음이 정말 안 좋아요." 버지니아가 말했다. "하지만 동생들은 내일이면 이튼으로 돌아갈 거예요. 그러니까 이제부터 얌전히만 계시면 아무도 귀찮게 하지 않을 거예요."

"나더러 얌전히 있으라고 하다니 정말 어처구니가 없구나."

유령은 깜짝 놀란 표정으로 고개를 돌려 감히 자신에게 말을 붙인 어여쁜 소녀를 바라보았다. "정말 어처구니가 없어. 나는 사슬을 덜그럭거려야만 하고, 열쇠 구멍으로 신음을 뱉어야 하고, 밤에 이리저리 돌아다녀야 한단 말이다. 한데 그런 걸 하지 말란 말 아니냐. 그것이 내가 존재하는 유일한 이유인데도 말이야."

"그것은 결코 존재의 이유가 될 수 없어요. 할아버지도 그동안 자신이 아주 못된 짓을 했다는 것을 잘 아시잖아요. 우리는 여기에 이사 온 첫 날 엄니 부인한테서 할아버지가 부인을 죽였다는 이야기를 들었어요."

"뭐 그거야 인정하지." 유령이 언짢은 표정으로 말했다. "하지만 그건 어디까지나 집안일이야. 다른 사람하고는 상관이 없다."

"어찌 되었든 사람을 죽이는 것은 큰 잘못이에요." 버지니아가 말했다. 그녀는 가끔 청교도적인 근엄함을 달착지근하게 표현하곤 했다. 뉴잉글랜드의 조상으로부터 물려받은 게 틀림없었다.

"아, 추상적인 윤리의 값싼 엄격함이라니, 정말 싫구나! 내 마누라는 아주 못생겼어. 내 주름 칼라에 풀을 제대로 먹인 적도 없지. 요리에 대해서는 아무것도 몰랐어. 그래, 내가 호글리 숲에서 수사슴을 한 마리 사냥한 적이 있었지. 두 살 난 수사슴이었어. 그런데 마누라가 그걸 어떻게 식탁에 올려놨는지 아니? 어쨌든 지금은 상관없어. 다 지난 일이야. 그래도 처남들이 나를 굶겨 죽인 것은 잘한 일이라고 생각하지 않아. 아무리 내가 마누라를 죽였어도 그렇지."

"굶겨 죽여요? 오, 유령 할아버지, 아니, 사이먼 경, 지금 배가 고프세요? 도시락에 샌드위치가 하나 있는데. 그거 드실래요?"

"아냐, 사양하겠다. 지금은 아무것도 먹지 않아. 그래도 어쨌든 고맙구나. 너는 지긋지긋하고 무례하고 천박하고 부정직한 네 가족보다는 훨씬 착하구나."

"그만하세요!" 버지니아가 소리치며 발을 굴렀다. "무례하고 또 지긋지긋하고 또 천박한 건 바로 할아버지예요. 그리고 부정직 이야기를 하시는데, 서재의 그 웃기는 핏자국을 다시 칠하려고 제 상자에서 물감을 훔쳐간 게 할아버지라는 걸 잘 알아요. 처음에는 빨간색을 다 가져가셨어요. 주홍까지 다요. 그래서 저는 석양을 못 그리게 됐죠. 그다음에 할아버지는 에메랄드 녹색하고 크롬 노란색을 가져가셨어요. 결국 남색과 아연백색밖에 안 남았어요. 저는 이제 달빛이 비치는 장면밖에 못 그리게 됐어요. 하지만 그건 보기만 해도 우울한 데다가 그리기도 쉽지가 않아요. 저는 무척 화가 났지만 그래도 고자질은 하지 않았어요. 게다가 너무 웃기잖아요. 세상에 에메랄드 녹색의 피가 어디 있어요?"

"하긴 그렇구나." 유령은 약간 온화해진 말투로 말했다. "하지만 내가 달리 어떻게 할 수 있겠니? 요즘은 진짜 피를 구하기가 어려워. 게다가 네 오빠가 패러건 세제로 그것을 죄다 닦아내기 시작했으니 내 입장에서는 네 물감을 쓰지 않을 이유가 없다고 생각했지. 그리고 색깔이야 취향 문제 아니겠니. 예를 들어 캔터빌 집안 사람들은 피가 파란색이야. 영국에서 가장 파랗지. 하긴 너희 미국인들이야 이런 종류의 일에는 관심이 없겠지만."

"정말 아무것도 모르시는군요. 할아버지가 할 수 있는 최선은 이민을 가서 생각을 바꾸는 거예요. 아버지가 언제라도 자유 통행권을 주실 거예요. 술*에는 종류와 관계없이 높은 관세가 붙지만, 세관을 통과하는 데는 문제가 없을 거예요. 세관원들이 모두 민주당원이니까요. 일단 뉴욕에 가시면 할아버지는 틀림없이 큰 성공을 거두실 거예요. 유령 하나를 얻을 수만 있다면 수십만 달러라도 낼 사람들이 그곳에는 많아요. 가족 유령을 하나 둘 수 있다면 훨씬 더 큰 돈도 지불할 거예요."

"미국이 마음에 들 것 같지가 않구나."

"미국에는 망가진 것도 없고 진귀한 것도 없어서 그러신가 보네요." 버지니아가 비꼬았다.

"망가진 것! 진귀한 것!" 유령이 대꾸했다. "미국에는 해군이 있고 예절이 있잖니."

"안녕히 계세요. 그럼 저는 바로 가서 아버지한테 쌍둥이 방학을 일주일 더 늘려 달라고 해야겠네요."

"제발 가지 마라, 버지니아 양." 유령이 소리쳤다. "나는 정말 외롭고 비참해. 어찌해야 좋을지 모르겠구나. 가서 자고 싶지만 잠이 오지 않아."

"말도 안 돼요! 그냥 침대로 가서 촛불만 끄면 되는데. 오히려 잠을 자지 않는 것이 어려울 때가 많죠. 특히 교회에서는요. 하지만 잠을 자는 건 어려울 게 하나 없어요. 봐요, 아기들도 할 줄 알잖아요. 똑똑하지도 않은데 말이에요."

---

* spirit. 영(靈)이라는 뜻도 된다.

"나는 삼백 년 동안 잠을 자지 못했다." 유령이 처량한 목소리로 말했다. 버지니아가 놀라서 아름다운 파란 눈을 번쩍 떴다. "삼백 년 동안이나 잠을 못 잤단 말이다. 그래서 무척 피곤해."

버지니아의 표정이 무거워졌다. 작은 두 입술이 장미 꽃잎처럼 떨렸다. 버지니아는 유령 옆으로 다가가 무릎을 꿇더니 늙고 시든 얼굴을 쳐다보았다.

"가엾은, 가엾은 유령 할아버지." 버지니아가 중얼거렸다. "잠잘 곳이 없나요?"

"소나무 숲 너머 멀리 있지." 유령이 꿈에 잠긴 낮은 목소리로 대답했다. "그곳에 작은 정원이 있어. 풀이 높고 빽빽하게 자라는 곳이지. 크고 흰 별 같은 독미나리 꽃도 피어. 나이팅게일은 밤새도록 노래를 부르지. 나이팅게일이 그렇게 노래를 부르면, 수정 같은 차가운 달이 굽어보고 주목은 잠자는 사람들 위로 거대한 두 팔을 뻗지."

버지니아의 눈이 눈물로 흐릿해졌다. 그녀는 두 손으로 얼굴을 가렸다.

"'죽음의 정원'을 말씀하시는군요." 버지니아가 작은 소리로 말했다.

"그래, 죽음. 죽음은 정말 아름답지. 부드러운 갈색 흙 속에 누워 있노라면 머리 위에서는 풀이 물결을 치고 정적이 귀를 가득 채우지. 어제도 없고, 내일도 없어. 시간을 잊고 삶을 잊고 평화를 누리는 것. 네가 나를 도와줄 수 있겠구나. 네가 나를 위해 죽음의 집 문을 열어 줄 수 있겠다. 너에게는 늘 사랑이 함께하니까. 사랑은 죽음보다 강하니까."

버지니아는 몸을 떨었다. 차가운 몸서리가 몸을 훑고 지나갔다. 잠시 정적이 흘렀다. 버지니아는 무시무시한 꿈을 꾸고 있는 기분이었다.

이윽고 유령이 다시 입을 열었다. 그의 목소리는 바람의 한숨 소리 같았다.

"서재 창문에 적힌 오래된 예언을 읽은 적이 있니?"

"아, 여러 번 읽었어요." 어린 소녀가 큰 소리로 말하며 고개를 들었다. "다 외우고 있는걸요. 이상한 검은 글자로 씌어 있어서 읽기가 어렵긴 하더라고요. 그래도 여섯 줄밖에 안 되던데요.

> 황금 소녀가 죄의 입술에서
> 기도를 얻어 낼 수 있을 때,
> 열매를 못 맺는 편도에 열매가 열리고
> 어린아이가 눈물을 흘려 줄 때,
> 그때가 되면 온 집 안이 고요해지고
> 캔터빌에는 평화가 오리라.

하지만 무슨 뜻인지는 모르겠어요."

"그 말은 말이다." 유령이 서글픈 목소리로 말했다. "네가 내 죄 때문에 나와 함께 울어 주어야 한다는 뜻이다. 나에게는 눈물이 없으니까. 또 네가 내 영혼을 위해 나와 함께 기도해 주어야 한다는 뜻이다. 나에게는 믿음이 없으니까. 그렇게하면, 그리고 네가 지금까지 늘 착하고 선하고 상냥했다면, 죽음의 천사가 나에게 자비를 베풀 것이라는 뜻이다. 너는 어둠 속에서 무서운 형체들을 보게 될 거야. 또 사악한 목소리들이 네 귀에 대고 소곤거릴 거야. 하지만 너한테는 아무런 해도 끼치지 못해. 지옥의 권세는 어린 아이의 순수함을 이길 수 없기 때문이지."

버지니아는 대답을 하지 않았다. 유령은 자기 앞에 수그린 황금빛 머리를 내려다보며 견딜 수 없는 절망에 사로잡혀 두 손을 비틀었다. 갑자기 버지니아가 일어섰다. 얼굴이 몹시 창백했다. 눈에서는 야릇한 빛이 반짝거렸다. "저는 두렵지 않아요." 버지니아가 굳세게 말했다. "할아버지한테 자비를 베풀어 달라고 천사에게 부탁하겠어요."

유령은 희미하게 기쁨의 탄성을 내지르며 자리에서 일어나 버지니아의 손을 잡더니 구식으로 우아하게 허리를 굽혀 손에 입을 맞추었다. 유령의 손은 얼음처럼 차가웠지만 입술은 불처럼 뜨거웠다. 그러나 버지니아는 움츠러들지 않았다. 유령은 그녀를 이끌고 어슴푸레한 방을 가로질렀다. 바랜 녹색 태피스트리에는 작은 사냥꾼들이 수놓여 있었다. 사냥꾼들은 술 장식이 달린 나팔을 불면서 그녀에게 돌아가라고 작은 손을 휘저었다. "돌아가! 귀여운 버지니아." 사냥꾼들이 소리쳤다. "돌아가!" 그러나 유령이 그녀의 손을 꽉 잡았다. 버지니아는 사냥꾼들을 보지 않으려고 눈을 질끈 감았다. 벽난로 앞 장식에는 도마뱀 꼬리를 달고 눈알을 희번덕거리는 무시무시한 짐승들이 새겨져 있었다. 짐승들이 그녀를 보고 눈을 껌뻑이며 중얼거렸다. "조심해! 귀여운 버지니아, 조심해! 우리는 두 번 다시 너를 보지 못할지도 몰라." 그러나 유령은 더 빠르게 미끄러져 갔다. 버지니아는 귀를 닫아 버렸다. 방 끝에 이르자 유령은 발을 멈추더니 버지니아가 알아들을 수 없는 단어 몇 개를 웅얼거렸다. 버지니아는 눈을 떴다. 벽이 서서히 안개처럼 흐릿해졌다. 앞에는 커다란 동굴이 시커멓게 입을 벌리고 있었다. 맵고 찬 바람이 주위를 감쌌다. 뭔가가 옷을 잡아끄는 느낌이었다. "얼른, 얼른." 유령이 소리쳤다. "서둘지 않으면 늦어." 곧이어서 징두리 벽판이 버지니아의 등 뒤에서 닫혔다. '벽걸이 융단 방'은 텅 비었다.

6

십 분쯤 뒤 차를 마시라고 종을 쳤는데도 버지니아가 내려오지 않자 오티스 부인은 하인을 한 사람 올려 보냈다. 잠시후 돌아온 하인은 버지니아 양이 보이지 않는다고 말했다. 버지니아는 매일 저녁 식탁에 꽂을 꽃을 꺾으러 정원에 나가는 습관이 있었기 때문에 오티스 부인은 전혀 놀라지 않았다. 그러나 시계가 6시를 쳐도 버지니아가 나타나지 않자 걱정이 되기 시작했다. 오티스 부인은 남자아이들을 내보내 버지니아를 찾게 하고, 자신은 오티스 씨와 함께 집 안의 모든 방을 샅샅이 뒤졌다. 6시 30분에 남자아이들이 돌아와 아무리 찾아봐도 버지니아는 그림자도 보이지 않더라고 말했다. 이제 모두 제정신이 아니었다. 어떻게 해야 좋을지 알 수가 없었다. 그 순간 오티스 씨는 며칠 전 집시 무리에게 공원에서 야영을 해도 좋다고 허락했던 일에 생각이 미쳤다. 그는 즉시 장남과 하인 둘을 데리고 집시들이 머무는 블랙펠홀로 출발했다. 근심으로 거의 미칠 지경이었던 체셔 공작도 같이 가게 해 달라고 간청했으나 오티스 씨는 허락하지 않았다. 집시들과 드잡이가 벌어질지도 모른다고 걱정했던 것이다. 그러나 현장에 도착해 보니 집시들은 보이지 않았다. 모닥불이 완전히 꺼지지 않았고 풀밭에 접시도 몇 개 흩어진 것을 보니 황급히 떠난 모양이었다. 오티스 씨는 워싱턴과 두 하인에게 주위를 뒤져 보라고 명령한 뒤 집으로 달려가 군의 모든 경찰서 경감에게 전보를 쳤다. 부랑자나 집시가 납치해 간 어린 소녀를 찾는다는 내용이었다. 오티스 씨는 말을 가져오라고 명령하고, 부인과 세 아이에게는 앉아서 저녁을 먹으라고 말한 뒤 말구종 하나를 데리고 애스컷 길을 따라 달려갔다. 그러나 이 킬로미터도 채 가지 않았을 때 누군가 뒤에서 말을 타고 달려오는 소리가 들렸다. 돌아보니 어린 공작이 조랑말을 타고 쫓아오고 있었다. 얼굴은 시뻘겠고 모자도 쓰지 않았다. "정말 죄송합니다, 오티스 씨." 소년이 숨을 헐떡이며 말했다. "하지만 버지니아가 사라졌는데 저녁이나 먹고 있을 수가 있어야죠. 제발 화는 내지 말아 주세요. 작년에 약혼을 시켜 주셨다면 이런 일은 없었을 거예요. 저를 돌려 보내지는 않으시겠죠, 그렇죠? 전 돌아갈 수 없어요! 돌아가지 않겠어요!"

목사는 성가시게 구는 소년을 보고 웃음을 짓지 않을 수 없었다. 잘생긴 어린 공작이 버지니아에게 이렇게까지 헌신적이라니 가슴이 뭉클했다. 오티스 씨는 말에서 허리를 숙여 공작의 어깨를 다정하게 어루만졌다. "그래, 세실, 돌아가지 않겠다면 나와 함께 갈 수밖에 없겠구나. 하지만 애스컷에 가서 모자는 하나 구해야겠다."

"모자는 상관없어요! 제가 원하는 것은 버지니아예요!" 어린 공작이 웃음을 터뜨렸다. 그들은 기차역으로 말을 달렸다. 그곳에서 오티스 씨는 역장에게 버지니아의 생김새를 묘사하면서 플랫폼에서 그런 아이를 본 적이 있느냐고 물었지만 원하던 답을 들을 수가 없었다. 그러나 역장은 철로 위아래 쪽으로 모두 전보를 쳤으며, 앞으로도 그런 여자아이가 나타나는지 꼭 지켜보겠다고 약속했다. 오티스 씨는 막 문을 닫으려던 직물 가게에서 어린 공작에게 줄 모자를 하나 산 뒤에 오 킬로미터 넘게 떨어진 마을 벡슬리로 말을 달렸다. 그 옆에 공유지가 있어 집시들이 자주 찾는다는 말을 들었기 때문이다. 그들은 이곳에서 시골 경찰관을 깨웠지만 아무런 정보를 얻을 수가 없었다. 결국 공유지를 사방으로 달리며 집시가 있는지 찾아본 뒤에 집으로 말머리를 돌릴 수밖에 없었다. 그들은 상심한 데다 탈진까지 겹쳐 11시쯤 저택에 도착했다. 워싱턴과 쌍둥이가 대문 옆에서 랜턴을 든 채 그들을 기다리고 있었다. 가로수 길이 무척 어두웠기 때문이다. 그들 역시 버지니아의 흔적을 발견하지 못했다. 집시들은 브로클리 초원에서 찾아냈지만 버지니아는 그들과 함께 있지 않았다. 집시들은 초튼 장이 서는 날짜를 착각하여 늦을까 봐 서두르느라 갑자기 출발했던 것이라고 해명했다. 버지니아 실종 소식을 듣자 그들 역시 몹시 안타까워했다. 사유지에서 야영을 하게 해 준 오티스 씨에게 고마워하고 있었기 때문이다. 집시 네 명은 뒤에 남아 수색을 돕기까지 했다. 잉어 연못은 바닥까지 뒤졌고 저택 주변도 샅샅이 뒤졌다. 그러나 아무런 성과가 없었다. 이제 버지니아의 실종은 분명한 사실이 되었다. 적어도 그날 밤에는 그렇게 보였다. 오티스 씨와 사내아이들은 몹시 우울한 마음으로 집으로 걸어갔다. 말구종은 말 두 마리와 조랑말 한 마리를 끌고 뒤에서 따라왔다. 현관에는 겁에 질린 하인들이 모여 있었다. 서재의 소파에는 가엾은 오티스 부인이 누워 있었다. 공포와 불안 때문에 거의 제정신이 아니었다. 늙은 가정부는 오드 콜로뉴*로 그녀의 이마를 씻어 주었다. 오티스 씨는 그녀를 보자마자 뭘 좀 먹으라고 말하고, 모두 소집하여 저녁을 먹게 했다. 우울한 식사였다. 아무도 입을 열려고 하지 않았다. 심지어 쌍둥이조차도 두려움을 느끼는지 푹 가라앉아 있었다. 둘 다 평소에 버지니아를 무척 좋아했기 때문이다. 어린 공작이 간청했지만, 오티스 씨는 식사를 마치자 밤에는 더 할 일이 없으니 모두 자라고 명령했다. 그러면서 아침에 일어나는 대로 스코틀랜드야드에 전보를 쳐서 형사 몇 명을 내려보내 달라는 요청을 하겠다고 계획을 밝혔다. 그들이 식당에서 나가는데 시계탑에서 자정을 알리기 시작했다. 마지막 종을 치는 순간 뭐가 쾅하고 부딪히는 소리와 함께 날카로운 비명이 들렸다. 동시에 무시무시한 천둥이 집을 흔들고, 지상의 것이 아닌 선율이 허공을 맴돌더니, 층계 꼭대기의 판벽이 큰 소리를 내며 뒤로 날아갔다. 그곳에서 핏기가 가셔 새하얘 보이는 버지니아가 손에 작은 상자를 들고 층계참으로 걸어 나왔다. 사람들은 모두 버지니아가 있는 곳으로 달려 올라갔다. 오티스 부인은 딸을 뜨겁게 끌어안았다. 공작은 숨 막힐 정도로 격렬한 입맞춤을 퍼부었다. 쌍둥이는 사람들 주위에서 흥겹게 승리의 춤을 추기

* 1709년 독일 퀼른 원산의 다용도 화장수.

시작했다.

"어이쿠! 애야, 대체 어디 갔던 거냐?" 오티스 씨가 약간 성난 목소리로 물었다. 버지니아가 장난을 친 것이라고 생각했기 때문이다. "세실하고 내가 너를 찾아 말을 타고 군 전체를 돌아다녔단 말이다. 네 어머니는 겁에 질려 쓰러질 지경이었고. 다시는 이런 몹쓸 장난을 치지 마라."

"유령한테만 쳐! 유령한테만 쳐!" 쌍둥이가 깡충거리면서 소리를 질렀다.

"애야, 너를 찾게 되어 천만다행이다. 다시는 내 곁을 떠나지 마라." 오티스 부인이 중얼거리며 떨고 있는 아이에게 입을 맞추고 엉킨 금발을 손으로 빗어 주었다.

"아빠." 버지니아가 차분한 목소리로 말했다. "저는 유령과 함께 있었어요. 이제 유령은 죽었어요. 가서 보세요. 아주 악한 유령이었지만 자신이 한 일을 진심으로 회개했어요. 유령은 죽기 전에 아름다운 보석이 든 이 상자를 저한테 주었어요."

온 가족이 말문이 막혀 버지니아를 빤히 바라보았다. 그러나 버지니아는 엄숙하고 진지했다. 그녀는 몸을 돌리더니 가족을 이끌고 징두리 벽판이 열린 곳을 통해 좁은 비밀 복도로 걸어갔다. 워싱턴이 탁자에서 촛불을 집어 들고 그 뒤를 따랐다. 이윽고 그들은 커다란 떡갈나무 문 앞에 이르렀다. 문에는 녹슨 징이 박혀 있었다. 버지니아가 문에 손을 대자 묵직한 문이 뒤로 젖혀졌다. 그들은 천장이 낮은 작은 방에 들어섰다. 천장은 원형이었으며 쇠창살이 달린 아주 작은 창이 하나 달려 있었다. 벽에는 거대한 쇠고리가 달려 있고, 여기에 연결된 사슬에는 여윈 해골이 묶여 있었다. 해골은 돌바닥으로 길게 몸을 뻗고 있었다. 살이 없는 긴 손가락으로 구식 나무 접시와 물병을 잡으려고 안간힘을 쓰고 있는 것 같았다. 그러나 접시와 물병은 아슬아슬하게 손이 닿지 않는 곳에 놓여 있었다. 물병 안에 녹색 곰팡이가 핀 것을 보니 한때는 물이 들어 있었던 것이 분명했다. 나무 접시에는 먼지만 한 무더기 쌓여 있었다. 버지니아는 해골 옆에 무릎을 꿇고 작은 두 손을 모아 속으로 기도를 하기 시작했다. 나머지 사람들은 놀란 표정으로 그들 앞에 비밀을 드러낸 무시무시한 비극의 현장을 멍하니 바라보기만 했다.

"이야!" 쌍둥이 하나가 갑자기 탄성을 질렀다. 그는 이 방이 집의 어느 날개에 속해 있는지 확인하려고 창밖을 내다보고 있었다. "이야! 저 말라비틀어진 늙은 편도 나무에 꽃이 피었어요. 달빛에 꽃이 분명하게 보여요."

"하느님이 할아버지를 용서하신 거예요." 버지니아가 엄숙하게 말하며 일어섰다. 그녀의 얼굴에서 아름다운 빛이 뿜어져 나오는 듯했다.

"아, 천사 같은 사람." 젊은 공작이 소리치며 팔로 그녀의 목을 끌어안고 입을 맞추었다.

7

이런 기괴한 사건들이 벌어지고 난 나흘 뒤 밤 11시쯤 캔터빌 저택에서 장례식이 거행되었다. 검은 말 여덟 마리가 영구차를 끌었다. 말들의 머리에는 모두 까닥거리는 타조 깃털이

한 무더기씩 꽂혀 있었다. 납으로 만든 관에는 짙은 자주색 보를 덮었다. 황금색으로 수놓아진 캔터빌 문장이 보였다. 영구차와 마차 옆에서 하인들이 횃불을 들고 걸어 장례 행렬은 당당해 보였다. 상주 캔터빌 경은 장례식에 참석하기 위해 웨일스에서 일부러 왔으며 귀여운 버지니아와 함께 첫 번째 마차에 앉아 있었다. 그 뒤에 미합중국 목사 부부, 그다음에 워싱턴과 사내아이 셋, 그리고 마지막 마차에는 엄니 부인이 탔다. 엄니 부인은 오십여 년 동안 유령을 겁내며 살아왔기 때문에 모두들 그녀가 유령의 마지막 가는 길을 볼 권리가 있다고 생각했다. 교회 묘지 한쪽 구석에는 깊은 무덤을 팠다. 늙은 주목 바로 밑이었다. 오거스터스 댐피어 신부는 당당한 태도로 장례 미사를 주관했다. 식이 끝나자 하인들은 캔터빌 가문의 오랜 관습에 따라 횃불을 껐다. 하관이 시작되자 버지니아가 앞으로 나서서 관 위에 하얀색과 분홍색 편도 꽃으로 만든 커다란 십자가를 올려놓았다. 순간 달이 구름 뒤에서 나와 작은 교회 묘지에 소리 없이 은 빛을 흘려 보냈고, 먼 관목 숲에서는 나이팅게일이 노래를 하기 시작했다. 버지니아는 유령이 묘사했던 죽음의 정원을 떠올렸다. 눈물 때문에 앞이 침침했다. 버지니아는 집으로 돌아오는 길에 입을 꼭 다물고 아무 말도 하지 않았다.

다음 날 아침 오티스 씨는 캔터빌 경이 런던으로 가기 전에 유령이 버지니아에게 준 보석 문제를 꺼냈다. 모두 훌륭한 물건이었다. 특히 옛 베네치아 상감 방식으로 만든 루비 목걸이는 16세기 공예품의 표본이라 할 만큼 훌륭했다. 매우 가치가 있는 보석들이었던 터라 딸에게 그것을 가지라고 하자니 여간 마음에 걸리는 것이 아니었다.

"캔터빌 경." 오티스 씨가 말했다. "이 나라에서는 토지만이 아니라 자질구레한 장신구에도 양도 불능의 소유권이 적용된다고 알고 있습니다. 제가 보기에 이 보석들은 캔터빌 경 가문의 가보임이 분명해요. 아니, 반드시 가보가 되어야 해요. 그러니 이것을 런던으로 가져가시기 바랍니다. 그냥 묘한 상황에서 되찾은 가산의 한 부분으로 여기시면 될 것 같습니다. 제 딸은 아이에 불과하여 다행스럽게도 아직은 그런 한가롭고 사치스러운 생활의 부속물에는 관심이 없습니다. 또 제 아내는 예술에 대해서는 결코 권위자라 할 수 없고, 다만 어렸을 때 보스턴에서 몇 번 겨울을 날 기회를 얻었던 덕분에 주워들은 것이 있기는 한 것 같은데, 그 사람 말이 이 보석들은 돈으로 따져도 큰 가치가 있다고 합니다. 팔려고만 하면 엄청난 값을 받을 수 있다는 거지요. 상황이 이러하니, 캔터빌 경, 저로서는 이것이 제 가족의 소유가 되는 것을 허락할 수 없다는 점을 이해하시리라 믿습니다. 사실 이런 허황된 장식품과 장난감은 영국 귀족의 위엄에는 어울리고 또 필요한 것일지 몰라도, 공화주의적인 소박함이라는 엄격한 원칙, 제가 보기에는 불멸의 원칙이기도 합니다만, 어쨌든 그런 원칙에 따라 성장한 사람들에게는 전혀 어울리지 않습니다. 하지만 버지니아가 그 상자만은 그대로 간직할 수 있기를 간절히 바란다는 말씀은 드려야 할 것 같군요. 미혹에 빠져 불행을 겪었던 캔터빌 경의 조상이 남긴 기념물로 말입니다. 이건 아주 오래된 것이고, 따라서 수리하기도 힘든 것이니 제 딸아이의 요청을 받아들이는 것이 나쁘지 않다고 생각하실 겁니다. 솔직히 말씀드리면, 저로서는 제

자식이 어떤 형태든 중세 시대 것에 공감하는 것이 매우 놀라울 따름입니다. 제 아내가 아테네 여행에서 돌아온 직후 런던 교외에서 버지니아를 낳았다는 사실 외에는 달리 그런 경향을 설명할 근거가 없군요."

캔터빌 경은 엄숙한 표정으로 이 훌륭한 목사의 말을 경청하면서 저도 모르게 떠오르는 미소를 감추기 위해 이따금씩 회색 콧수염을 잡아당겼다. 오티스 씨가 이야기를 끝내자 그는 다정하게 손을 잡으며 말했다. "목사님, 목사님의 매혹적이고 귀여운 따님은 우리의 불행한 조상 사이먼 경에게 아주 큰 일을 해 주었습니다. 저와 우리 가족은 따님의 놀라운 용기와 담력에 매우 감사하고 있습니다. 그 보석들은 분명히 따님 것입니다. 만일 제가 무정하게도 그것을 따님에게서 빼앗아 간다면, 그 사악한 늙은이가 두 주 후에 다시 무덤에서 기어나와 저에게 지옥 같은 인생을 맛보게 할 것입니다. 아까 가보 이야기를 하셨는데, 유언장이나 법적 문서에 언급되지 않은 것은 가보가 아닙니다. 우리는 이런 보석들이 있는지도 몰랐습니다. 분명히 말씀드리지만 저에게는 목사님의 집사와 마찬가지로 아무 권리가 없습니다. 버지니아 양이 크면 아마 기쁜 마음으로 그 예쁜 보석을 달고 다닐 것입니다. 그런데 목사님은 감정가격으로 가구와 유령을 있는 그대로 받아들이기로 한 사실을 잊으셨나 보군요. 그렇게 하셨으니 유령에게 속한 것은 무엇이 되었든 즉시 목사님의 소유가 되는 것이지요. 사이먼 경이 밤에 복도에서 어떤 활동을 했건 법적인 관점에서 보자면 그는 사망한 것이며, 목사님은 이곳을 사면서 그의 소유물까지도 다 산 것입니다."

오티스 씨는 캔터빌 경의 거절에 몹시 상심하여 결정을 재고해 줄 것을 간청했다. 그러나 선량한 귀족의 입장은 변함이 없었다. 마침내 목사는 딸이 유령의 선물을 간직하는 것을 허락했다. 그래서 1890년 봄 젊은 체셔 공작 부인이 갓 결혼한 몸으로 여왕의 제1응접실에 앉게 되었을 때, 그녀의 보석은 모든 사람의 감탄을 자아냈다. 버지니아는 어린 연인이 성년이 되자마자 결혼을 하여 귀족의 관을 쓰게 되었으니, 착하고 귀여운 미국 소녀라면 모두가 받는 상을 받은 셈이었다. 두 사람 모두 매력적이었을 뿐만 아니라 서로를 극진히 사랑하였기 때문에 모두 이들의 결합에 기쁨을 느꼈다. 두 사람만이 예외였는데, 한 사람은 늙은 덤블턴 후작 부인이었다. 그녀는 미혼인 딸 일곱 명을 위해 공작을 잡으려고 값비싼 만찬 파티를 무려 세 번이나 열었기 때문이다. 이상하게 들리겠지만 또 한 사람은 오티스 씨였다. 오티스 씨는 어린 공작을 개인적으로 매우 좋아했지만, 공식적으로는 귀족제에 반대하는 사람이었다. 그의 말을 빌자면 "쾌락을 사랑하는 귀족의 퇴폐적인 영향 때문에 공화주의적 소박함의 진정한 원리가 잊혀질지도 모른다는 불안이 없지 않기" 때문이다. 그러나 그의 반대는 아무런 소용이 없었다. 사실 오티스 씨가 자신의 팔에 매달린 딸과 함께 하노버스퀘어의 세인트조지 성당의 통로를 따라 걸어갈 때 영국 어디를 훑어보아도 그보다 더 자부심에 찬 남자는 찾아볼 수 없었다.

공작과 공작 부인은 신혼여행이 끝난 뒤 캔터빌 저택으로 내려왔다. 그들은 도착한 다음 날 오후 소나무 숲 옆의 쓸쓸한 교회 묘지까지 산책을 했다. 전에 장례식을 치렀을 때 사람들은 사이먼 경의 묘비에 어떤 비문을 새길지 쉽게 결정을 내리지 못했다. 그러다가 마침내 늙은 신사의 이름 머릿글자와 서재 창문에 적힌 시구만 새기기로 했다. 공작 부인은 예쁜 장미 몇 송이를 가져와 무덤에 뿌렸다. 신혼부부는 무덤 옆에 잠시 서 있다가 오래된 대수도원의 제단이 있는 곳까지 천천히 걸어갔다. 폐허나 다름없었다. 공작 부인은 쓰러진 기둥에 앉았다. 남편은 그녀의 발치에 누워 담배를 피우면서 그녀의 아름다운 눈을 쳐다보고 있었다. 갑자기 공작은 담배를 내던지더니 부인의 손을 잡으며 말했다. "버지니아, 아내는 남편에게 비밀이 없어야 해."

"세실! 나는 당신한테 비밀이 없어요."

"아니, 있어." 공작은 웃음을 지으며 말했다. "유령과 함께 갇혀 있을 때 무슨 일이 있었는지 말해 준 적이 없잖아."

"그건 누구한테도 말한 적이 없어요, 세실." 버지니아가 진지한 얼굴로 말했다.

"알아. 하지만 나한테는 말해 줄 수도 있잖아."

"제발 그 요구는 하지 마요, 세실. 그건 당신한테도 말할 수 없어요. 가엾은 사이먼 경! 나는 그분한테 큰 신세를 졌어요. 정말이에요. 웃지 말아요, 세실. 정말로 큰 신세를 졌어요. 그분 덕택에 나는 삶이 무엇인지, 죽음이 무엇을 의미하는지, 왜 사랑이 삶과 죽음보다 강한지 알게 되었단 말이에요."

공작은 일어서서 아내에게 다정하게 입을 맞추었다.

"내가 당신 마음을 가지고 있는 한 당신은 당신 비밀을 가지고 있어도 좋아." 공작이 중얼거렸다.

"당신은 늘 내 마음을 가지고 있어요, 세실."

"언젠가 당신 아이들한테는 말해 주겠지, 그렇지?"

버지니아는 얼굴을 붉혔다.

모범적인 백만장자
─ 찬사

부자가 아니라면 매력적이어도 아무런 소용이 없다. 로맨스는 실업자의 일이 아니라 부자의 특권이다. 가난한 사람들은 실질적이고 재미없는 생활을 해야 한다. 매력적이기보다는 안정된 수입이 있는 편이 더 낫기 때문이다. 휴기 어스킨은 이런 근대적 삶의 위대한 진리를 전혀 깨닫지 못한 사람이었다. 가엾은 휴기! 물론 지적인 면에서는 그가 대단치 않다는 사실을 인정할 수밖에 없다. 그는 평생 한 번도 똑똑한 소리, 심지어 심술궂은 소리조차 해 본 적이 없다. 그럼에도 그는 빼어나게 잘생긴 외모를 갖추었다. 곱슬곱슬한 갈색 머리, 깎아 낸 듯한 옆모습, 잿빛 눈. 그는 여자들만큼이나 남자들에게도 인기가 좋았으며, 돈을 버는 것만 빼면 모든 면에서 놀라운 성취를 이루었다. 그의 아버지는 기병대의 검과 『반도 전쟁의 역사』* 열

---

* 윌리엄 프랜시스 패트릭 네이피어 경이 이베리아 반도 전쟁사를 기록한 책.

다섯 권을 물려주었다. 휴기는 검을 거울 위에 걸어 놓고 책은 러프의 《가이드》와 베일리의 《매거진》 사이에 꽂아 두고, 늙은 숙모가 주는 일 년에 이백 파운드로 생활을 했다. 휴기는 온갖 일을 다 해 보았다. 여섯 달 동안 증권거래소에도 나가 보았다. 하지만 황소와 곰* 사이에서 나비가 무슨 일을 한단 말인가? 그보다는 약간 길게 차(茶) 장사도 해 보았지만 피코와 소종** 에 곧 질리고 말았다. 그다음에는 쌉쌀한 셰리 주(酒)를 파는 일을 해 보았다. 그러나 이것도 답이 아니었다. 셰리는 지나치게 썼다. 결국 그는 아무 일도 하지 않게 되었다. 완벽한 옆모습에 직업은 없는 쾌활하고 무능한 청년이 된 것이다.

엎친 데 덮친 격으로 그는 사랑에 빠졌다. 그가 사랑한 처녀는 로러 머튼이었다. 그녀의 아버지는 은퇴한 대령으로, 인도에서 자제력과 소화 기능을 잃어버린 후 결국 둘 다 회복하지 못했다. 로러는 휴기를 사모했으며, 휴기는 로러의 구두끈에 입이라도 맞출 태세였다. 이들은 런던에서 가장 잘생긴 한 쌍이었지만 돈은 한 푼도 없었다. 대령은 휴기를 무척 좋아했지만 약혼 이야기는 들으려고 하지도 않았다.

"자네 마음대로 쓸 수 있는 돈 일만 파운드가 생기면 오게나, 젊은이. 그때 생각해 보자고." 대령은 그렇게 말하곤 했다. 그런 날이면 휴기는 무척 우울해 보였으며, 결국 위로를 받으러 로러에게 갈 수밖에 없었다.

휴기는 어느 날 아침 머튼 가족이 살고 있는 홀랜드파크로

* 황소는 상승 시장, 곰은 하락 시장을 가리킨다.
** 피코와 소종은 모두 홍차의 종류이다.

가는 길에 절친한 친구 앨런 트레버에게 잠깐 들렀다. 트레버는 화가였다. 사실 요새는 거의 모두가 화가이긴 하지만. 그러나 트레버는 또 예술가이기도 했는데, 예술가는 요새도 드문 편이다. 트레버는 독특하고 거친 사람이었다. 얼굴에는 주근깨가 많고 붉은 수염이 텁수룩했다. 그러나 일단 붓을 잡으면 진짜 거장이었다. 그의 그림은 사람들에게 매우 인기를 끌었다. 트레버가 처음에 휴기에게 끌린 것은 전적으로 휴기라는 인간의 개인적인 매력 때문이었다. 트레버는 이렇게 말하곤 했다. "예술가가 알아야 할 사람들은 오직 어리석고 아름다운 사람들뿐이야. 눈으로 보면 예술적 쾌락을 주고 대화를 하면 지적인 휴식을 주는 사람들. 멋쟁이 남자들과 귀여운 여자들이 세상을 지배하지. 아니라면 그렇게 되어야 해." 그러나 휴기를 더 잘 알게 된 뒤로는 그의 밝고 활기찬 정신과 관대하고 대범한 천성도 좋아하게 되었다. 그래서 그에게 자기 스튜디오의 영구 입장권을 주었다.

휴기가 들어서자 트레버는 실물 크기의 멋진 거지 그림에 마지막 손질을 하고 있었다. 거지는 스튜디오 한쪽 구석에 놓인 단 위에 서 있었다. 완전히 시들어 버린 노인으로 얼굴은 주름진 양피지 같았으며, 표정은 처량하기 그지없었다. 어깨에는 여기저기 찢어져 누더기가 된, 올이 성긴 망토를 걸치고 있었다. 두꺼운 장화에도 여기저기 기우고 때운 자국이 있었다. 한 손은 거친 지팡이를 짚고 있었으며 다른 손은 적선을 바라며 낡은 모자를 내밀고 있었다.

"놀라운 모델이로군!" 휴기가 작은 소리로 말하며 친구와 악수를 했다.

"놀라운 모델이라고?" 트레버가 큰 소리로 외쳤다. "나도 그렇게 생각하네! 저런 거지는 매일 만날 수 없지. Trouvaille, mon cher.* 벨라스케스의 그림이 살아 움직이는 것 같아! 굉장해! 렘브란트라면 저 사람을 가지고 대단한 에칭을 만들었을 텐데 말이야!"

"가엾은 노인네로구먼!" 휴기가 말했다. "정말 비참해 보여! 하지만 자네 같은 화가들에게는 저 얼굴이 저 사람의 팔자겠지?"

"물론이지." 트레버가 대답했다. "설마 거지가 행복해 보이기를 바라는 건 아니겠지, 안 그래?"

"저렇게 모델 노릇을 하면 얼마나 버나?" 휴기가 소파의 편안한 자리에 앉으며 물었다.

"한 시간에 일 실링."

"자네는 그림으로 얼마나 버는데, 앨런?"

"아, 이걸로 이천은 받지!"

"이천 파운드?"

"이천 기니. 화가, 시인, 의사는 늘 기니로 받는다네."

"그럼 저 모델도 그 돈을 나누어 가져야 할 것 같군." 휴기가 소리치더니 웃음을 터뜨렸다. "모델도 자네만큼 열심히 일하니까 말이야."

"말도 안 돼, 말도 안 돼! 글쎄, 혼자서 물감을 칠하고, 하루 종일 이젤 앞에 서 있다고 생각해 보게. 얼마나 고생인지 말이야! 그래, 다 좋아, 휴기, 그렇게 말할 수도 있지. 하지만 분명

---

* 프랑스어로, "대단한 발견이지, 친구."라는 뜻.

히 말하는데 예술이 육체노동의 위엄에 이르는 순간도 있지. 어쨌든 이제 잡담은 그만두게. 나는 바빠. 담배나 피우면서 입 좀 다물고 있게."

잠시 후에 하인이 들어오더니 액자 가게에서 트레버와 이야기를 하고 싶어 한다고 전했다.

"도망가지 말게, 휴기." 트레버는 밖으로 나가며 말했다. "금방 돌아올 거야."

늙은 거지는 트레버가 자리를 비운 틈을 이용해 뒤에 있는 나무 의자에 앉아 잠시 쉬었다. 노인이 너무 쓸쓸하고 비참해 보여 휴기는 동정심이 일었다. 그는 호주머니를 뒤져 가진 돈이 얼마나 되는지 보았다. 금화 한 닢과 동전 몇 닢뿐이었다. '가엾은 노인네.' 휴기는 속으로 생각했다. '이건 나보다는 이 노인네한테 필요해. 하지만 이걸 줘 버리면 나는 두 주 동안 마차를 못 타고 걸어 다녀야겠지.' 휴기는 스튜디오를 가로질러 가서 거지의 손에 금화를 쥐어 주었다.

노인은 깜짝 놀랐다. 그의 시든 입술 위로 희미한 웃음이 번졌다. "고맙습니다, 선생님." 노인이 말했다. "고맙습니다."

그때 트레버가 돌아왔고, 휴기는 자신이 한 일이 쑥스러워 얼굴을 약간 붉히며 자리를 떴다. 휴기는 그날 하루를 로러와 함께 보내면서 거지에게 돈을 써 버린 일 때문에 애교 섞인 꾸지람을 듣기도 했다. 그는 걸어서 집에 돌아가야 했다.

그날 밤 11시쯤 휴기는 어슬렁어슬렁 팰릿 클럽으로 들어갔다. 끽연실에서는 트레버 혼자 앉아 혹과 셀처*를 마시고 있

---

* 혹은 라인산 포도주이고, 셀처 역시 독일산 탄산수이다.

었다.

"그래, 앨런, 그림은 잘 완성했나?" 휴기가 물어보며 담배에 불을 붙였다.

"완성해서 액자까지 둘렀지!" 트레버가 대답했다. "그런데 자네는 그사이에 사람 마음 하나를 빼앗았더군. 자네가 본 그 늙은 모델이 자네한테 완전히 빠져 버렸네. 그래서 자네 이야기를 다 해 주어야 했어. 자네가 누구인지, 어디 사는지, 수입이 얼마인지, 전망이 어떤지……."

"이런, 앨런." 휴기가 소리쳤다. "집에 가면 그 노인네가 나를 기다리고 있을지도 모르겠군. 물론 자네야 지금 농담을 하는 거겠지만. 가엾은 노인네! 내가 뭘 해 줄 수 있으면 좋으련만. 사람이 그렇게 비참해질 수 있다니 생각만 해도 무서운 일이야. 집에 낡은 옷이 잔뜩 있는데 그걸 주면 좋아할까? 그 노인네가 입은 누더기는 당장이라도 찢어질 것 같더구먼."

"하지만 그걸 입으니 훌륭해 보이지 않던가." 트레버가 말했다. "만일 프록코트를 입고 있었다면 절대 그 사람을 그리지 않았을 걸세. 자네가 누더기라고 부르는 것을 나는 로맨스라고 부르지. 자네한테는 가난으로 보이는 것이 나에게는 그림으로 포착할 만한 모습이야. 어쨌든 자네 제안은 전하도록 하지."

"앨런." 휴기가 진지한 얼굴로 말했다. "화가들은 정말 무정한 족속이로군."

"예술가는 심장이 머리라네." 트레버가 대답했다. "게다가 우리가 하는 일은 우리가 아는 세상을 개혁하는 것이 아니라 우리가 보는 세상을 구현하는 것이지. A chacun son métier.* 로러는 어떻게 지내는지 이야기 좀 해 보게. 늙은 모델이 로러한테도 큰 관심을 보이던데."

"설마 그 노인네한테 로러 이야기까지 한 건 아니겠지?" 휴기가 말했다.

"했고말고. 그 노인네는 잔인한 대령과 어여쁜 로러, 일만 파운드에 대한 것 등등 모르는 것이 없네."

"그 늙은 거지한테 내 개인적인 일을 다 이야기했다고?" 휴기가 소리쳤다. 화가 나서 얼굴이 시뻘겠다.

"이보게나." 트레버가 웃음을 지으며 말했다. "자네가 늙은 거지라고 부르는 사람은 유럽에서 제일가는 부자로 꼽히는 사람이야. 은행에 넣어 둔 돈만 적당히 찾아도 내일 당장 런던 전체를 살 수 있어. 각 나라 수도마다 집이 있고, 금 접시로 식사를 하고, 원한다면 러시아가 전쟁에 나서는 일을 막을 수도 있지."

"그게 대체 무슨 말인가?" 휴기가 소리쳤다.

"내 말은 오늘 자네가 스튜디오에서 본 노인이 하우스베르크 남작이라는 걸세. 내 절친한 친구이고, 내 그림을 죄다 사주는 사람이지. 한 달 전에는 돈을 주면서 자기를 거지로 그려 달라더군. Que voulez-vous? La fantaisie d'un millionnaire!** 사실 말이지 누더기를 입으니까 훌륭해 보이더군. 참, 그 누더기는 내 걸세. 스페인에서 구한 낡은 옷이지."

"하우스베르크 남작이라고!" 휴기가 소리쳤다. "맙소사! 내가 그 사람한테 금화 한 닢을 주었는데!" 휴기는 낙담한 표정

---

* 프랑스어로, "다 자기 몫이 있는 거지."라는 뜻.
** 프랑스어로, "무슨 상관인가? 백만장자의 환상이라네!"라는 뜻.

으로 팔걸이의자에 주저앉았다.

"그 사람한테 금화 한 닢을 주었다고!" 트레버는 소리치더니 웃음을 터뜨렸다. "이보게, 그 돈은 두 번 다시 보지 못할 걸세. Son affaire c'est l'argent des autres.*"

"말을 해 줬어야지, 앨런." 휴기가 침울한 표정으로 말했다. "그랬으면 내가 그렇게 멍청한 짓을 하지 않았을 것 아닌가."

"글쎄, 우선, 휴기, 나는 자네가 그렇게 무모하게 적선을 하고 다닐 줄은 생각도 못 했네. 예쁜 모델한테 입을 맞추는 것이야 이해할 수 있지만, 추한 모델한테 금화를 주다니……. 맙소사, 그럴 수가! 게다가 사실 나는 오늘 누구도 만날 생각이 아니었네. 자네가 들어왔을 때 하우스베르크 남작이 자신의 이름을 밝히는 것을 좋아할지 아닐지도 알 수가 없었지. 그 노인네가 사람을 만날 만한 옷차림도 아니었으니까 말이야."

"나를 완전히 바보로 알았겠군!" 휴기가 말했다.

"그렇지 않아. 자네가 나간 뒤에 아주 기분이 좋던데. 혼자 낄낄거리며 주름진 두 손을 비비더라고. 나는 그 노인네가 왜 그렇게 자네에게 관심을 가지는지 이해할 수가 없었지. 하지만 이제야 알겠군. 그 노인네는 아마 자네를 위해 그 금화를 투자할 걸세, 휴기. 그래서 여섯 달마다 이자를 지불할 거야. 대신 그 사람은 저녁 식사 뒤에 사람들에게 해 줄 좋은 이야깃거리를 얻은 셈이지."

"나는 정말 운도 없는 놈이야." 휴기가 으르렁거렸다. "내가 할 수 있는 최선의 일은 가서 자는 거겠군. 이보게, 앨런, 이

---

* 프랑스어로, "남의 돈을 손에 넣는 것이 그가 하는 일이지."라는 뜻.

이야기는 아무한테도 하면 안 되네. 그랬다간 로에 얼굴 내놓고 다니기 힘들 거야."

"무슨 소리! 그건 자네의 박애정신을 보여 주는 최고의 증거 아닌가, 휴기. 그리고 도망치지 말게. 담배나 한 대 더 피워. 그리고 로러 이야기나 실컷 해 보게."

그러나 휴기는 그대로 밖을 나가 집으로 걸어갔다. 기분이 아주 언짢았다. 뒤에 남은 앨런은 발작을 일으키듯 웃음을 터뜨렸다.

다음 날 아침 식사를 하는데 하인이 명함을 한 장 들고 왔다. 거기에는 이렇게 적혀 있었다. "하우스베르크 남작 대리 므시외 구스타프 노댕.' '사과를 받으러 온 모양이군.' 휴기는 속으로 중얼거리며 손님을 들이라고 말했다.

금테 안경을 끼고 머리가 하얀 노신사가 방으로 들어왔다. 그는 프랑스 악센트가 약간 섞인 영어로 말했다. "므시외 어스킨 맞습니까?"

휴기는 고개를 숙였다.

"하우스베르크 남작께서 보내셔서 왔습니다. 남작께서는
……."

"제가 진심으로 사과한다고 전해 주시기 바랍니다." 휴기가 더듬더듬 말했다.

"남작께서는……." 노신사는 웃음을 띤 얼굴로 말했다. "저더러 이 편지를 전해 드리라고 하셨습니다." 노신사는 봉인된 봉투를 내밀었다.

겉에는 "휴 어스킨과 로러 머튼에게 늙은 거지가 보내는 결혼 선물"이라고 적혀 있고, 안에는 일만 파운드짜리 수표가 들어 있었다.

두 사람이 결혼을 했을 때 앨런 트레버는 들러리를 맡았고 남작은 결혼 축하 조찬에서 연설을 했다.

"백만장자 모델은 드물지." 앨런이 말했다. "하지만, 정말이지 모범적인 백만장자*는 더욱 드물다네."

---

* 백만장자 모델은 millionaire models, 모범적인 백만장자는 model millionaires.

희곡

살로메

나의 친구이자

내 희곡의 번역자*

앨프리드 브루스 더글러스 경에게

* 「살로메」는 1893년 파리와 런던에서 프랑스어로 출간된 후 1894년에 영역본
이 출간되었다. 여기 함께 실린 그림들은 영역 초판본에 삽화로 사용되었던
오브리 비어즐리의 작품들이다.

등장인물

헤롯 안티파스	유대의 왕
요카난*	예언자
젊은 시리아인	근위대장
티겔리누스	젊은 로마인
카파도키아인	
누비아인	
첫 번째 병사	
두 번째 병사	
헤로디아의 시동	
유대인과 나사렛인 들	
노예(마낫세, 잇사차르, 오지아스)	
나아만	사형 집행인
헤로디아	왕비
살로메	헤로디아의 딸
살로메의 노예들	

* 세례 요한의 히브리식 이름.

(장면) 헤롯 왕의 궁전 대연회장 위에 자리 잡은 커다란 테라스. 병사들 몇 명이 발코니 너머로 몸을 기울이고 있다. 오른쪽에는 거대한 층계가 있고, 왼쪽 뒤에는 녹색 청동 벽으로 둘러싸인 오래된 우물이 있다. 달빛이 아주 환하다.

젊은 시리아인   오늘 밤에는 살로메 공주님이 유난히 아름다워!

헤로디아의 시동   달 좀 봐. 정말 이상해 보여! 꼭 무덤에서 일어나는 여자 같아. 죽은 여자 말이야. 꼭 죽은 것들을 찾고 있는 듯한 느낌이 드는걸.

젊은 시리아인   과연 이상해 보이는군. 노란 베일로 얼굴을 가린 어린 공주 같아. 발이 은으로 빚어진 공주. 발이 아니라 자그마한 흰 비둘기가 달린 것 같아. 꼭 춤을 추는 듯한 느낌이 드는걸.

헤로디아의 시동   꼭 죽은 여자 같아. 아주 천천히 움직여.

(대연회장에서 소음이 들린다.)

첫 번째 병사 웬 소란이야! 누가 사나운 짐승들처럼 으르렁거
리는 거야?

두 번째 병사 유대인들이지. 늘 저렇잖아. 자기들 종교 문제로
싸우는 거야.

첫 번째 병사 왜 자기들 종교 문제로 싸우는 거지?

두 번째 병사 나도 모르지. 늘 저런다는 것밖엔. 예를 들어 바
리새인은 천사가 있다 하고, 사두개인은 천사가 없다는
거야.*

첫 번째 병사 그런 걸로 싸우다니 우습군.

젊은 시리아인 오늘 밤에는 살로메 공주님이 유난히 아름다워!

헤로디아의 시동 늘 공주님만 보는구나. 공주님을 너무 많이
봐. 사람을 그렇게 보면 위험해. 무시무시한 일이 일어
날지도 몰라.

젊은 시리아인 오늘 밤에는 살로메 공주님이 유난히 아름다워.

첫 번째 병사 왕은 어째 우울해 보이네.

두 번째 병사 그래, 어째 우울해 보이는군.

첫 번째 병사 뭔가를 보고 있어.

두 번째 병사 누군가를 보고 있군.

첫 번째 병사 누구를 보는 거지?

두 번째 병사 모르겠는데.

---

* 유대교에는 크게 바리새파, 에세네파, 사두개파가 있는데, 바리새인은 모세
의 율법과 부활, 천사, 영의 존재를 믿었고, 사두개인은 그에 반대하는 입장
이었다.

젊은 시리아인 공주님이 유난히 창백해! 저렇게 창백한 모습은
　　　　본 적이 없는데. 은 거울에 비친 하얀 장미 그림자 같아.

헤로디아의 시동 공주님을 보면 안 돼. 너무 많이 보고 있어.

첫 번째 병사 헤로디아가 왕의 컵에 술을 가득 따랐군.

카파도키아인 진주를 꿴 검은 관을 쓰고 머리에는 파란 가루
　　　　를 뿌린 저 여인이 헤로디아 왕비입니까?

첫 번째 병사 그렇소. 그 분이 왕의 부인 헤로디아요.

두 번째 병사 왕은 포도주를 아주 좋아하지. 왕에게는 세 종
　　　　류의 포도주가 있소. 하나는 사모트라스 섬에서 가져
　　　　온 것으로, 카이사르*의 망토처럼 자줏빛이 나지요.

카파도키아인 나는 카이사르를 본 적이 없어요.

두 번째 병사 또 하나는 키프로스라는 도시**에서 온 것인데
　　　　황금처럼 노랗지요.

카파도키아인 황금이라면 나도 좋아하지요.

두 번째 병사 세 번째 포도주는 시칠리아에서 온 거요. 그 포
　　　　도주는 피처럼 붉지요.

누비아인 우리 나라 신들은 피를 아주 좋아하지요. 우리 나라
　　　　에서는 일 년에 두 번 젊은 남자와 여자들을 신들에게
　　　　제물로 바칩니다. 젊은 남자 쉰 명에 처녀 백 명을 바치
　　　　지요. 하지만 그것으로는 영 양이 차지 않나 봅니다. 언
　　　　제나 우리를 혹독하게 몰아치니 말입니다.

카파도키아인 신들은 우리 나라를 다 떠났습니다. 로마인들이

---

* 로마 황제를 가리키는 별칭. 이때의 황제는 티베리우스였다.
** 실제로는 섬나라이며 지중해 동부 연안에 있다.

모두 쫓아 버렸지요. 어떤 사람들은 신들이 산속에 들어가 숨었다고 말하지만 나는 그 말을 믿지 않습니다. 내가 직접 산에 들어가 사흘 밤 동안 샅샅이 뒤져 보았거든요. 하지만 찾지 못했습니다. 마지막에는 신들의 이름을 불러 보기까지 했지만 그래도 나오지 않더군요. 다 죽은 것 같습니다.

첫 번째 병사   유대인은 보이지도 않는 신을 섬기지요.

카파도키아인   이해가 가지 않는군요.

첫 번째 병사   사실 그 사람들은 보이지 않는 것만 믿어요.

카파도키아인   그거 정말 웃기는 짓이로군요.

요카난의 목소리   (우물 안에서 들려온다.) 내 뒤에는 나보다 더 강한 사람*이 올 것이다. 나는 그의 신발끈을 풀 자격도 없는 사람이다. 그가 오면 외딴 곳에 기쁨이 넘칠 것이다. 외딴 곳들이 장미처럼 피어날 것이다. 장님의 눈이 낮을 보고 귀머거리의 귀가 열릴 것이다. 젖 빠는 아이가 용의 굴에 손을 넣고 사자의 갈기를 잡아끌고 다닐 것이다.

두 번째 병사   저 사람 입 좀 다물게 해. 늘 엉뚱한 소리만 한단 말이야.

첫 번째 병사   아니야, 아니야. 저 사람은 거룩한 사람이야. 또 아주 점잖기도 하고. 내가 매일 먹을 것을 갖다 주는데 그때마다 나한테 고맙다고 한다고.

카파도키아인   저 사람이 누굽니까?

---

* 예수를 가리킨다.

첫 번째 병사　예언자요.

카파도키아인　이름이 뭐지요?

첫 번째 병사　요카난이오.

카파도키아인　어디 출신입니까?

첫 번째 병사　사막에서 왔소. 그곳에서 메뚜기와 산꿀을 먹고 살았답니다. 낙타 털로 지은 옷을 입고, 허리에는 가죽 띠를 둘렀지요. 겉보기는 무시무시해도 따르는 사람들이 많았지요. 제자까지 두었고.

카파도키아인　무슨 이야기를 하는 겁니까?

첫 번째 병사　도무지 알아들을 수가 없소. 가끔 겁나는 이야기도 하지만 무슨 말인지 도통 이해를 할 수가 없지요.

카파도키아인　면회는 됩니까?

첫 번째 병사　아니. 왕이 금지했소.

젊은 시리아인　공주님이 부채 뒤로 얼굴을 감추었구나! 희고 작은 두 손이 집으로 날아가는 비둘기처럼 퍼덕이는구나. 하얀 나비 같네. 꼭 하얀 나비 같아.

헤로디아의 시동　그래서 그게 어쨌다는 거야? 왜 공주님을 보는 거야? 보면 안 돼……. 무시무시한 일이 일어날지도 몰라.

카파도키아인　(우물을 가리키며) 참 묘한 감옥일세!

두 번째 병사　오래된 우물이지요.

카파도키아인　오래된 우물이라! 사람이 들어가 살 수 없는 역겨운 곳이겠군!

두 번째 병사　아, 천만에! 왕의 형,* 그러니까 헤로디아 왕비의 첫 번째 남편은 저 안에 십이 년을 갇혀 있었소. 그래도 죽지 않았지. 그래서 십이 년을 채우고도 목을 매달아야 했소.

카파도키아인 목을 매달아? 누가 감히 그런 짓을?

두 번째 병사 (사형 집행인인 덩치 큰 검둥이를 가리키며) 저기 저 사람 나아만이오.

카파도키아인 저자는 두려워하지 않던가요?

두 번째 병사 천만에! 왕이 반지를 하사했거든.

카파도키아인 무슨 반지 말인가요?

두 번째 병사 죽음의 반지. 그래서 두려워하지 않았던 거요.

카파도키아인 하지만 왕의 목을 매다는 건 무서운 일인데.

첫 번째 병사 왜? 왕이라고 목이 둘인가. 우리하고 똑같지.

카파도키아인 그래도 무서운 일 같은데요.

젊은 시리아인 공주님이 일어나시네! 식탁을 떠나고 있어! 아주 곤혹스러운 표정인데. 아, 이쪽으로 오신다. 그래, 우리 쪽으로 오고 있어. 정말 창백해 보이는군! 저렇게 창백한 얼굴은 본 적이 없는데.

헤로디아의 시동 공주님을 보지 마. 제발 보지 마.

젊은 시리아인 길을 잃은 비둘기 같아……. 바람에 떠는 수선화 같아……. 은으로 만든 꽃 같아.

(살로메가 들어온다.)

---

* 성경 기록에 따르면 실제로는 동생이다. 헤로디아는 삼촌뻘인 헤롯 빌립 2세와 결혼하여 딸 살로메를 낳은 후 빌립 2세의 이복 형인 헤롯 안티파스와 재혼했다.

살로메 더 이상 이대로 있지 않겠어. 있을 수가 없어. 왜 왕은 눈꺼풀을 떨며 두더지 눈을 하고 나를 계속 쳐다보는 거지? 어머니 남편이 나를 그런 식으로 보다니 이상하잖아. 무슨 의미인지 모르겠어. 아니, 너무나 잘 알겠어.

젊은 시리아인 연회장에서 나오신 것입니까, 공주님?

살로메 여기 공기는 정말 달콤하네! 여기서는 숨을 쉴 수 있겠어! 저 안에서, 예루살렘에서 온 유대인들은 하찮은 행사를 둘러싸고 서로를 물어뜯고, 야만인들은 포도주를 마시고 또 마시다가 바닥에 흘리고, 스미르나에서 온 그리스인들은 눈에도 뺨에도 색칠을 하고 곱슬곱슬한 머리카락은 꽈서 기둥처럼 세워 놓았고, 말없고 예민한 이집트인들은 옥 같은 손톱을 길게 기른 채 황갈색 망토를 두르고 있고, 야만적인 데다가 서툴기 짝이 없는 로마인들은 자기들만 아는 천박한 소리를 지껄이고 있어. 아! 로마인들은 얼마나 밉살맞은지! 거칠고 천하면서도, 마치 고귀한 영주나 된 것처럼 으스대는 꼴이라니.

젊은 시리아인 앉으시겠습니까, 공주님?

헤로디아의 시동 왜 공주님한테 말을 거는 거야? 아! 이러다 무시무시한 일이 일어나지. 왜 공주님을 보는 거야?

살로메 달이 보이니 정말 좋구나! 꼭 작은 은화 같아. 작은 은꽃 같아. 차갑고 정숙해. 달은 틀림없이 처녀일 거야. 처녀의 아름다움을 보여 주잖아. 그래, 분명히 처녀야. 한 번도 순결을 빼앗긴 적이 없는. 다른 여신들과는 달리 한 번도 자신을 남자에게 내맡긴 적이 없는.

요카난의 목소리   보라! 주님께서 오셨다. 인간의 아들이 곧 오
　　　　신다. 켄타우로스*들은 강 속으로 숨었고 님프들은 강
　　　　을 떠나 숲 속 나뭇잎 아래 누웠구나.

살로메   방금 소리를 지른 사람이 누구인가요?

두 번째 병사   예언자입니다, 공주님.

살로메   아, 예언자! 왕께서 무서워하신다는 그 사람 말인가요?

두 번째 병사   그것은 모르겠습니다, 공주님. 소리를 지른 사람
　　　　은 예언자 요카난입니다.

젊은 시리아인   들것 가마를 가져오라 할까요, 공주님? 정원의
　　　　밤이 아름다운데요.

살로메   저 사람이 우리 어머니를 두고 끔찍한 소리를 한다면
　　　　서요?

두 번째 병사   저희는 저 사람 말이 무슨 뜻인지 모르겠습니다,
　　　　공주님.

살로메   그렇대요. 저 사람이 어머니에 대해 끔찍한 소리를 한
　　　　대요.

(노예가 들어온다.)

노예   공주님, 왕께서 연회장으로 돌아오라 하십니다.

살로메   가지 않을래.

젊은 시리아인   죄송합니다만, 공주님, 돌아가시지 않으면 불행
　　　　한 일이 생길지도 모릅니다.

---

* 그리스 신화에 등장하는 반인반마(半人半馬)의 괴물.

살로메　노인인가요? 그 예언자 말이에요.

젊은 시리아인　공주님, 돌아가시는 게 좋겠습니다. 제가 안으로 모시지요.

살로메　그 예언자요…….노인이에요?

첫 번째 병사　아니요, 공주님, 아주 젊습니다.

두 번째 병사　확실히는 모르겠습니다. 그가 엘리야*라고 말하는 사람들도 있거든요.

살로메　엘리야가 누구죠?

두 번째 병사　옛날 이 나라의 예언자였습니다, 공주님.

노예　왕께는 공주님이 뭐라고 대답했다고 전할까요?

요카난의 목소리　오, 팔레스타인의 땅이여, 너를 쳤던 자의 막대가 부러졌다고 해서 기뻐하지 마라. 뱀의 씨에서 바실리스크**가 나오고, 거기서 태어난 것이 새를 삼킬 것이다.

살로메　이상한 목소리네! 저 사람하고 이야기를 하고 싶어.

첫 번째 병사　죄송하지만 그것은 허락되지 않습니다, 공주님. 왕께서 저 사람과 이야기하는 것을 금지하셨습니다. 심지어 대사제도 저 사람과 이야기할 수 없습니다.

살로메　저 사람하고 이야기하고 싶어.

첫 번째 병사　불가능합니다, 공주님.

살로메　저 사람하고 이야기할 거야.

---

* 구약성경에 등장하는 하느님의 예언자. 신약성경 「마태복음」 11장 14절에 따르면 예수가 요카난(세례 요한)을 가리켜 “오리라 한 엘리야가 바로 이 사람”이라고 말했다고 한다.

** 한 번 노려보거나 입김만 뿜어도 사람이 죽는다는 전설의 괴물 뱀.

젊은 시리아인 연회장으로 돌아가시는 것이 좋지 않겠습니까?

살로메 저 예언자를 데려와요.

(노예가 퇴장한다.)

첫 번째 병사 감히 그럴 수는 없습니다, 공주님.

살로메 (우물로 다가가 안을 굽어보며) 저 아래는 아주 깜깜하
네! 저런 시커먼 구멍에 들어가 있으면 얼마나 무서울
까! 꼭 무덤 같아……. (병사들에게) 내 얘기 들었어요?
예언자를 데려와요. 보고 싶으니까.

두 번째 병사 공주님, 간청합니다, 제발 저희한테 그런 요구는
하지 말아 주십시오.

살로메 나더러 당신들의 비위를 맞추라는 거로군요.

첫 번째 병사 공주님, 저희 목숨은 공주님 손에 있습니다. 하
지만 공주님께서 저희에게 요구하신 일은 할 수가 없
습니다. 정말이지, 그것은 저희한테 요청하실 일이 아닙
니다.

살로메 (젊은 시리아인을 보며) 아!

헤로디아의 시동 이런! 무슨 일이 일어나려는가? 틀림없이 무시
무시한 일이 벌어질 거야.

살로메 (젊은 시리아인에게 다가가며) 당신은 나를 위해 이 일을
해 주겠지요, 그렇죠, 나라보트? 당신은 나를 위해 이
일을 해 줄 거야. 나는 당신한테 늘 잘 해 주었으니까.
당신은 나를 위해 해 주실 거야. 나는 그저 그 사람을
보려는 것뿐이에요, 그 이상한 예언자를. 그 사람 이야

기를 너무 많이 들었거든요. 왕께서 그 사람 이야기를 하시는 것도 자주 들었어요. 아마도 그 사람을 무서워하시는 것 같아요, 왕은. 당신도, 심지어 당신조차도 그 사람을 무서워하나요, 나라보트?

젊은 시리아인 저는 그 사람을 두려워하지 않습니다, 공주님. 저는 그 누구도 두려워하지 않습니다. 그러나 왕께서 이 우물의 뚜껑을 열지 말라고 공식적으로 명령을 내리셨습니다.

살로메 당신은 나를 위해 이 일을 해 주시겠지요, 나라보트. 내일 가마를 타고 우상 파는 사람들이 있는 문 밑을 지날 때 내가 당신을 위해 작은 꽃을 던지겠어요. 작은 녹색 꽃을.

젊은 시리아인 공주님, 저는 할 수 없습니다, 할 수 없습니다.

살로메 (웃음을 지으며) 당신은 나를 위해 이 일을 해 주시겠지요, 나라보트. 당신 스스로도 잘 알고 있잖아요, 당신이 나를 위해 이 일을 해 주리라는 것을. 내가 내일 가마를 타고 우상 사는 사람들이 있는 다리 옆을 지날 때 모슬린 베일 사이로 당신을 보겠어요. 당신을 보겠어요, 나라보트. 어쩌면 당신에게 미소를 지을지도 몰라요. 나를 보세요, 나라보트, 나를 봐요. 아! 당신 스스로도 잘 알고 있잖아요, 당신이 이 일을 해 주리라는 것을. 당신은 그것을 잘 알고 있어요…… 나도 당신이 이 일을 하리라는 것을 잘 알고 있어요.

젊은 시리아인 (세 병사에게 신호를 하며) 예언자를 나오게 하라……. 살로메 공주님께서 그자를 보고 싶어 하신다.

살로메   아!

헤로디아의 시동   이런! 달이 정말 이상하게 보여! 수의로 자기
　　　몸을 덮으려는 죽은 여자의 손 같아.

젊은 시리아인   정말 이상해 보이는구나! 작은 공주 같아. 눈이
　　　호박(琥珀)으로 빚어진 작은 공주. 모슬린 구름 사이로
　　　작은 공주처럼 미소 짓는구나.

(예언자가 우물로부터 나온다. 살로메는 그를 보면서 천천히 뒷걸음
질 친다.)

요카난   혐오스러운 짓으로 잔을 가득 채운 자는 어디 있는
　　　가? 언젠가 은 가운을 입고 모든 민중 앞에서 죽어 갈
　　　자는 어디 있는가? 그에게 앞으로 나서서 광야와 왕들
　　　의 집에서 외쳤던 사람의 목소리를 들으라고 하라.

살로메   저 사람이 누구 이야기를 하는 거지?

젊은 시리아인   아무도 모르지요, 공주님.

요카난   벽에 그려진 남자들의 모습, 색색으로 그려진 갈대아
　　　인들의 모습만 보고도 눈의 욕정에 빠져 갈대아 땅에
　　　사절을 보낸 여자는 어디에 있는가?*

살로메   저자가 내 어머니 이야기를 하는 것이로구나.

젊은 시리아인   아, 아닙니다, 공주님.

살로메   맞아. 저자는 내 어머니 이야기를 하는 거야.

---

* 구약성경 「에스겔」 23장과 관련된 언급이다. 이어지는 요카난의 말 중 앞
　의 두 문장도 마찬가지다.

요카난 아시리아의 장교들, 허리에 띠를 두르고 머리에 색색의 관(冠)을 쓴 장교들에게 몸을 맡긴 여자는 어디 있는가? 이집트의 젊은 남자들, 훌륭한 아마포와 히아신스로 치장하고 금으로 만든 방패를 들고 은으로 만든 투구를 쓴, 몸이 단단한 젊은 남자들에게 몸을 맡긴 여자는 어디 있는가? 가라, 그 여자의 혐오스러운 짓으로 더럽혀진 침상, 근친상간의 침상에서 그 여자를 일으켜, 주님의 길을 준비하는 자의 말을 듣고 자신의 부정을 회개하게 하라. 그 여자가 회개하지 않고 혐오스러운 짓에 더 달라붙는다 해도, 그래도 오게 하라. 주님의 키*가 그의 손에 있음이로다.

살로메 아, 저 사람 무서워, 저 사람 무서워!

젊은 시리아인 이 자리를 뜨십시오, 공주님, 간청합니다.

살로메 가장 무서운 것은 저 사람의 눈이야. 튀루스**의 태피스트리를 횃불로 태워 뚫은 검은 구멍 같아. 용이 사는 검은 동굴, 용이 자기 거처로 삼은 이집트의 검은 동굴 같아. 환상적인 달빛에 일렁이는 검은 호수 같아……. 저 사람이 또 말을 할까?

젊은 시리아인 이 자리를 뜨십시오, 공주님. 간절히 말씀드립니다. 어서 이 자리를 뜨세요.

살로메 저 사람 몸, 정말 쇠약해졌네! 가냘픈 상아 조각 같아. 저 사람은 은으로 만든 것 같아. 틀림없이 달처럼 순결

---

* 신약성경 「마태복음」 3장 12절과 「누가복음」 3장 17절에서 언급되는, 쭉정이를 골라내는 키를 말하며, 하느님의 심판을 의미한다.
** 고대 페니키아의 항구 도시.

할 거야. 달빛 같아, 은 빛살 같아. 살갗은 아주 차가울 거야, 상아처럼 차가울 거야. 더 가까이에서 보고 싶어.

젊은 시리아인   안 됩니다, 안 돼요, 공주님!

살로메   더 가까이에서 봐야겠어.

젊은 시리아인   공주님! 공주님!

요카난   나를 보는 이 여자는 누구인가? 나를 보지 못하게 하겠다. 금을 바른 눈까풀 아래 황금빛 눈으로 나를 보는가? 나는 이 여자가 누구인지 모른다. 이 여자가 누구인지 알고 싶지 않다. 가라 하라. 내가 이야기하고 싶은 사람은 이 여자가 아니다.

살로메   나는 헤로디아의 딸, 유대의 공주 살로메예요.

요카난   돌아가라! 바빌론의 딸이여! 주님께서 선택한 자들 가까이에 오지 마라. 네 어머니는 부정의 포도주로 땅을 채웠고, 그 죄의 외침은 하느님의 귀에까지 올라갔느니.

살로메   다시 말해 보세요, 요카난. 당신 목소리는 내 귀에 음악이에요.

젊은 시리아인   공주님! 공주님! 공주님!

살로메   다시 말해 봐요! 다시 말해요, 요카난. 내가 어떻게 해야 하는지 말해 주세요.

요카난   소돔*의 딸이여, 나에게 가까이 오지 마라! 베일로 얼굴을 가리고 머리에 재를 뿌려라. 그리고 사막으로 가서 사람의 아들**을 찾아라.

---

* 구약성경 「창세기」 18~19장에 나오는 죄악의 도시.
** 메시아의 칭호. 신약성경에서는 예수를 가리킨다.

살로메 그 사람이 누구죠, 사람의 아들이? 그 사람도 당신처
       럼 아름다운가요, 요카난?

요카난 내 뒤로 물러서라! 궁에서 죽음의 천사가 날개를 퍼덕
       이는 소리가 들리는구나.

젊은 시리아인 공주님, 제발 안으로 들어가시지요.

요카난 주 하느님의 천사여, 검을 들고 여기서 무엇을 하시
       오? 이 궁에서 누구를 찾으시오? 은 가운을 입고 죽을
       자의 날은 아직 다가오지 않았는데.

살로메 요카난!

요카난 말을 거는 이가 누구냐?

살로메 나는 당신의 몸을 사랑해요, 요카난! 당신의 몸은 한
       번도 풀을 베지 않은 들판의 백합처럼 희어요. 당신
       의 몸은 유대의 산 위에 머물다 골짜기로 흘러 내려오
       는 눈처럼 희어요. 아라비아 여왕의 정원에 있는 장미
       도 당신의 몸처럼 희지는 않을 거예요. 아라비아 여왕
       의 정원, 아라비아 여왕의 향기로운 향료 정원에 있는
       장미도, 잎을 딛는 새벽의 발도, 바다의 젖가슴에 놓인
       달의 젖가슴도……. 세상에 당신의 몸만큼 흰 것은 없
       어요. 당신의 몸을 만지게 해 주세요.

요카난 돌아가라! 바빌론의 딸이여! 악은 여자로 인해 세상에
       들어왔도다. 나에게 말을 걸지 마라. 나는 네 말을 듣
       지 않겠다. 나는 주 하느님의 목소리만 들을 것이다.

살로메 당신 몸은 소름 끼쳐. 문둥이의 몸 같아. 독사들이 기
       어 다니는 석고 벽 같아. 전갈들이 둥지를 튼 석고 벽
       같아. 온갖 역겨운 것들이 가득한 회칠한 무덤 같아. 끔

찍해, 당신 몸은 끔찍해. 내가 반한 것은 당신의 머리카락이에요, 요카난. 당신의 머리카락은 포도송이 같아요. 에돔의 포도나무에 걸려 있는 검은 포도송이 같아요. 당신의 머리카락은 레바논의 삼목 같아요. 낮이면 숨을 곳을 찾아드는 사자와 강도 들에게 그늘을 드리워 주는 레바논의 커다란 삼목 같아요. 달이 자신의 얼굴을 감추는 밤, 별도 두려움에 떠는 길고 어두운 밤도 당신의 머리카락처럼 검지는 않아요. 숲에 사는 정적도 그렇게 검지는 않아요. 세상에 당신의 머리카락처럼 검은 것은 없어요……. 당신의 머리카락을 만지게 해 주세요.

요카난   물러나라, 소돔의 딸이여! 나를 만지지 마라. 주 하느님의 성전을 더럽히지 마라.

살로메   당신 머리카락은 무시무시해. 진흙과 먼지로 덮여 있어. 마치 가시 면류관을 쓰고 있는 것 같아. 뱀이 당신 목에 똬리를 틀고 있는 것 같아. 나는 당신 머리카락을 사랑하지 않아……. 내가 탐내는 것은 당신의 입술이에요, 요카난. 당신의 입술은 상아 탑에 두른 주홍 띠 같아요. 상아 칼을 들어 둘로 나눈 석류 같아요. 하지만 튀루스의 정원에 피어나는, 장미보다 붉은 석류꽃도 당신의 입술만큼 붉지는 않지요. 왕이 오는 것을 미리 알려 적을 떨게 만드는 나팔의 붉은 함성도 당신의 입술만큼 붉지는 않지요. 당신의 입술은 포도주 짜는 통에서 포도를 밟는 사람들의 발보다 더 붉어요. 신전에 살면서 사제들이 주는 모이를 먹는 비둘기의 발보다 더 붉어요. 사자를 베고 황금색 호랑이들을 보고 숲에서 나온 자의 발보다 더 붉어요. 당신의 입술은 어부들이 어스름 녘 바다에서 발견한 산호 가지, 왕에게 드리려고 특별히 간직한 산호 가지와 같아요! ……모압인들이 모압의 광산에서 발견하는 진사(辰砂), 왕들이 그들로 부터 빼앗아 가는 진사와 같아요. 당신의 입술은 페르시아 왕의 활, 진사를 칠하고 끝에 산호를 단 활과 같아요. 세상에 당신의 입술만큼 붉은 것은 없어요…….당신의 입술에 내 입술을 맞추게 해 주세요.

요카난　절대 안 돼! 바빌론의 딸이여! 소돔의 딸이여! 절대 안된다!

살로메　당신과 입을 맞추겠어요, 요카난. 당신과 입을 맞출 거예요.

젊은 시리아인　공주님, 공주님, 몰약의 정원 같은 공주님, 비둘기 중의 비둘기이신 공주님, 이 사람을 보지 마십시오, 이자를 보지 말아요! 이 사람한테 그런 말을 하지 마십시오. 저는 견딜 수가 없습니다……. 공주님, 그런 말씀 마세요.

살로메　당신에게 입 맞추겠어요, 요카난.

젊은 시리아인　아!

(젊은 시리아인이 자살하여 살로메와 요카난 사이에 쓰러진다.)

헤로디아의 시동　젊은 시리아인이 자결했구나! 젊은 근위대장이 자결을 했어! 친구였던 그가 자결을 했어! 그에게 작은 향료 상자와 은 귀걸이도 주었는데, 그는 자살을 하고 말았어! 아, 그는 뭔가 불행한 일이 일어날 것이라고 말하지 않았던가? 나도 그런 말을 했지, 그런 일이 일어날 것이라고. 그래, 달이 죽은 것을 찾는다는 것은 알고 있었지. 하지만 달이 찾는 것이 이 사람일 줄은 몰랐어. 아! 왜 내가 이 사람을 달에게서 감추지 않았을까? 동굴에 감추어 두었더라면 달이 이 사람을 보지 못했을 텐데.

첫 번째 병사 공주님, 젊은 근위대장이 방금 자결했습니다.

살로메 당신에게 입 맞추게 해 주세요, 요카난.

요카난 두렵지 않은가, 헤로디아의 딸이여? 궁 안에서 죽음의 천사가 날개를 퍼덕이는 소리를 들었다고 하지 않았던가? 방금 그가, 죽음의 천사가 온 것이 아니더냐?

살로메 당신에게 입 맞추게 해 주세요.

요카난 간음의 딸이여, 너를 구할 수 있는 사람은 단 한 분뿐이니, 곧 내가 말하는 그분이시다. 가서 그분을 찾아라. 그분은 갈릴리 바다에서 작은 배를 타고 제자들과 이야기를 하고 계신다. 바닷가에 무릎을 꿇고 그분의 이름을 불러라. 그분은 당신을 부르는 모든 사람에게 오시니, 그분이 너에게 오시면 그분의 발 아래 머리를 숙이고 네 죄를 용서해 달라고 빌어라.

살로메 당신에게 입 맞추게 해 주세요.

요카난 너에게 저주가 있을 것이다! 근친상간을 한 어미의 딸이여, 너에게 저주가 있을 것이다!

살로메 당신에게 입 맞출 거예요, 요카난.

요카난 너를 보지 않겠다. 너는 저주를 받았다, 살로메, 너는 저주를 받았다.

(요카난이 우물 안으로 내려간다.)

살로메 당신에게 입 맞출 거예요, 요카난. 당신에게 입 맞출 거예요.

첫 번째 병사 시체를 다른 데로 치워야겠군. 왕은 자신이 벤 시체가 아니면, 시체 보는 것을 좋아하지 않으니까.

헤로디아의 시동 그 사람은 나의 형제였어요. 아니 형제보다 더 가까웠어요. 나는 그에게 향료가 가득한 작은 상자를 주었어요. 그는 내가 준 마노 반지를 늘 손에 끼고 다녔어요. 저녁이면 우리는 강가로 산책을 나가곤 했어요. 아몬드 나무 사이로. 그 사람은 자기 나라 이야기를 들려주곤 했어요. 늘 아주 낮은 목소리로 말이에요. 그의 목소리는 피리 소리 같았어요. 피리를 부는 사람의 목소리 같았어요. 그 사람은 또 강에 비친 자기 모습을 물끄러미 바라보는 걸 무척 좋아했어요. 나는 그러지 말라고 책망하곤 했지요.

두 번째 병사 자네 말이 맞아. 시체를 감추어야 해. 왕께서 보시면 안 돼.

첫 번째 병사 왕은 이곳으로 오시지 않을 거야. 테라스로 오신 일은 한 번도 없었으니까. 예언자를 너무 무서워하시거든.

(헤롯, 헤로디아와 함께 모든 신하가 들어온다.)

헤롯   살로메는 어디 있느냐? 공주는 어디 있느냐? 왜 연회
        장으로 돌아오라는 명령을 따르지 않느냐? 아! 저기 있
        구나!

헤로디아   저 아이를 보지 말아요! 당신은 늘 저 아이를 보고
        있군요!

헤롯   오늘 밤에는 달이 이상해 보이는군. 이상해 보이지 않
        소? 미친 여자 같아. 사방에서 연인을 찾는 미친 여자.
        게다가 벌거벗었어. 홀딱 벗었어. 구름들이 벗은 몸을
        가려 주려 하지만 그냥 놔두지를 않네. 하늘에서 자신
        의 벌거벗은 모습을 보여 주고 있어. 술 취한 여자처럼
        비틀거리며 구름 사이를 헤매고 있어……. 연인을 찾는
        게 틀림없어. 술 취한 여자처럼 비틀거리지 않소? 미친
        여자 같아, 안 그렇소?

헤로디아   아뇨. 달은 그냥 달 같아 보여요. 그뿐이에요. 안으
        로 들어가요……. 여기서는 할 일이 없어요.

헤롯   나는 여기 있겠소! 마낫세, 저기에 양탄자를 깔아라. 횃
        불을 밝혀라. 상아 탁자들을 가져와라. 벽옥으로 만든
        탁자들도. 여기는 공기가 달콤하구나. 손님들과 더불어
        포도주를 더 마시겠다. 카이사르의 사절에게 최대한 경
        의를 표해야 해.

헤로디아   그러나 당신이 여기 있는 것은 그 사람들 때문이 아
        니잖아요.

헤롯   그 사람들 때문이오. 공기도 아주 달고. 갑시다, 헤로

디아, 손님들이 기다리고 있소. 이런! 미끄러졌어! 피에 미끄러졌어! 이것은 불길한 징조인데. 아주 불길한 징조야. 여기에 왜 피가 있는 거지? ……시체, 이 시체가 왜 여기 있는 거야? 내가 이집트의 왕처럼, 손님들에게 잔치를 열어 주는 것이 아니라 시체를 보여 준다고 생각하는 건가? 이게 누구 시체지? 나는 보지 않겠다.

첫 번째 병사 우리 대장님 것입니다, 전하. 전하께서 사흘 전에 근위대장으로 삼으신 젊은 시리아인의 시체입니다.

헤롯 나는 이자를 베라는 명령을 내린 적이 없는데.

두 번째 병사 대장님은 스스로를 벴습니다, 전하.

헤롯 무슨 이유로? 내가 근위대의 대장으로 임명해 주었는데!

두 번째 병사 저희는 모릅니다, 전하. 어쨌든 자기 손으로 스스로 벴습니다.

헤롯 그거 이상하구나. 자신의 몸을 베는 자는 로마의 철학자들뿐인 줄 알았는데. 그렇지 않소, 티겔리누스, 자살은 로마의 철학자들만 하는 것 아니던가요?

티겔리누스 아닌 게 아니라 자살을 하는 사람들이 좀 있지요, 전하. 그들은 스토아학파 철학자들입니다. 스토아학파 철학자들은 수양이 덜 된 사람들입니다. 바보 같은 사람들이죠. 저는 그들이 정말 바보 같은 사람들이라고 생각합니다.

헤롯 나도 마찬가지요. 자신을 죽이는 것은 바보 같은 짓이야.

티겔리누스 로마의 모든 사람이 그들을 비웃습니다. 황제께서는 그들을 대상으로 풍자시를 썼지요. 그 시는 어디에서나 낭송되고 있습니다.

헤롯 아! 폐하께서 그들에 대해 풍자시를 써? 과연 카이사르
      께서는 위대하시군. 뭐든지 하실 수 있으니 말이오…….
      젊은 시리아인이 자살을 하다니 이상한 일이야. 안됐
      군. 정말 안타까워. 아주 잘생긴 젊은이였는데 말이야.
      아주 잘생겼었어. 눈이 아주 나른해 보였지. 그가 께느
      른하게 살로메를 쳐다보는 게 내 눈에 띈 적이 있지. 사
      실 그 청년이 살로메를 너무 많이 본다는 생각이 들기
      는 했어.

헤로디아 그 아이를 너무 많이 보는 사람은 또 있지요.

헤롯 청년의 아버지는 왕이었소. 내가 그자를 그의 왕국에
      서 쫓아냈지. 그리고 청년의 어머니, 그러니까 왕비는
      당신이 노예로 만들었지, 헤로디아. 그러니까 말하자면
      그 청년은 여기에 내 손님으로 와 있는 거였소. 그리고
      그런 이유 때문에 근위대장으로 삼은 것이고. 그런 사
      람이 죽다니 안된 일이야. 이런! 왜 시체를 여기에 두었
      는가? 어디 다른 데다 둬야지. 나는 보지 않겠다. 어서
      치워라! (노예들이 시체를 가지고 나간다.) 여기는 춥구나.
      바람이 불어. 바람이 불지 않소?

헤로디아 아뇨. 바람은 없는데요.

헤롯 분명히 바람이 불고 있소……. 그리고 공중에서 날개를
      퍼덕이는 소리가 들려. 아주 큰 날개 소리가. 그런 소리
      가 들리지 않소?

헤로디아 아무 소리도 안 들리는데요.

헤롯 이제는 나도 들리지 않는군. 하지만 조금 전에는 들렸
      소. 바람이 부는 소리였나 보군. 지금은 사라졌지만.

아냐, 다시 들려. 들리지 않소? 꼭 날개 치는 소리 같은데.

헤로디아　아무 소리도 안 들린다고 했잖아요. 당신, 몸이 안 좋군요. 안으로 들어갑시다.

헤롯　내 몸은 괜찮아. 아파 죽을 지경인 건 당신 딸이오. 저 아이가 저렇게 창백한 건 처음 보았소.

헤로디아　저 아이를 보지 말라고 했잖아요.

헤롯　가서 포도주를 가져다 따라라. (포도주를 들여온다.) 살로메, 이리 와서 나와 함께 포도주 좀 마시자꾸나. 여기 아주 맛있는 포도주가 있다. 카이사르께서 나한테 직접 보내신 거지. 네 작고 빨간 입술을 여기 살짝 담그렴. 나머지는 내가 비울 테니까.

살로메　저는 목마르지 않아요, 전하.

헤롯　저 아이가 나한테 어떻게 대답하는지 들었소? 당신 딸 말이오.

헤로디아　제대로 대답했군요. 왜 당신은 늘 저 아이를 보고 있는 거죠?

헤롯　가서 잘 익은 과일을 내오너라. (과일을 들여온다.) 살로메, 이리 와서 나와 함께 과일을 먹자꾸나. 과일 속에서 네 작은 잇자국을 보고 싶구나. 이 과일을 조금만 깨물어 보렴. 나머지는 내가 먹을 테니까.

살로메　저는 배고프지 않아요, 전하.

헤롯　(헤로디아에게) 당신이 당신 딸을 어떻게 길렀는지 보시오.

헤로디아　내 딸과 나는 왕족 출신이에요. 하지만 당신 아버지

는 낙타 몰이꾼이었어요! 게다가 도둑질에 강도질까지 했잖아요!

헤롯   거짓말이야!

헤로디아   당신도 잘 알잖아요, 그게 사실이라는 걸.

헤롯   살로메, 이리 와서 내 곁에 앉아라. 너에게 네 어미의 관을 씌워 주마.

살로메   저는 피곤하지 않아요, 전하.

헤로디아   당신 눈에도 저 아이가 어떤 눈으로 당신을 보는지 보이지요.

헤롯   가서……. 내가 원하는 게 뭐였더라? 잊어버렸구나. 아! 아! 기억났다.

요카난의 목소리   보라, 때가 왔다! 내 예언이 이루어질 것이다. 내가 말하던 날이 가까이 다가왔다.

헤로디아   저 사람 좀 조용히 하라고 해요. 저 사람 목소리는 듣고 싶지 않아요. 저 사람은 쉬지도 않고 나를 모욕하고 있어요.

헤롯   저 사람은 당신을 두고 나쁜 소리를 한 적이 없소. 게다가 아주 위대한 예언자요.

헤로디아   나는 예언자들을 믿지 않아요. 사람이 과연 앞일을 알 수 있을까요? 그건 아무도 알 수 없어요. 게다가 저 사람은 계속해서 나를 모욕하고 있어요. 하지만 당신은 저 사람을 무서워하는 것 같군요……. 당신이 저 사람을 무서워한다는 것은 내가 잘 알고 있어요.

헤롯   나는 저 사람을 무서워하지 않아. 나는 아무도 무서워하지 않아.

헤로디아　　분명히 말하는데, 당신은 저 사람을 무서워해요. 저
　　　　　　사람을 무서워하지 않는다면, 지난 여섯 달 동안 저 사
　　　　　　람을 달라고 아우성을 치고 있는 유대인들에게 왜 넘
　　　　　　기지 않는 거예요?

유대인 1　　그렇습니다, 전하, 저 사람을 우리 손에 넘기는 것이
　　　　　　낫습니다.

헤롯　　　　그 이야기는 그만합시다. 나는 이미 답을 했소. 나는
　　　　　　저 사람을 당신들 손에 넘기지 않을 거요. 저 사람은
　　　　　　거룩한 자요. 그는 하느님을 본 사람이오.

유대인 1　　그럴 리가 없습니다. 예언자 엘리야 이후로는 하느님
　　　　　　을 본 사람이 없습니다. 하느님과 마지막으로 대면한
　　　　　　사람은 엘리야입니다. 요즘에는 하느님이 직접 모습을
　　　　　　보여 주시지 않습니다. 숨어 계시지요. 커다란 악이 땅
　　　　　　을 덮은 것도 그 때문입니다.

유대인 2　　사실 말이지, 예언자 엘리야가 정말로 하느님을 보았
　　　　　　는지는 아무도 모릅니다. 어쩌면 엘리야가 본 것은 하느
　　　　　　님의 그림자였는지도 모릅니다.

유대인 3　　하느님은 한 번도 숨어 계신 적이 없습니다. 하느님
　　　　　　은 언제나 어디에서나 모습을 드러내십니다. 하느님은
　　　　　　선한 것 안에 계시는 것과 마찬가지로 악한 것 안에도
　　　　　　계십니다.

유대인 4　　당신, 그렇게 말하면 안 되지. 그건 아주 위험한 교리
　　　　　　요. 그것은 그리스 철학을 가르치는 알렉산드리아에서
　　　　　　온 교리요. 그리스인들은 이방인들이오. 그들은 할례도
　　　　　　안 받는단 말이오.

유대인 5   하느님의 일은 아무도 알 수 없습니다. 인간의 눈에
         는 하느님의 길이 가려져 있습니다. 어쩌면 우리가 악
         이라 부르는 것이 선이고, 우리가 선이라 부르는 것이
         악인지도 모릅니다. 어떤 것도 알 수가 없습니다. 우리
         는 그저 하느님의 뜻에 머리를 숙일 뿐입니다. 하느님은
         매우 강하시기 때문입니다. 하느님은 약한 자들을 모아
         강한 자들을 부숩니다. 하느님은 어떤 인간도 특별하게
         여기시지 않기 때문입니다.

유대인 1   맞는 말이오. 정말이지 하느님은 무시무시합니다. 하
         느님은 사람이 절구에 옥수수를 빻듯, 강한 자와 약한
         자들을 박살 내십니다. 하지만 저 사람 이야기를 하자
         면, 저 사람은 하느님을 한 번도 보지 못했습니다. 예언
         자 엘리야 이후로는 아무도 하느님을 보지 못했습니다.

헤로디아   저 사람들 입 좀 다물라고 해요. 피곤하네요.

헤롯   하지만 요카난이 사실은 당신네들의 예언자 엘리야라
         는 말이 있다고 하던데.

유대인들   그럴 리가 없습니다. 예언자 엘리야는 삼백여 년 전
         사람입니다.

헤롯   그래도 저 사람이 예언자 엘리야라고 하는 사람들이
         있던데.

나사렛인   그분은 예언자 엘리야가 틀림없습니다.

유대인들   아니오, 저 사람은 예언자 엘리야가 아니오.

요카난의 목소리   보라, 그 날이 가까이 왔다. 주님의 날이 다가
         왔다. 산 위에서 세상의 구원자가 되실 분의 발소리가
         들린다.

헤롯   저게 무슨 뜻인가? 세상의 구원자라니?

티겔리누스   카이사르께서 채택하신 칭호지요.

헤롯   하지만 카이사르께서는 유대에 오시지 않을 텐데. 바로
       어제 로마에서 편지를 받았소. 거기에는 이 문제에 관
       하여 아무 말도 언급되어 있지 않았소. 그리고 티겔리
       누스, 당신은 로마에서 겨울을 났잖소. 당신도 이 문제
       에 관하여 아무런 소식을 못 듣지 않았소?

티겔리누스   전하, 그 문제에 관해서는 아무런 이야기도 듣지
       못했습니다. 저는 그 칭호를 설명했던 것뿐입니다. 그것
       은 카이사르의 칭호 가운데 하나라고요.

헤롯   하지만 카이사르께서 오실 리 없소. 통풍(痛風)이 너무
       심하시거든. 카이사르의 발이 꼭 코끼리 발 같다는 이
       야기도 있던데. 또 국가적인 문제도 있소. 로마를 떠나
       는 자는 로마를 잃거든. 카이사르께서는 오시지 않을
       거요. 그렇지만 카이사르께서는 주권자시오. 오고 싶으
       시면 오시는 거지. 그래도 오시지는 않을 것 같군.

나사렛인 1   예언자가 한 말은 카이사르와 무관합니다, 전하.

헤롯   뭐라고? 카이사르하고는 무관하다고?

나사렛인 1   그렇습니다, 전하.

헤롯   그렇다면 누구하고 관계가 있다는 건가?

나사렛인 1   메시아와 관계가 있습니다. 하지만 메시아는 이미
       오셨지요.

유대인   메시아는 아직 오지 않으셨소.

나사렛인 1   오셨습니다. 이미 도처에서 기적을 일으키고 계십
       니다!

헤로디아   저런! 저런! 기적이라니! 나는 기적을 믿지 않아요. 너무 많이 봤거든. (시동에게) 부채를 가져오너라.

나사렛인 1   이분은 진짜 기적을 일으키십니다. 갈릴리의 작은 도시, 상당히 중요한 도시의 혼인 잔치에서는 물로 포도주를 만드셨습니다.* 그 자리에 있던 사람 몇이 저한테 직접 해 준 이야기입니다. 또 그분께서는 가버나움에서 문 앞에 앉아 있던 문둥병자 두 사람을 어루만져 그들을 치료하셨습니다.

나사렛인 2   아니지, 그분께서 가버나움에서 고치신 사람들은 장님이었지.

나사렛인 1   아니, 그 사람들은 문둥병자였소. 하지만 그분이 장님들도 고치시기는 했지요. 또 산에서 천사들과 이야기하시는 모습이 눈에 띄기도 했소.**

사두개인   천사들은 존재하지 않아요.

바리새인   천사들은 존재해요. 하지만 그 사람이 천사들과 이야기했다는 건 믿을 수 없소.

나사렛인 1   그분께서 천사들과 이야기하시는 것은 아주 많은 사람들이 보았습니다.

헤로디아   이 사람들 때문에 내가 정말 진이 빠진다니까! 웃기는 사람들이야! 정말 웃기는 사람들이라고! (시동에게) 그래, 부채는? (시동이 부채를 건넨다.) 너는 꼭 꿈꾸는 사람처럼 보이는구나. 꿈을 꾸면 안 돼. 꿈은 병든 사람

---

* 신약성경 「요한복음」 2장 1~10절에 나오는 이야기.
** 신약성경 「마태복음」 17장 1~13절에 나오는 이야기.

들이나 꾸는 거야. (헤로디아가 부채로 시동을 때린다.)

나사렛인 2   야이로의 딸에게도 기적을 일으키셨지요.*

나사렛인 1   그래, 그건 분명해. 그건 아무도 부정할 수 없지.

헤로디아   이 사람들은 미쳤어. 달을 너무 오래 본 거야. 저 사
　　　　람들 입 좀 다물라고 해요.

헤롯   야이로의 딸에게 무슨 기적을 일으켰지?

나사렛인 1   야이로의 딸이 죽었습니다. 그런데 그분께서 아이
　　　　를 죽은 자 가운데서 일으키셨지요.

헤롯   뭐라고! 그가 죽은 자들 가운데서 사람을 일으킨다고?

나사렛인 1   네, 전하. 그분은 죽은 자를 살리십니다.

헤롯   그건 내가 바라는 일이 아닌데. 그 사람이 그런 일을
　　　　하지 못하도록 막아야겠소. 누구든 죽은 자를 살리는
　　　　것은 참을 수 없소. 그 사람을 찾아내서 내가 죽은 자
　　　　를 살리는 일을 금지한다는 말을 전해야겠소. 지금 그
　　　　사람은 어디에 있소?

나사렛인 2   어디에나 계십니다만, 전하, 그분을 찾기는 어렵습
　　　　니다.

나사렛인 1   그분은 현재 사마리아**에 계신다고 합니다.

유대인   사마리아에 있다니 그 사람이 메시아가 아니라는 걸
　　　　금세 알겠군. 메시아라면 사마리아인들에게는 가지 않
　　　　을 테니까. 사마리아인들은 저주받은 자들이오. 그들은
　　　　성전에 제물을 가져오지 않소.

---

* 신약성경 「마가복음」 5장 35~43절에 나오는 이야기.

** 팔레스타인 중앙부에 있던 고대 이스라엘 왕국의 수도. 유대인은 사마리
아인에게 적대적이었다.

나사렛인 2 　그분은 며칠 전에 사마리아를 떠나셨습니다. 아마 지금은 예루살렘 근처에 계실 겁니다.

나사렛인 1 　아니, 거기 계시지 않아요. 내가 예루살렘에서 오는 길인걸. 그곳 사람들은 두 달 동안 그분 소식을 듣지 못했어요.

헤롯 　상관없소! 어쨌든 그 사람을 찾아내서 내가 이렇게 말하더라고 전하시오. "나는 당신이 죽은 자를 살리는 것을 용납하지 않는다." 물로 포도주를 만든다거나, 문둥이나 장님을 치료하는 일…… 그런 일은 원한다면 해도 좋소. 그 일에 대해서는 뭐라 하지 않겠소. 사실 문둥병자를 고치는 것은 선한 일이라고 생각하거든. 하지만 누구도 죽은 자를 살리는 것은 용납하지 않겠소……. 죽은 자들이 돌아오는 건 끔찍한 일이오.

요카난의 목소리 　아! 음탕한 자여! 창부여! 아! 금을 바른 눈꺼풀 아래 황금빛 눈을 지닌 바빌론의 딸이여! 주 하느님께서 말씀하시나니, 수많은 사람들이 이 여자에 대항하여 일어나게 하라. 사람들이 돌을 들어 이 여자를 돌로 치게 하라…….

헤로디아 　저 사람 입 좀 다물라고 하세요!

요카난의 목소리 　만군의 대장들이 검으로 이 여자를 찌르게 하라. 대장들이 방패로 이 여자를 짓이기게 하라.

헤로디아 　아니, 너무나 모욕적이구나.

요카난의 목소리 　그리하여 내가 이 땅에서 모든 사악함을 쓸어버리겠다. 모든 여자가 이 여자의 더러운 짓을 흉내 내지 못하도록 하겠다.

헤로디아　저 사람이 나를 비방하는 소리가 들려요? 당신 아내를 저렇게 욕하는 것을 용납하겠어요?

헤롯　당신 이름을 말하지는 않잖소.

헤로디아　그게 무슨 상관이에요? 저 사람이 욕하는 사람이 나라는 걸 잘 알면서. 내가 당신 아내이긴 한 건가요?

헤롯　진실로 말하는데, 고귀한 헤로디아, 당신은 나의 아내요. 그리고 그전에 당신은 내 형의 아내였소.

헤로디아　그 사람 품에서 나를 낚아챈 것은 당신이었어요.

헤롯　사실 내가 형보다는 강했지……. 하지만 그 이야기는 하지 맙시다. 그 이야기는 하고 싶지 않소. 저 예언자가 무시무시한 말을 하는 것도 그 일 때문이오. 아마 그 일 때문에 불행이 오려나 보오. 그 일에 대해서는 이야기하지 맙시다. 고귀한 헤로디아여, 우리는 손님들을 잊고 있구려. 내 잔을 채워 주시오, 사랑하는 이여. 자, 자! 커다란 은잔에, 커다란 유리잔에 포도주를 채워 주시오. 카이사르를 위해 축배를 들겠소. 여기에 로마인들이 있으니 우리는 카이사르를 위해 건배해야 하오.

모두　카이사르! 카이사르!

헤롯　당신 딸이 얼마나 창백한지 보이지 않소?

헤로디아　그 애가 창백하든 창백하지 않든 그게 당신과 무슨 상관이에요?

헤롯　저렇게 창백한 것은 처음 봐.

헤로디아　저 애를 보면 안 돼요.

요카난의 목소리　그날 해는 머리카락을 덮는 삼베 옷처럼 검게 변할 것이며, 달은 피처럼 변할 것이며, 하늘의 별들은 무화과나무에서 익지 않은 열매가 떨어지듯 땅으로 떨어질 것이며, 땅의 왕들은 두려워할 것이다.

헤로디아　아! 아! 저 사람이 말하는 날을 보고 싶어라. 달이 피처럼 변하는 날, 별들이 익지 않은 무화과처럼 땅에 떨어지는 날. 이 예언자는 꼭 술 취한 사람처럼 말을 하는구나……. 하지만 나는 그의 목소리를 견딜 수가 없어. 그의 목소리가 싫어. 입을 다물라고 명령해 줘요.

헤롯　명령하지 않겠소. 저 사람이 하는 말이 무슨 뜻인지 이해할 수가 없군. 하지만 불길한 징조인 것 같기는 해.

헤로디아　나는 징조 같은 것은 믿지 않아요. 저 사람의 말은 술 취한 사람이 하는 말 같아요.

헤롯　신의 포도주에 취했는지도 모르지.

헤로디아　그게 무슨 포도주죠? 신의 포도주라니? 어느 포도밭에서 거둔 거예요? 어느 포도주 짜는 통에서 찾을 수 있죠?

헤롯　(이때부터 계속 살로메만 본다.) 티겔리누스, 얼마 전에 로마에 갔을 때 황제께서 그대에게 이야기를 하셨소? 그 문제에 관해서…….

티겔리누스　어떤 문제 말씀이십니까, 전하?

헤롯　어떤 문제냐고? 아! 내가 질문을 했었지, 그렇지? 하지만 물어볼 말을 잊어버렸군.

헤로디아　당신 또 내 딸을 보고 있군요. 내 딸을 보면 안 돼요. 이미 말했잖아요.

헤롯　계속 같은 말만 하는군.

헤로디아　그래도 또 해야겠어요.

헤롯   그렇게 말이 많던 신전 복원 말인데, 아무런 진전도 없
        나? 사람들 말로는 지성소의 휘장*이 사라졌다던데, 사
        실인가?

헤로디아   그것을 훔친 사람은 바로 당신이잖아요. 당신은 제정
        신이 아닌 사람처럼 되는 대로 말을 하는군요. 나는 여
        기 있지 않겠어요. 우리 안으로 들어가요.

헤롯   나를 위해 춤을 추렴, 살로메.

헤로디아   나는 저 애가 춤을 추게 하지 않을 거예요.

살로메   저는 춤을 추고 싶은 마음이 없어요, 전하.

헤롯   살로메, 헤로디아의 딸이여, 나를 위해 춤을 추어라.

헤로디아   조용히. 저 애를 내버려 둬요.

헤롯   너에게 춤을 추라고 명령한다, 살로메.

살로메   저는 춤을 추지 않을 거예요, 전하.

헤로디아   (웃음을 터뜨리며) 저 애가 당신 말을 어떻게 생각하
        는지 알겠죠.

헤롯   저 아이가 춤을 추든 말든 그것이 나와 무슨 상관이
        오? 나한테는 아무런 의미가 없소. 오늘 밤 나는 행복
        해. 대단히 행복해. 나는 이렇게 행복했던 적이 없어.

첫 번째 병사   왕 얼굴이 우울해 보이네. 우울해 보이지 않아?

두 번째 병사   그래, 우울해 보이는데.

헤롯   무엇 때문에 내가 행복하지 않겠는가? 세상의 주권자
        이신 카이사르, 만물의 주인이신 카이사르께서 나를

---

* 상징적으로 하느님이 머무는 장소를 지칭하는 지성소를 표시하는 성스러운
  장막.

무척 사랑하신다. 방금도 나에게 아주 귀중한 선물을 보내셨다. 또 나의 적인 카파도키아의 왕을 로마로 소환하겠다고 약속하셨다. 어쩌면 카이사르께서는 로마에서 그자를 십자가에 매달지도 모르지. 마음만 먹으면 무슨 일이든 하실 수 있으니까. 정말이지, 카이사르께서는 세상의 주인이시다. 그러니 내가 행복할 수밖에. 나는 무척 행복하다. 이렇게 행복했던 적이 없다. 세상에 나의 행복을 망칠 수 있는 것은 없다.

요카난의 목소리   그는 왕좌에 앉게 될 것이다. 그는 주홍색과 자주색으로 물들인 옷을 입게 될 것이다. 그는 손에 신성모독이 가득한 황금 잔을 들게 될 것이다. 그리고 주님의 천사가 그를 칠 것이다. 그는 벌레에게 갉아 먹힐 것이다.

헤로디아   저 사람이 당신 이야기를 하는 걸 들었죠. 저 사람 말이, 당신은 벌레에게 갉아 먹힐 거래요.

헤롯   저 사람은 내 이야기를 하는 게 아니오. 절대 내 이야기가 아니오. 저 사람은 카파도키아 왕 이야기를 하는 거요. 나의 적 카파도키아 왕 말이오. 벌레에게 갉아 먹힐 사람은 그자요. 내가 아니오. 내 이야기를 한 적이 없소, 저 예언자는. 내 이야기라곤 내가 형의 부인을 아내로 삼는 죄를 지었다는 것뿐이오. 그것은 저 사람의 말이 맞을지도 모르오. 사실 당신은 자식을 못 낳으니까.

헤로디아   내가 자식을 못 낳는다고, 내가? 당신이 그런 말을 할 자격이 있나요, 계속 내 딸만 바라보는 당신이, 자신의 즐거움을 위해 그 애의 춤을 보고 싶어 하는 당신이? 바보 같은 소리를 하는군요. 나는 아이를 낳았어요. 하지만 당신은 아이를 낳지 못했어요, 못했죠, 당신 노예한테서도. 자식을 못 낳는 사람은 내가 아니라 당신이에요.

헤롯 조용히 하라, 여인이여! 나는 그대가 자식을 못 낳는다고 말했다. 그대는 나에게 자식을 낳아 주지 못했다. 그런데 저 예언자는 우리 결혼이 진정한 결혼이 아니라고 말했다. 저 사람은 이것이 근친상간의 결혼이라고, 악을 불러들이는 결혼이라고 말했다…… 저 사람 말이 옳은 것이 아닐까 두려워. 저 사람 말이 옳은 것이 틀림없어. 하지만 지금은 이런 이야기를 할 때가 아니야. 나는 지금 이 순간 행복을 누리고 싶소. 사실 나는 행복해. 나에게는 부족한 것이 하나도 없소.

헤로디아 오늘 밤에 당신 기분이 그렇게 좋다니 기쁘군요. 평소 모습과는 다르네요. 하지만 시간이 너무 늦었어요. 안으로 들어가도록 해요. 새벽에 사냥하기로 한 것 잊지 마요. 카이사르의 사절에게는 최대한의 경의를 보여 주어야 하는 것 아닌가요?

두 번째 병사 왕의 표정이 우울하네.

첫 번째 병사 그래, 우울한 표정이야.

헤롯 살로메, 살로메, 나를 위해 춤을 추어라. 간청하마, 나를 위해 춤을 추어다오. 오늘 밤에는 슬프구나. 그래, 오늘 밤에는 몹시 슬프구나. 아까 이곳에 들어오다가 피에 미끄러졌다. 그것은 불길한 징조야. 또 공중에서 날개

가 퍼덕이는 소리가 들렸어. 거대한 날개가 퍼덕이는 소리였지. 그것이 무슨 의미인지 알 수가 없구나…… 오늘 밤에 나는 슬프다. 그러니 나를 위해 춤을 추어라. 나를 위해 춤을 추어 다오, 살로메, 너에게 간절히 청한다. 나를 위해 춤을 추고 원하는 것을 이야기해라. 그러면 그것을 너에게 주겠다. 그래, 나를 위해 춤을 추어라, 살로메. 그러면 네가 나에게 무엇을 요구하든 그것을 너에게 주마. 내 왕국의 반이라도 주마.

살로메   (일어서면서) 정말로 제가 요구하는 것을 무엇이든지 주시겠습니까, 전하?

헤로디아   춤을 추지 마라, 내 딸아.

헤롯   네가 원하는 것은 무엇이든지 주마. 내 왕국의 반이라도 주마.

살로메   맹세하시겠습니까, 전하?

헤롯   맹세하마, 살로메.

헤로디아   춤추지 마라, 내 딸아.

살로메   무엇을 걸고 맹세하시겠습니까, 전하?

헤롯   내 생명을 걸고, 내 왕관을 걸고, 내 신들을 걸고, 맹세하마. 네가 무엇을 바라든, 그것을 너에게 주마. 내 왕국의 반이라도 주마. 나를 위해 춤을 추기만 한다면. 오, 살로메, 살로메, 나를 위해 춤을 추어라!

살로메   그럼 맹세를 하신 겁니다, 전하.

헤롯   맹세를 했다.

헤로디아   내 딸아, 춤추지 마라.

헤롯   내 왕국의 반이라도 주마. 너는 아주 아름다운 여왕이 될 것이다, 살로메. 네가 내 왕국의 반을 요구할 생각이라면 말이다. 저 아이가 아름다운 여왕이 될 것 같지 않소? 아! 여기는 춥구나! 얼음 같은 바람이 분다. 그리고 들린다……. 어째서 공중에서 날개를 치는 소리가 들리는 것이냐? 아! 마치 테라스 위에 거대한 검은 새가 날아다니는 것 같구나. 그런데 왜 안 보이는 것이냐, 이 새가? 날개 치는 소리가 무시무시하구나. 그 날개가 일으키는 바람이 무시무시하구나. 싸늘한 바람이다. 아니, 차갑지 않다, 뜨겁다. 숨이 막히는구나. 내 손에 물을 따라라. 입에 넣게 눈[雪]을 가져와라. 내 망토를 느슨하게 풀어라. 어서! 어서! 내 망토를 느슨하게 풀어라. 아니, 내버려 두어라. 내가 아픈 건 화관 때문이구나, 장미 화관 때문이구나. 꽃이 불 같구나. 내 이마를 태우는구나. (혜롯은 머리에서 화관을 잡아떼어 탁자에 내던진다.) 아! 이제 숨을 좀 쉬겠구나. 저 꽃잎들은 어찌 저리 붉으냐! 꼭 천에 묻은 핏자국 같구나. 하지만 대수롭지 않아. 눈에 보이는 모든 것에서 상징을 찾는 것은 지혜롭지 못한 행동이야. 그렇게 되면 삶에 공포만 가득해져. 그보다는 핏자국이 장미 꽃잎처럼 예쁘다고 말하는 것이 낫지. 그렇게 말하는 것이 낫고말고……. 하지만 이 이야기는 하지 말자. 지금 나는 행복하다. 매우 행복해. 나도 행복할 권리가 있잖은가? 당신 딸은 나를 위해 춤을 출 것이오. 나를 위해 춤을 추지 않겠니, 살로메? 나를 위해 춤을 추겠다고 약속했지 않느냐.

헤로디아　저 애가 춤을 못 추게 할 거예요.

살로메　전하를 위해 춤을 추겠어요.

헤롯　당신도 당신 딸이 하는 이야기를 들었겠지. 이 아이는 나를 위해 춤을 추겠다고 했소. 네가 나를 위해 춤을 추겠다니 착하구나, 살로메. 나를 위해 춤을 추고 난 뒤에 잊지 말고 무엇이든 원하는 것을 요구해라. 네가 무엇을 바라든 그것을 너에게 주마. 내 왕국의 반이라도 주마. 내가 이미 맹세를 하지 않았느냐?

살로메　맹세를 하셨지요, 전하.

헤롯　나는 내 말을 지키지 않은 적이 없다. 나는 맹세를 깨는 그런 사람이 아니다. 나는 거짓말할 줄을 모른다. 나는 내 말의 노예이며, 내 말은 왕의 말이다. 카파도키아의 왕은 늘 거짓말을 하는 혀를 가졌으니 그는 진정한 왕이 아니다. 그는 겁쟁이지. 게다가 그자는 나한테서 갚지도 못할 돈을 꾸어 갔다. 그자는 심지어 내 사절들을 욕보이기까지 했다. 그자는 상처를 주는 말을 했다. 하지만 그가 로마에 가면 카이사르께서 그를 십자가에 매달 것이다. 카이사르께서 분명히 그를 십자가에 매달 거야. 설사 카이사르께서 그를 십자가에 매달지 않는다 해도 그는 죽고 말 거야. 벌레에 갉아 먹혀 죽을 거야. 저 예언자가 그렇게 예언했지. 자! 무엇 때문에 지체하는 거냐, 살로메?

살로메　노예들이 향수와 베일 일곱 개를 가져오고 내 발에서 샌들을 벗겨 주기를 기다리고 있습니다.

(노예들이 향수와 베일 일곱 개를 가져오고 살로메의 발에서 샌들을 벗긴다.)

헤롯   아, 맨발로 춤을 추는구나! 좋구나! 좋아! 너의 귀여운 두 발이 하얀 비둘기 같겠구나. 나무 위에서 춤을 추는 작고 하얀 꽃 같겠구나……. 아니야, 아냐, 저 아이는 피 위에서 춤을 추겠구나! 바닥에 피가 쏟아져 있으니. 저 아이가 피 위에서 춤을 추면 안 되는데. 그건 나쁜 징조였어.

헤로디아   저 아이가 피 위에서 춤을 추든 말든 그것이 당신하고 무슨 상관이에요? 당신은 이미 그 피 속에 발을 깊이 담그고 걸어 다니기까지 했잖아요…….

헤롯   그게 나와 무슨 상관이냐고? 아! 저 달을 봐! 붉은빛으로 변했어. 피처럼 붉어졌어. 아! 저 예언자가 제대로 예언을 했구먼. 저 사람은 달이 피처럼 변할 것이라고 예언했소. 저 사람이 그렇게 예언하지 않았던가? 여기 있는 사람들 모두 저 사람이 그렇게 예언하는 소리를 들었어. 이제 달은 피처럼 변했어. 저게 보이지 않소?

헤로디아   아, 그래요, 잘 보여요. 별들이 익지 않은 무화과처럼 떨어지고 있네요, 안 그래요? 해가 머리에 쓴 삼베처럼 검게 변하고 있어요. 땅의 왕들은 두려워하고 있어요. 나도 그 정도는 볼 수 있어요. 저 예언자의 말은 적어도 그 점에서는 정확하네요. 진실로 땅의 왕들이 두려워하고 있으니까요……. 안으로 들어가요. 당신은 아파요. 로마에서는 당신이 미쳤다는 말이 돌 거예요. 안으

로 들어가요, 어서요.

요카난의 목소리　에돔에서 오는 자가 누구냐, 보스라에서 오는 자가 누구냐, 옷이 자주색으로 물든 자가 누구냐, 옷이 아름답게 빛나는 자가 누구냐, 위대한 모습으로 힘차게 걷는 자가 누구냐? 무엇 때문에 네 옷이 선홍색으로 물들어 있느냐?

헤로디아　안으로 들어가요. 저 사람의 목소리 때문에 미칠 것 같아요. 저 사람이 계속 소리를 지르는 곳에서 내 딸이 춤을 추게 하지는 않을 거예요. 당신이 이런 식으로 저 아이를 보고 있는 데서 내 딸이 춤을 추게 하지는 않을 거예요. 한마디로, 나는 저 아이가 춤을 추게 하지 않겠어요.

헤롯　일어나지 마라, 나의 아내여, 나의 왕비여. 그래 봐야 소용이 없어. 나는 저 아이가 춤을 추기 전에는 안으로 들어가지 않을 거야. 춤을 추어라, 살로메, 나를 위해 춤을 추어라.

헤로디아　춤을 추지 마라, 내 딸아.

살로메　준비가 됐습니다, 전하.

(살로메가 일곱 베일의 춤을 춘다.)

헤롯　아! 훌륭하구나! 훌륭해! 저 아이가, 당신의 딸이 나를 위해 춤추는 것을 보았지. 가까이 오너라, 살로메, 가까이 와. 그래야 내가 너에게 값을 치를 것 아니냐. 아! 나는 나의 즐거움을 위해 춤을 춘 사람들에게 왕으로

서 대가를 지불하는 사람이다. 나는 왕답게 너에게 대가를 지불하겠다. 네 영혼이 바라는 것이 무엇이든 너에게 주겠다. 무엇을 가지고 싶으냐? 말해라.

살로메 (무릎을 꿇으며) 지금 바로 은 쟁반에 가져왔으면 좋겠어요……

헤롯 (웃음을 터뜨리며) 은 쟁반에? 그러고말고, 은 쟁반에. 이 아이는 매혹적이야, 그렇지 않소? 네가 은 쟁반 위에 올리고 싶은 것이 무엇이냐? 오, 착하고 아름다운 살로메, 유대의 그 어떤 딸보다 아름다운 아이야. 은 쟁반에 무엇을 가져와 주기를 바라느냐? 말해 보렴. 그것이 무엇이든, 너는 그것을 얻게 될 것이다. 내 보물들은 다 네 것이다. 네가 갖고 싶은 것이 무엇이냐, 살로메?

살로메 (일어서며) 요카난의 머리예요.

헤로디아 아! 말 한번 잘했구나, 내 딸아.

헤롯 안 돼, 안 돼!

헤로디아 말 한번 잘 했어, 내 딸아.

헤롯 안 돼, 안 된다, 살로메. 네가 바라는 것은 그것이 아니야. 네 어미의 말에 귀 기울이지 마라. 네 어미는 늘 너에게 나쁜 조언만 하는구나. 그 말에 귀 기울이지 마라.

살로메 제가 귀 기울이는 것은 어머니의 목소리가 아닙니다. 제가 은 쟁반에 요카난의 머리를 달라는 것은 제 즐거움을 위해서예요. 전하는 맹세를 하셨습니다. 맹세를 하셨다는 것을 잊지 마세요.

헤롯 나도 안다. 내 신들을 걸고 맹세를 했지. 나도 잘 알고

있어. 하지만 이렇게 간청하마, 살로메, 다른 것을 요구해라. 내 왕국의 반을 요구해라, 그러면 그것을 너에게 주겠다. 하지만 방금 네 입으로 요구한 것만은 요구하지 마라.

살로메　저는 전하께 요카난의 목을 청했어요.

헤롯　안 돼, 안 돼, 그것은 너에게 주지 않겠다.

살로메　맹세를 하셨습니다, 전하.

헤로디아　그래요, 당신은 맹세를 했어요. 모두가 당신의 말을 들었어요. 모든 사람 앞에서 맹세를 했어요.

헤롯　입을 다물어라, 여인이여! 나는 그대에게 말하는 것이 아니다.

헤로디아　요카난의 머리를 요구하다니, 내 딸 참 장하다. 그 사람은 나에게 모욕을 퍼부었어. 나를 비난하며 입에 올릴 수 없는 말들을 했어. 이제 사람들은 내 딸이 이 어미를 얼마나 사랑하는지 알 수 있겠구나. 굽히지 마라, 내 딸아. 왕은 맹세를 했다, 맹세를 했어.

헤롯　조용히 하라! 나에게 말하지 마라! ……살로메, 너에게 빈다, 고집을 피우지 마라. 나는 너에게 늘 잘해 주었다……. 어쩌면 너를 너무 사랑했는지도 모르겠구나. 그러니 나에게 그런 것을 요구하지 마라. 그것은 무서운 일이야, 네가 나에게 요구하는 것은 끔찍한 것이야. 물론 나는 네가 농담을 하고 있다고 생각을 한단다. 몸에서 잘라 낸 사람 머리는 보기에도 역겹지, 그렇지 않니? 처녀의 눈으로 그런 꼴을 본다는 것은 좋지 않아. 네가 그런 꼴에서 무슨 기쁨을 얻을 수 있겠니. 너는 거기서 아무 기쁨도 얻을 수 없어. 없어, 없고말고. 그것은 네가 바랄 만한 것이 아니야. 내 말을 들어라. 나한테 에메랄드가 있다. 크고 둥근 에메랄드지. 카이사르의 총애를 받는 이가 나에게 보낸 것이야. 그 에메랄드를 들여다보면 멀리서 일어나는 일을 알 수가 있지. 카이사르께서도 경기장에 가실 때는 그런 에메랄드를 지니고 가시지. 하지만 내 에메랄드가 더 커. 내 것이 더 크다는 것을 나는 잘 알아. 내 것이 이 세상에서 가장 큰 에메랄드야. 그것을 가지겠니? 어떠냐? 나에게 그것을 달라고 해라. 그러면 그것을 주겠다.

살로메 요카난의 머리를 요구합니다.

헤롯 듣지 않는구나. 듣지 않아. 내 말을 들어라, 살로메.

살로메 요카난의 머리!

헤롯 안 돼, 안 돼, 너는 그것을 가질 수 없다. 나를 괴롭히려고 그런 이야기를 하는구나. 내가 오늘 밤에 너를 바라보았고, 바라보는 것을 멈추지 않았다는 이유로. 네 아름다움이 내 마음을 흔들었구나. 네 아름다움이 내 마음을 심하게 흔들었구나. 그래서 너를 지나치게 보았구나. 그래, 이제부터는 너를 보지 않으마. 어떤 것도 보아서는 안 돼. 물건도 사람도 보아서는 안 돼. 오직 거울만 들여다보아야 해. 거울은 우리에게 가면만을 보여주니까. 아! 아! 포도주를 가져와라! 목이 마르다······. 살로메, 살로메, 친구처럼 이야기하자꾸나. 생각해 보아라······. 아! 무슨 말을 하려고 했더라? 뭐였더라? 아! 기억났다! ······살로메, 자, 더 가까이 오렴. 네가 내 말을 듣지 못할까 걱정이 되는구나. 살로메, 내 하얀 공작새들을 알지? 나의 아름다운 하얀 공작새들, 정원의 은매화와 키 큰 사이프러스 사이를 걸어 다니는 공작새들. 부리에는 금을 칠해 놓았고, 먹는 낟알에도 금을 발라 놓았단다. 발은 자줏빛으로 물들였지. 그 새들이 울면 비가 오고, 꼬리를 펼치면 하늘에서 달이 모습을 드러내지. 그 새들은 둘씩 짝을 지어 사이프러스와 검은 은매화 사이를 걷고, 한 마리에 한 명씩 돌봐 주는 하인이 붙어 있지. 가끔 나무들 사이를 가로질러 날다가 이내 풀밭에 눕거나 물가를 거닐기도 한단다. 이 세상에 그렇게 훌륭한 새는 다시없다. 카이사르조차도 내 새들만큼 아름다운 새는 가지지 못했다. 너에게 공작새 쉰 마리를 주마. 그 새들은 네가 어디를 가나 따라다닐 것이고 너를 둘러싸고 있으면 너는 커다란 흰 구름에 싸인 달처럼 보일 거야……. 그 새들을 너에게 주겠다, 모두. 나한테 백 마리밖에 없지만, 이 세상에 그 공작새들 같은 새를 가진 왕은 없어. 하지만 그것을 모두 너에게 주마. 단지 나를 내 맹세에서만 풀어 다오. 네 입이 나에게 요구했던 것을 요구하지만 말아 다오.

(헤롯이 포도주 잔을 비운다.)

살로메   요카난의 머리를 주세요!

헤로디아   말 잘 한다, 내 딸아! 하지만 당신, 공작새 이야기나 하다니 정말 우습군요.

헤롯   조용히 하라! 당신은 늘 소리를 지르는군. 꼭 맹수처럼
        말이야. 그런 식으로 소리를 지르지 마시오. 당신 목소
        리는 나를 피곤하게 해. 다시 말하지만, 조용히 하시오!
        ……살로메, 네가 무슨 일을 하는지 생각해 보아라. 이
        사람은 신이 보낸 사람일지도 몰라. 이 사람은 거룩해.
        이 사람의 몸에는 신의 손가락이 닿았어. 신이 그의 입
        에 무시무시한 말을 집어넣었어. 사막에서처럼 궁 안에
        서도 신은 늘 이 사람과 함께 있어……. 그래, 적어도 신
        이 이 사람과 함께 있을 수는 있어. 장담할 수는 없는
        일이지만, 신이 이 사람과 함께, 이 사람을 위해 있을
        수도 있어. 만일 이 사람이 죽는다면 나한테 나쁜 일
        이 생길지도 몰라. 정말이지 이 사람은 자기가 죽는 날
        에 누군가에게 나쁜 일이 생길 것이라고 말했어. 내가
        아니면 누구에게 그 일이 생기겠느냐? 잊지 마라, 나는
        여기로 오다가 피에 미끄러졌다. 게다가 공중에서 날개
        치는 소리, 거대한 날개가 퍼덕이는 소리도 들었잖느
        냐? 이런 것들은 나쁜 징조들이야. 또 다른 일들도 있
        었어. 내가 직접 보지는 못 했지만 틀림없이 다른 일들
        도 있었어. 너도 나에게 나쁜 일이 생기기를 바라는 것
        은 아니겠지, 살로메? 다시 내 이야기를 잘 들어 보렴.

살로메   요카난의 머리를 주세요.

헤롯   아! 내 이야기를 듣지 않는구나. 진정해라. 나는? 내가
        차분하지 못한가? 아니, 나는 아주 차분해. 잘 들어라.
        나는 이곳에 보석을 감추어 두고 있다. 네 어머니조차
        한 번도 보지 못한 보석들이지. 보면 눈이 휘둥그레질

보석들이야. 진주를 네 줄로 박은 목걸이도 있다. 달들을 은빛 광선으로 꿰어 놓은 것 같아. 황금 그물에 쉰 개의 달이 걸려 있는 것 같기도 하지. 그것은 어떤 왕비의 상아빛 가슴 위에 걸렸던 것이야. 네가 그 목걸이를 걸면 왕비처럼 아름다울 거야. 두 종류의 자수정도 있어. 하나는 포도주처럼 검은색이고, 또 하나는 물을 탄 포도주처럼 붉은색이지. 호랑이의 눈처럼 노란 토파즈, 산비둘기 눈처럼 분홍색인 토파즈, 고양이의 눈처럼 녹색인 토파즈도 있어. 죽은 여자의 눈알 같은 얼룩 마노도 있지. 달과 함께 모습이 변하고 해를 보면 창백해지는 월장석도 있어. 달걀만 한 크기에 색깔은 파란 꽃처럼 새파란 사파이어도 있어. 사파이어들 안에서 바닷물이 넘실거리고 달은 결코 그 파도의 푸르름을 어지럽히지 못하지. 귀감람석, 녹주석, 녹옥수, 홍옥도 있어. 붉은 줄무늬 마노와 히아신스석, 옥수도 있어. 그것들을 모두 너에게 주마. 모두, 그리고 거기에 다른 것도 얹어 주마. 인도제국의 왕은 앵무새 깃털로 만든 부채 네 개를 보내 왔고, 누미디아의 왕은 타조 깃털로 만든 옷을 보내 왔어. 여자가 보는 것은 불법이고 젊은 남자들도 봤다 하면 막대기로 두드려 맞을 만한 수정도 있어. 자개로 만든 궤에는 놀라운 터키석이 세 개나 있어. 이마에 그것을 다는 사람은 존재하지도 않는 물건을 상상할 수 있고 손에 그것을 들고 다니는 사람은 여자를 석녀로 바꿀 수 있지. 이것들은 훌륭한 보물이야. 값을 매길 수 없는 보물이지. 이게 다가 아니다. 흑단 궤 안에는 순금 사과 같은 호박(琥珀) 컵 두 개가 있어. 적이 이 컵에 독을 부으면 은 사과처럼 변하지. 호박 장식 궤 안에는 유리 장식 샌들이 있어. 세레스*의 땅에서 가져온 망토도 있고, 유프라테스에서 온 홍옥과 비취로 장식한 팔찌도 있어……. 이것 말고 바라는 것이 무엇이냐, 살로메? 네가 바라는 것을 말해라, 내 그것을 너에게 주마. 네가 청하는 것은 모두 주겠다. 단 한 가지만 빼고. 내 너에게 모든 것을 주겠다. 단 한 사람의 목숨만 빼고. 내 너에게 대사제의 망토를 주겠다. 내 너에게 지성소의 휘장도 주겠다.

유대인들   아! 아!

살로메   요카난의 목을 주세요!

헤롯   (의자에 주저앉으며) 저 아이에게 달라는 것을 주도록 하라! 결국 저 아이는 제 어미의 자식이 아니더냐! (첫 번째 병사가 다가온다. 헤로디아가 왕의 손에서 죽음의 반지를 빼 병사에게 준다. 병사는 바로 그것을 사형 집행인에게 가져간다. 사형 집행인의 얼굴이 겁에 질려 있다.) 누가 내 반지를 가져갔는가? 내 오른손에는 반지가 있었다. 누가 내 포도주를 마셨는가? 내 컵에는 포도주가 있었다. 포도주가 가득 차 있었다. 누가 그것을 마셔 버렸구나! 아! 틀림없이 누군가에게 나쁜 일이 생길 거야. (처형관이 우물 안으로 내려간다.) 아! 내가 왜 맹세를 했던가? 이후로는 어떤 왕도 맹세를 하지 못하게 하라. 맹세를 지

---

* 고대 그리스와 로마에서 중국인을 이르던 말.

키지 않는다는 건 무시무시한 일이고, 맹세를 지키는 것 또한 무시무시한 일이다.

헤로디아   내 딸아, 장하구나.

헤롯   틀림없이 불행한 일이 일어날 것이다.

살로메   (우물에 몸을 기대고 귀를 기울인다.) 아무 소리도 나지 않아. 아무 소리도 안 들려. 왜 소리를 지르지 않을까, 이 사람은? 아! 누가 나를 죽이려 한다면, 나는 소리를 지를 텐데, 몸부림을 칠 텐데, 괴로워할 텐데⋯⋯. 쳐라, 쳐라, 나아만이여, 쳐라, 어서⋯⋯. 아니야, 아무 소리도 안 들려. 침묵, 무시무시한 침묵뿐이야. 아! 땅에 뭔가 떨어졌구나. 뭔가 떨어지는 소리가 들렸어. 사형 집행인의 칼이로구나. 두려워하고 있어, 이 노예는. 칼을 떨어뜨렸어. 감히 그 사람을 죽이지 못하고 있어. 겁쟁이야, 이 노예는! 병사들을 보내야 해. (헤로디아의 시동을 보며) 이리 와. 너는 죽은 사람의 친구였지, 그렇지 않아? 자, 네게 말하겠는데, 죽은 사람 수가 충분하지 않아. 병사들에게 아래로 내려가 내가 청한 것, 전하가 나에게 약속한 것, 이제 내 것이 된 것을 나에게 가져오라고 해. (시동은 뒷걸음질 친다. 그녀가 병사들을 돌아본다.) 여기 봐요, 병사들. 우물로 내려가서 그 사람의 목을 가져와요. 전하, 전하, 병사들에게 요카난의 머리를 가져오라고 명하세요.

(크고 검은 팔, 사형 집행인의 팔이 우물에서 나온다. 손에 쥔 은 방패 위에 요카난의 머리가 놓여 있다. 살로메가 그것을 움켜쥔다. 헤

롯은 망토로 얼굴을 가린다. 헤로디아는 웃음을 지으며 부채질을 한다. 나사렛인들은 무릎을 꿇고 기도를 시작한다.)

살로메   아! 당신은 당신에게 입 맞추지 못하게 했지, 요카난. 흠! 이제 나는 당신에게 입 맞출 거야. 잘 익은 과일을 깨물 듯이 내 이로 당신 입술을 깨물 거야. 그래, 당신에게 입을 맞출 거야, 요카난. 내가 그렇게 할 거라고 말했잖아. 그렇게 말하지 않았던가? 나는 그렇게 말했어. 아! 이제 당신에게 입을 맞출 거야……. 하지만 어째서 나를 보지 않는 거지, 요카난? 그렇게 무시무시하던 당신의 두 눈, 분노와 경멸이 가득하던 두 눈이 지금은 감겨 있네. 왜 두 눈이 감겨 있지? 눈을 떠! 눈꺼풀을 들어 올려, 요카난! 어째서 나를 보지 않는 거지? 당신은 나를 두려워하나, 요카난, 그래서 나를 보지 않으려는 건가? ……그리고 당신의 혀, 독을 쏘는 붉은 뱀 같던 그 혀가 이제는 움직이지 않네, 아무 말도 하지 않네, 요카난, 나한테 독을 뱉던 그 주홍색 독사가. 이상하네, 그렇지 않아? 어째서 그 붉은 독사가 이제 꿈틀거리지 않는 거지? ……당신은 내 어떤 것도 가지지 않으려 했지, 요카난. 당신은 나를 거부했지. 당신은 나에 대해 악한 말을 했지. 당신은 창부를 대하듯 나를 대했지, 음란한 여자를 대하듯이 나를 대했지, 살로메를, 헤로디아의 딸을, 유대의 공주를! 자, 나는 지금도 살아 있지만 당신은 죽었어. 그리고 당신의 머리는 내 것이 되었어. 나는 당신의 머리를 내 마음대로 할 수 있어. 개한테 던져 버릴 수도 있고, 공중의 새한테 던져 버릴 수도 있어. 개가 남기면 공중의 새가 먹겠지……. 아, 요카난, 요카난, 당신은 남자들 가운데 내가 유일하게 사랑했던 사람이었어! 다른 남자들은 모두 가증스러웠지. 하지만 당신은 아름다웠어! 당신의 몸은 은 받침 위에 세워 놓은 상아 기둥이었어. 은으로 빚은 비둘기와 백합이 가득한 정원이었어. 상아 방패들로 장식된 은 탑이었어. 당신의 몸처럼 흰 것은 세상에 없었어. 당신의 머리카락처럼 검은 것은 세상에 없었어. 온 세상에 당신의 입술처럼 붉은 것은 없었어. 당신의 목소리는 묘한 향을 흩날리는 향로였어. 당신을 보면 묘한 음악이 귀에 들렸지. 아! 어찌하여 당신은 나를 보지 않았나, 요카난? 손이라는 망토로, 독설이라는 망토로, 당신의 얼굴을 가렸지. 당신은 자신의 눈에 신을 보려는 자의 덮개를 갖다 댔지. 그래, 당신은 당신의 신을 보았지, 요카난. 하지만 나는, 나는, 절대 보지 않았지. 나를 보았다면 당신은 나를 사랑했을 거야. 나는 당신을 보았지. 그리고 당신을 사랑했어. 아, 내가 당신을 얼마나 사랑했는지! 나는 아직도 당신을 사랑해, 요카난. 나는 당신만을 사랑해……. 나는 당신의 아름다움에 목말라 있어. 나는 당신의 몸에 굶주려 있어. 포도주도 사과도 내 욕망을 달랠 수 없어. 이제 나는 어떻게 해야 하지, 요카난? 홍수도 큰물도 내 뜨거운 감정을 끌 수가 없는데. 나는 공주였어, 그런데 당신은 나를 경멸했지. 나는 처녀였어, 그런데 당신은 나한테서

순결을 빼앗았지. 나는 정숙했어, 그런데 당신은 내 핏
속에 불을 채웠지⋯⋯. 아! 아! 어째서 당신은 나를 보
지 않았나? 나를 보았다면 당신은 나를 사랑했을 거야.
틀림없이 나를 사랑했을 거야. 사랑의 신비는 죽음의
신비보다 위대하지.

헤롯   저 아이는 괴물 같아, 당신 딸 말이야. 정말이지 저 아
이는 괴물 같아. 사실 저 아이가 한 짓은 엄청난 범죄
야. 미지의 신에 대한 범죄가 틀림없어.

헤로디아   나는 내 딸이 한 일이 기쁘기만 하네요. 저 아이는
잘 해냈어요. 이제 나는 이곳을 떠나고 싶지 않아요.

헤롯   (일어서며) 아! 형수가 말을 하는구나! 갑시다! 나는 이
곳을 떠나겠소. 갑시다, 내 말이 들리지 않소. 틀림없이
무시무시한 일이 일어날 거요. 마나세, 이사차르, 오지
아스, 횃불을 꺼라. 나는 아무것도 보지 않겠다. 그 무
엇이 나를 보는 것도 견딜 수 없다. 횃불을 꺼라! 달을
감추어라! 별을 감추어라! 궁에 들어가 숨읍시다, 헤로
디아. 난 무서워지기 시작했소.

(노예들이 횃불을 끈다. 별이 사라진다. 커다란 구름이 달을 가로질
러 완전히 감추어 버린다. 무대는 어두워진다. 왕은 계단을 올라가기
시작한다.)

살로메의 목소리   아! 나는 당신에게 입을 맞추었어, 요카난,
당신 입에 내 입을 맞추었어. 당신 입술에서는 쓴 맛
이 나네. 피의 맛인가? ⋯⋯아니, 어쩌면 사랑의 맛일

지도 몰라……. 사람들은 사랑에서 쓴 맛이 난다고 하지……. 하지만 무슨 상관인가? 무슨 상관인가? 나는 당신에게 입을 맞추었는데, 요카난, 당신의 입에 내 입을 맞추었는데.

(달빛이 살로메에게 떨어지며 그녀를 환하게 비춘다.)

헤롯   (빙글 돌아 살로메를 보며) 저 계집을 죽여라!

(병사들이 앞으로 달려 나가 헤로디아의 딸, 유대의 공주 살로메를 방패로 눌러 뭉갠다.)

(막)

희곡

진지해지는 것의 중요성
심각한 사람들을 위한 경박한 희극

로버트 볼드윈 로스에게
감사와 애정으로

등장인물

존 워딩 치안판사

앨저넌 몽크리프

채저블 신부 대성당 참사회 의원, 신학 박사

메리먼 집사

레인 남자 하인

브랙널 부인

그웬덜린 페어팩스

세실리 카듀

프리즘 양 가정교사

1막

(장면) 하프문 가의 앨저넌의 아파트 거실. 방은 호화롭고 예술적으로 꾸며져 있다. 옆방에서 피아노 소리가 들린다.

(레인이 탁자에 오후 차를 준비하고 있다. 음악이 그치면서 앨저넌이 등장한다.)

앨저넌   내 연주 소리 들었나, 레인?

레인   안 듣는 게 예의라고 생각했습니다만.

앨저넌   그거 아까운 일이군, 자네한테 말이야. 나는 정확한 연주를 하지는 않아. 정확한 연주야 아무나 하는 거지. 하지만 내 연주는 표현이 훌륭해. 피아노에 관한 한 나의 장기는 감성이거든. 일상생활에서는 과학적이려고 하지만.

레인   그럼요.

앨저넌   아, 생활 과학 이야기가 나와서 말인데, 브랙널 부인이 드실 오이 샌드위치는 만들어 놓았나?

레인　네. (쟁반에 놓인 샌드위치를 건네준다.)

앨저넌　(샌드위치를 살피다가 두 개를 집어 들고 소파에 앉는다.) 아! …… 그런데, 레인, 자네 장부를 보니 목요일 밤에 내가 쇼햄 경과 워딩 씨와 저녁을 먹을 때 샴페인을 여덟 병 마신 것으로 적혀 있더군.

레인　네, 정확히 여덟 병하고도 일 파인트입니다.

앨저넌　어째서 독신자의 집에서는 하인들이 꼭 샴페인을 마시는 거지? 그저 궁금해서 물어보는 거네만.

레인　품질이 뛰어나기 때문이지요. 저도 여러 번 확인한 일입니다만, 기혼자 집에 있는 샴페인은 일급 상표인 경우가 드물거든요.

앨저넌　맙소사! 결혼을 하면 그 정도로 타락하나?

레인　결혼은 아주 즐거운 일이라고 알고 있는데요. 아직 저도 그쪽 경험은 거의 없는 편입니다만. 저는 한 번밖에 결혼을 못 해 봤거든요. 그것은 저와 어떤 젊은 아가씨 사이에 있었던 오해의 결과였지요.

앨저넌　(께느른하게) 내가 자네 가족생활에 관심이 있는지 잘 모르겠는걸, 레인.

레인　없지요. 별로 재미있는 이야기가 아닙니다. 저 스스로 한 번도 재미있다고 생각한 적이 없습니다.

앨저넌　물론 당연히 그렇겠지. 됐네, 레인, 고맙네.

레인　감사합니다.

(레인이 나간다.)

앨저넌   레인의 결혼관은 약간 문란한 것 같군. 정말이지, 하층 계급들이 우리한테 좋은 모범을 보여 주지 못한다면 대체 그들을 어디에 써먹어야 하는 거지? 이 사람들은 하나의 계급으로서 도덕적 책임감이라는 게 전혀 없는 것 같아.

(레인이 들어온다.)

레인   어니스트 워딩 씨가 오셨습니다.

(잭이 등장한다. 레인이 나간다.)

앨저넌   어떻게 지내나, 어니스트? 무슨 일로 런던에 왔나?

잭   아, 놀러 왔지, 놀러 왔어! 다른 이유로 어디를 오가는 사람도 있나? 평소와 다름없이 먹고 있군그래, 앨지!

앨저넌   (딱딱하게) 5시에 약간의 다과를 즐기는 건 상류사회의 관습이라고 알고 있는데. 지난 목요일 이후에 어디에 있었나?

잭   (소파에 앉으며) 시골에 있었네.

앨저넌   대체 거기서 뭘 하나?

잭   (장갑을 벗으며) 시내에 있으면 스스로 즐기지만 시골에 있으면 다른 사람들을 즐겁게 해 주지. 정말 지겨워.

앨저넌   자네가 즐겁게 해 주는 사람들이 누군데?

잭   (점잔 빼며) 아, 이웃들, 이웃들이지.

앨저넌   슈롭셔의 자네 동네에는 좋은 이웃들이 있는 모양이지?

잭   엄청나게 지겨운 곳이지. 나는 그곳 사람들하고는 절대
      말을 하지 않는다네.

앨저넌   그 사람들을 엄청나게 즐겁게 해 주고 있군그래! (식탁
      으로 가서 샌드위치를 집어 든다.) 그런데 슈롭셔가 자네가
      사는 주(州) 맞지?

잭   뭐? 슈롭셔? 그래, 물론이지. 이봐! 이 컵들은 다 뭐지?
      오이 샌드위치는 또 뭐고? 젊디젊은 사람이 이 무슨 무모
      한 사치인가? 누가 차를 마시러 오는데?

앨저넌   아! 오거스터 이모하고 그웬덜린뿐이야.

잭   그거 아주 즐거운 일이로군!

앨저넌   그래, 아주 잘된 일이지. 하지만 자네가 여기 있는 것
      을 오거스터 이모가 못마땅하게 여길까 봐 걱정이라네.

잭   왜 그런지 물어봐도 될까?

앨저넌   이보게, 자네가 그웬덜린하고 새롱거리는 꼴은 아주
      창피스럽거든. 거의 그웬덜린이 자네하고 새롱거리는 꼴
      만큼이나 심각하지.

잭   나는 그웬덜린을 사랑해. 런던에 올라온 것도 그웬덜린에
      게 분명히 청혼하기 위해서라네.

앨저넌   자네는 놀러 올라온 줄 알았는데…… . 그건 일이잖나.

잭   정말 낭만이라고는 찾아볼 수 없는 사람이로군!

앨저넌   청혼을 하는 데 무슨 낭만이 있다는 건지 정말 모르
      겠군. 사랑에 빠지는 것은 아주 낭만적인 일이지. 하지
      만 청혼에는 낭만적인 것이 전혀 없어. 그래, 청혼은 받아
      들여질 수도 있겠지. 보통 그렇게 된다고 생각하네. 그러
      면 그것으로 흥분은 끝나는 거지. 낭만의 핵심은 불확실

성이야. 내가 만에 하나 결혼을 한다 해도, 나는 물론 그 사실을 잊으려고 애를 쓸 것이네.

잭 그 점에 대해서는 의심하지 않네, 앨지. 이혼 법정은 자네처럼 기억이 아주 묘하게 구성된 사람들을 위해 특별히 만들어진 것이거든.

앨저넌 아! 그 문제에 대해서는 미리 생각해 봐야 소용없지. 이혼은 하늘에서 정하는 것이니까. (잭이 샌드위치를 집으려고 손을 뻗는다. 앨저넌이 즉시 막는다.) 오이 샌드위치에는 손대지 말아 주게. 그건 오거스터 이모를 위해 특별히 지시한 거야. (샌드위치를 하나 집어 들고 먹기 시작한다.)

잭 흠, 자기는 계속 먹고 있으면서.

앨저넌 나는 다르지. 오거스터 이모는 내 이모니까. (밑에 있던 접시를 집어 든다.) 버터 바른 빵이나 좀 들게. 버터 바른 빵은 그웬덜린 거야. 그웬덜린은 버터 바른 빵을 아주 좋아하거든.

잭 (식탁으로 가서 빵을 먹으며) 이거 아주 좋은 버터 바른 빵인데.

앨저넌 음, 이보게, 그걸 다 먹을 것처럼 먹어 댈 필요는 없네. 자네는 벌써 그웬덜린하고 결혼이라도 한 것처럼 행동하는군. 아직 결혼을 한 것은 아니지 않나. 내 생각에는 앞으로도 결혼하기는 힘들 것 같은데.

잭 대체 무슨 소리를 하는 건가?

앨저넌 음, 첫째로, 여자들은 새롱거리던 남자하고는 절대 결혼을 안 하잖아. 여자들은 그걸 옳다고 생각하지 않아.

잭 아, 그건 말도 안 돼!

앨저넌   말이 왜 안 돼. 위대한 진리인데. 그거 하나면 어디를
        가나 수많은 독신자들이 눈에 띄는 이유가 설명되잖아.
        둘째로, 내가 동의하지 않네.

잭   자네의 동의라니!

앨저넌   이보게, 그웬덜린은 내 친사촌이야. 자네가 내 결혼 허
        락을 받으려면 세실리 문제를 완전히 정리해야 하네. (벨
        을 누른다.)

잭   세실리! 대체 무슨 소린가? 무슨 말이야, 앨지, 세실리라
        니? 나는 세실리라는 이름을 가진 사람을 하나도 모르
        는데.

(레인이 들어온다.)

앨저넌   워딩 씨가 지난번에 여기에서 저녁을 먹을 때 끽연실
        에 두고 간 담배갑을 가져오게.

레인   네.

(레인이 나간다.)

잭   그러니까 그동안 쭉 내 담배갑을 가지고 있었다는 건가?
        미리 이야기를 해 주었으면 좋았잖나. 그 담배갑 때문에
        런던 경찰국에 미친 듯이 편지를 써 댔는데. 거액의 현상
        금까지 내걸 뻔했다고.

앨저넌   흠, 걸지 그랬어. 요새 내가 유달리 형편이 쪼들리는데.

잭   이제 찾았으니 거액의 현상금을 걸 필요는 없지.

(레인이 쟁반에 담배갑을 얹고 들어온다. 앨저넌이 즉시 담배갑을 집어 든다. 레인이 나간다.)

앨저넌 좀 인색하게 구는군, 어니스트, 인색해. (담배갑을 열고 살핀다.) 하지만 상관없네. 안에 새겨진 글을 보니, 어차피 이건 자네 게 아니로군.

잭 물론 그건 내 거야. (앨저넌에게 다가간다.) 자네도 내가 그걸 갖고 있는 걸 수도 없이 봤잖아. 그리고 안에 뭐가 적혀 있든 자네가 그걸 볼 권리는 없어. 다른 사람 담배갑에 적힌 글을 읽는다는 건 아주 신사답지 못한 행동이야.

앨저넌 아! 뭐는 읽고 뭐는 읽지 말아야 한다는 엄격한 규칙이라도 있다는 건가. 말도 안 되는 소리. 현대 문화의 절반 이상이 읽지 말아야 할 것에 의존하고 있는 상황에서 말이야.

잭 그 사실은 나도 잘 알고 있네. 하지만 나는 지금 현대 문화에 관해 토론하자고 하는 것이 아니야. 그것은 사적으로 할 만한 이야기가 아니지. 나는 그저 내 담배갑을 돌려받고 싶을 뿐이네.

앨저넌 그래. 하지만 이건 자네 담배갑이 아니라니까. 이 담배갑은 세실리라는 이름을 가진 사람이 선물했던데. 그런데 자네는 그런 이름을 가진 사람은 하나도 모른다면서.

잭 음, 굳이 알고 싶다면 말해 주겠는데, 그분은 내 이모라네.

앨저넌 자네 이모라고!

잭 그래. 매력이 넘치는 노부인이지. 턴브리지웰스에 사시네. 어서 돌려주게, 앨지.

앨저넌 (소파 뒤로 물러나면서) 턴브리지웰스에 사신다는 자네 이모가 왜 스스로 작고 어여쁜 세실리라고 말씀하시는 걸까? (읽는다.) "작고 어여쁜 세실리가 지극한 사랑을 담아."

잭 (소파로 가서 그 위에 무릎을 꿇으며) 이보게, 그게 무슨 문제란 말인가? 세상에는 키가 큰 이모도 있고 키가 크지 않은 이모도 있네. 그거야 당연히 이모 스스로 결정해도 좋은 문제 아닌가. 자네는 모든 이모가 꼭 자네 이모와 비슷해야 한다고 생각하는 것 같구먼! 그건 말도 안 돼! 제발 내 담배갑이나 돌려주게. (앨저넌을 따라 방 안을 돈다.)

앨저넌 그래. 그런데 자네 이모는 왜 자네를 숙부라고 부르는 걸까? "작고 어여쁜 세실리가 지극한 사랑을 담아 친애하는 잭 숙부에게." 그래, 인정하네, 이모는 작을 수도 있지. 하지만 어째서 이모가, 몸집이야 어떻든 간에, 자기 조카에게 숙부라고 부르는 건지 나는 도무지 이해할 수가 없군. 게다가 자네 이름은 잭이 아니잖아. 어니스트잖아.

잭 어니스트가 아니라 잭이야.

앨저넌 나한테는 늘 어니스트라고 했잖아. 나는 자네를 누구한테나 어니스트라고 소개했네. 자네도 어니스트라고 부르면 대답을 했고. 실제로 자네는 어니스트라는 이름과도 가장 어울리는걸. 자네는 내가 평생 만나본 사람 가운데 가장 진지해* 보이는 사람이거든. 이제 와서 자네 이

---

* earnest. 이름 어니스트(Ernest)와 발음이 같다.

름이 어니스트가 아니라고 말하는 것은 정말 말도 안 되
는 일이야. 자네 명함에도 그렇게 찍혀 있잖나. 여기도 한
장 있군. (상자에서 명함을 꺼내며) "어니스트 워딩. 올버니,
B.4." 자네 이름이 어니스트라는 증거로 이걸 보관하고 있
었지. 자네가 혹시 나나 그웬덜린이나 다른 누구한테 아
니라고 할 경우를 대비해서 말이야. (명함을 호주머니에 집
어넣는다.)

잭 음, 내 이름은 런던에서는 어니스트고 시골에서는 잭이
지. 그 담배갑은 시골에서 받은 것이라네.

앨저넌 그래, 하지만 그것으로는 턴브리지웰스에 사는 자네의
작고 어여쁜 세실리 이모가 자네를 친애하는 숙부라고
부른 이유가 설명되지 않는데. 이보게, 이런 석연찮은 건
당장 뽑아 없애는 게 좋아.

잭 이봐, 앨지, 자네 꼭 치과 의사처럼 말하는군. 치과 의사
도 아니면서 치과 의사처럼 말하는 건 아주 천박한 일이
라네. 그릇된 인상*을 심어 주지.

앨저넌 글쎄, 그거야말로 치과 의사들이 늘 하는 일 아닌가.
자, 어서! 다 털어놓게. 나는 자네가 늘 골수 비밀 번버리
활동가가 아닌가 하는 의심을 품어 왔네. 아니, 이제는 확
신까지 하고 있지.

잭 번버리 활동가? 대체 번버리 활동가가 뭔가?

앨저넌 자네가 어째서 도시에서는 어니스트이고 시골에서는
잭인지 말해 준다면 나도 그 비길 데 없는 표현의 의미가

---

* impression. 의치(義齒)의 틀이라는 뜻도 있다.

무엇인지 밝히지.

잭 음, 먼저 담배갑부터 주게.

앨저넌 여기 있네. (담배갑을 건네준다.) 자, 이제 설명을 해 주게. 있을 법하지 않은 일을 듣게 되기를 간절히 바라네. (소파에 앉는다.)

잭 이보게, 내 설명에 있을 법하지 않은 일은 전혀 없네. 사실 아주 평범한 이야기야. 예전에 나를 입양했던 토머스 카듀 씨가 유언장에서 나를 자기 손녀 세실리 카듀 양의 후견인으로 지명했네. 자네라면 도저히 이해하지도 못할 존경심 때문에 세실리는 나를 숙부라고 부르는데, 현재 훌륭한 가정교사 프리즘 양의 보호 아래 내 시골 집에서 살고 있다네.

앨저넌 그런데 시골의 어디라고 했더라?

잭 그건 자네와 상관없네. 자네가 초대받을 일은 없을 테니까……. 하지만 그곳이 슈롭셔가 아니라는 건 솔직하게 말해 주지.

앨저넌 그럴 줄 알았지, 이 친구야! 나는 두 번에 걸쳐 슈롭셔 전역에서 번버리 활동을 했거든. 자, 계속해 보게. 왜 도시에서는 어니스트고 시골에서는 잭이지?

잭 이보게, 앨지, 자네가 내 진짜 이유를 이해할 수 있을지 모르겠네. 자네는 지금 그럴 만큼 진지하지가 않잖아. 후견인이라는 지위에 놓이게 되면, 모든 문제에 대해 아주 도덕적인 태도를 취할 수밖에 없지. 그렇게 하는 것이 의무거든. 하지만 아주 도덕적인 태도는 건강이나 행복에 별 도움이 되지 않는다고들 하지. 어쨌든 나는 런던에 올라올 구실을 얻기 위해, 올버니에 사는 동생 어니스트가 심한 곤경에 처해 있다고 꾸며 대야 했네. 앨지, 그것이 순수하고 꾸밈없는 진실 전부라네.

앨저넌   진실은 대부분 순수하지 않고 꾸밈없는 경우도 절대 없지. 만일 그 두 가지 가운데 하나라면 현대 생활은 아주 따분해지겠지. 현대문학은 완전히 불가능할 테고!

잭   그것도 나쁘다고만은 할 수 없겠구먼.

앨저넌   자네 장기는 문학비평이 아니지 않나. 그쪽으로는 덤비지 말게. 그것은 대학에 못 가 본 사람들에게 맡겨 두게. 그런 사람들이 일간신문에서 아주 잘하고 있으니까. 자네의 진정한 모습은 번버리 활동가야. 아까 자네한테 번버리 활동가라고 했는데, 과연 내가 제대로 찍은 거였어. 자네는 내가 아는 한 가장 뛰어난 번버리 활동가 가운데 하나야.

잭   도대체 그게 무슨 뜻인데?

앨저넌   자네는 아무 때나 런던에 올라오기 위해 어니스트라는 아주 쓸모 있는 동생을 만들어 냈지. 나는 원할 때마다 시골에 내려가기 위해서 번버리라는 이름의 소중하고 변함없는 환자를 만들어 냈네. 번버리는 정말로 소중한 친구야. 예컨대 만일 번버리가 건강이 몹시 나쁘지 않다면, 나는 오늘 밤에 자네와 함께 윌리스 식당에서 저녁을 먹을 수 없을 걸세. 사실 오거스터 이모와 일주일 전부터 저녁 약속이 잡혀 있거든.

잭   나는 오늘 밤에 자네한테 어디서든 저녁을 함께 먹자고 청한 일이 없는데.

앨저넌   알아. 자네는 초대장을 보내는 일에는 터무니없을 정
        도로 무심하지. 그런 걸 보면 자네는 정말 어리석은 사람
        이야. 초대장을 받지 못하는 것만큼 약이 오르는 일은 없
        거든.

잭   자네는 오거스터 이모와 저녁을 먹는 게 훨씬 나을 텐데.

앨저넌   그러고 싶은 마음은 조금도 없다네. 우선, 나는 이미
        월요일에 이모 댁에서 저녁을 먹었네. 친척과 저녁을 먹
        는 것은 일주일에 한 번이면 족해. 둘째로, 나는 거기에
        서 저녁을 먹을 때마다 늘 가족의 일원으로 취급받지. 그
        래서 아래층에 내려갈 때면 여자 파트너 없이 가거나 아
        니면 여자 파트너 둘을 모시고 가게 되지.* 셋째로, 오늘
        밤에 이모가 내 옆자리에 누구를 앉힐지 너무나 잘 알고
        있어. 이모는 내 옆에 메리 파커를 앉힐 텐데, 이 여자는
        늘 식탁 건너편에 앉은 자기 남편하고 시시덕거린단 말
        이야. 그건 별로 유쾌한 일이 아니지. 사실 품위 있는 일
        이라고 할 수도 없고……. 그런데 최근에 그런 일이 엄청
        나게 증가하는 추세일세. 런던에 자기 남편하고 시시덕거
        리는 여자들이 얼마나 많은지 정말 창피스러울 정도라
        네. 너무 꼴사나운 일이야. 사람들 앞에서 깨끗하지도 않
        은 속옷을 빠는 꼴이지. 게다가, 이제 자네가 골수 번버
        리 활동가라는 것을 알았으니, 당연히 자네와 번버리 활
        동에 관해 이야기를 나누고 싶지 않겠나. 자네한테 번버

---

* 당시의 식사 예절로, 손님들은 위층 응접실에 모여 있다가, 저녁 식사 시간
  이 되면 안주인이 정해 준 여자 파트너를 남자가 아래층 식당까지 수행하
  여 함께 자리에 앉았다.

리 활동의 규칙을 말해 주고 싶네.

잭 나는 결코 번버리 활동가가 아닐세. 그웬덜린이 나를 받아들이면 나는 동생을 죽일 거야. 사실 어떻게 되든 죽여야 한다고 생각하고 있었어. 세실리가 내 동생한테 약간 지나친 관심을 보이고 있거든. 좀 마음이 쓰여. 그래서 어니스트를 없애 버릴 작정이야. 자네도 자네의 그…… 그 우스꽝스러운 이름을 가진 환자 친구에게 똑같은 일을 하라고 강력하게 권하고 싶군.

앨저넌 나는 무슨 일이 있어도 번버리와 헤어지지 않아. 설사 자네가 결혼을 한다 하더라도, 물론 내가 보기에는 자네 결혼에 문제가 매우 많다고 여겨지지만, 어쨌든 자네도 번버리를 안다는 사실이 매우 기쁠 걸세. 번버리를 알지도 못하고 결혼을 하는 남자는 결혼 생활이 아주 지겨울 거야.

잭 말도 안 돼. 내가 그웬덜린 같은 매력적인 여자와 결혼을 한다면, 사실 그웬덜린이야말로 내가 지금까지 본 여자 가운데 유일하게 결혼하고 싶은 여자지만, 그러면 나는 결코 번버리를 알고 싶지 않을 걸세.

앨저넌 그럼 자네 부인이 알고 싶어 하겠지. 자네는 모르는 것 같구먼. 결혼 생활에서는 셋이면 죽이 잘 맞지만, 둘은 의가 상한다네.*

잭 (설교하듯) 이보게, 젊은 친구, 그것은 타락한 프랑스 드라

---

* "둘이 모이면 죽이 잘 맞고, 셋이 모이면 의가 상한다."라는 영국 속담을 비튼 것.

마가 지난 오십 년 동안 주장한 이론일 뿐일세.

앨저넌 그래. 하지만 지난 이십오 년간 행복한 영국 가정에서 입증된 이론이기도 하지.

잭 제발 냉소적으로 굴지 말게. 냉소적인 태도야말로 가장 쉬운 거라네.

앨저넌 이보게, 요새는 뭐든 쉽지가 않아. 뭐든지 치열한 경쟁이 벌어지거든. (전기 초인종 소리가 들린다.) 아! 오거스터 이모일 거야. 꼭 친척이나 채권자들만 저렇게 바그너식으로 초인종을 누른단 말이야. 자, 자네가 그웬덜린에게 청혼할 기회를 가질 수 있도록 내가 오거스터 이모를 데리고 십 분 동안 자리를 비켜준다면, 오늘 밤에 나하고 윌리스에서 식사를 할 텐가?

잭 자네가 원한다면 그럴 수 있을 것 같네.

앨저넌 그래, 하지만 지금 그 말 진담이어야 하네. 나는 식사 문제를 놓고 진지하지 않은 사람들을 싫어하거든. 너무 천박해 보여서 말이야.

(레인이 들어온다.)

레인 브랙널 부인과 페어팩스 양이 오셨습니다.

(앨저넌이 그들을 맞이하러 앞으로 나간다. 브랙널 부인과 그웬덜린이 들어온다.)

브랙널 부인 잘 있었니, 앨저넌, 얌전하게 지내고 있겠지.

앨저넌　건강은 좋습니다, 오거스터 이모.

브랙널 부인　그 둘은 똑같은 게 아니지. 사실 그 두 가지는 동시에 이루어지는 경우가 드물어. (잭을 보고 매우 차가운 태도로 고개를 끄덕인다.)

앨저넌　(그웬덜린에게) 이야, 아주 멋진데!

그웬덜린　나야 늘 멋지죠! 그렇지 않나요, 워딩 씨?

잭　완벽합니다, 페어팩스 양.

그웬덜린　오! 그래선 안 되는데요. 그럼 발전의 여지가 없잖아요. 나는 여러 방향으로 발전하고 싶은데.

(그웬덜린과 잭이 구석에 함께 앉는다.)

브랙널 부인　미안하다, 우리가 좀 늦었구나, 앨저넌. 하지만 하버리 부인한테 들러야 했단다. 그 가엾은 남편이 죽은 뒤로 한 번도 못 가 봤거든. 여자가 그렇게 변할 수도 있다는 걸 처음 알았구나. 딱 이십 년은 젊어 보이더라. 자, 차 한 잔 마셔야겠다. 그리고 네가 약속한 맛있는 오이 샌드위치도 하나 먹어야지.

앨저넌　물론이죠, 오거스터 이모. (탁자로 간다.)

브랙널 부인　이리 와서 앉지 않으련, 그웬덜린?

그웬덜린　고마워요, 엄마. 하지만 여기도 아주 편해요.

앨저넌　(깜짝 놀라 빈 접시를 집어 들며) 맙소사! 레인! 어째서 오이 샌드위치가 하나도 없는 거지? 내가 특별히 지시했잖아.

레인　(진지하게) 오늘 아침에는 시장에 오이가 하나도 없었습니다. 제가 두 번이나 다녀왔는걸요.

앨저넌 오이가 하나도 없더라고!

레인 네. 돈을 줘도 살 수가 없었습니다.

브랙널 부인 상관없어, 앨저넌. 하버리 부인과 크럼핏*을 좀 먹었거든. 그런데 하버리 부인은 이제 순전히 놀기 위해 사는 사람 같더라.

앨저넌 슬픔 때문에 머리가 완전히 금발로 변했다는 얘기가 들리던데요.

브랙널 부인 색깔이 바뀐 것은 사실이야. 이유가 무엇인지는 알 수 없지만. (앨저넌이 방을 가로질러 가서 차를 건넨다.) 고맙구나. 내 오늘 밤에 너한테 제대로 한 턱 내마, 앨저넌. 메리 파커와 함께 아래층에 내려가도록 해 주지. 아주 좋은 여자야. 남편도 제대로 보살필 줄 알고. 두 사람을 보고 있으면 기분이 좋아.

앨저넌 안됐지만, 오거스터 이모, 오늘 밤에는 이모와 저녁 식사를 함께하는 즐거움을 포기해야 할 것 같습니다.

브랙널 부인 (얼굴을 찌푸리며) 그러지 말았으면 좋겠구나, 앨저넌. 그럼 저녁 식탁에 짝이 맞지 않아. 네 숙부가 위층에서 혼자 저녁을 먹어야 할 거야. 다행히도 그런 일에 익숙하기는 하다만.

앨저넌 저도 무척 괴로워요. 말할 필요도 없지만, 몹시 안타깝기도 하고요. 하지만 제 가엾은 친구 번버리가 다시 몹시 아프다는 전보가 왔지 뭐예요. (잭과 눈길을 교환한다.) 다

---

* 밀가루에 이스트를 넣어 만든 핫케이크의 일종.

들 제가 그 친구 옆에 꼭 있어 주어야 한다고 생각하는 것 같아요.

브래널 부인　그것 참 이상하네. 그 번버리 씨는 묘한 병으로 고생을 하는 것 같아.

앨저넌　네, 가엾은 번버리는 상태가 몹시 안 좋은 환자예요.

브래널 부인　글쎄, 정말이지, 앨저넌, 이제 번버리 씨가 살 것인지 죽을 것인지 마음을 정해야 할 때가 온 것 같구나. 그 문제를 가지고 이렇게 우유부단하게 구는 것은 말도 안 돼. 사실 나로서는 환자들에 대한 현대식 동정이 몹시 못마땅하기도 하고. 나는 그것이 병적인 태도라고 생각해. 어떤 종류든 병이라는 것은 다른 사람들에게 권장할 것이 못 돼. 건강은 인생의 첫 번째 의무야. 네 가엾은 숙부한테도 늘 말을 한다만, 그이는 전혀 신경을 쓰는 것 같지 않아……. 번버리 씨 병이 좀 나아지면 말이다. 이번 토요일에는 병을 재발시키지 말아 달라고, 내가 부탁하더라고 이야기해 주면 고맙겠구나. 그 날은 꼭 네가 나를 위해 음악을 연주해 주면 좋겠거든. 그게 내가 이번 시즌에 여는 마지막 연회야. 그런데 어떤 사람이 대화의 흥을 돋울 수 있는 뭔가가 있었으면 하더라. 특히 시즌이 끝날 무렵에는 모두가 할 말이 바닥나 버리잖니. 대부분의 경우 그 할 말이라는 게 별것도 아니다만.

앨저넌　번버리한테 전하지요, 오거스터 이모. 아직 의식이 있다면 말이에요. 어쨌든 토요일까지는 그 친구도 괜찮아질 거라고 장담할 수 있을 것 같아요. 물론 음악이란 아주 어려운거죠. 아시겠지만, 연주가 좋으면 사람들이 듣지를 않고, 연주가 나쁘면 사람들이 말을 안 하니까요. 어쨌든 제가 작성해 놓은 프로그램을 살펴보도록 하죠. 잠깐 옆 방으로 와 주시겠어요?

브랙널 부인   고맙구나, 앨저넌. 정말 생각이 깊구나. (일어서서 앨저넌을 따라간다.) 네 프로그램은 틀림없이 즐거울 거야. 몇 가지 불온한 것만 삭제해 버리면 말이다. 프랑스 노래, 나는 그건 절대 허락할 수 없어.* 사람들은 프랑스 노래가 예의에서 벗어났다고 생각하거든. 그래서 둘 중 하나의 반응을 보이지. 첫째는 충격을 받은 표정을 짓는 것인데, 이건 천박해. 또 웃음을 터뜨리기도 하는데, 사실 이건 더 심각하지. 하지만 독일어는 아주 품위 있게 들리는데, 사실 나는 그렇다고 믿고 있어. 그웬덜린, 옆방으로 올 거지.

그웬덜린   그럼요, 엄마.

(브랙널 부인과 앨저넌이 음악실로 들어간다. 그웬덜린이 뒤에 남는다.)

잭   날씨가 좋았죠, 페어팩스 양.

그웬덜린   제발 날씨 얘기는 하지 말아 주세요, 워딩 씨. 사람들이 날씨 이야기를 할 때마다 뭔가 다른 의도가 있다는 확신이 들곤 해요. 그래서 신경이 아주 예민해지죠.

잭   사실 다른 의도가 있습니다.

그웬덜린   그럴 줄 알았어요. 사실, 나는 틀리는 법이 없죠.

---

* 당시 영국에서는 프랑스의 소설, 노래 등이 도덕적으로 불온하다고 여겼다.

잭   브래널 부인께서 잠깐 자리를 비우신 틈을 이용해도 좋
      다면······.

그웬덜린   물론 그렇게 하시라고 권하고 싶어요. 그런데 엄마는
      갑자기 방으로 돌아오는 버릇이 있어서, 다시 엄마하고
      이야기를 나누어야 했던 경우가 여러 번 있어요.

잭   (초조하게) 페어팩스 양, 당신을 만난 이후로······ 내가 만
      난······ 다른 어떤 여자보다 당신을 사모해 왔습니다.

그웬덜린   그래요, 그 사실은 잘 알고 있어요. 사실 나는 당신
      이 사람들 앞에서, 어쨌든, 좀 더 감정을 표현해 주기를
      바란 적도 여러 번 있어요. 내가 보기에 당신한테는 저항
      할 수 없는 매력이 있어요. 심지어 당신을 만나기 전에도
      나는 당신한테 결코 무관심하지 않았어요. (잭은 놀란 얼
      굴로 그웬덜린을 본다.) 워딩 씨, 당신도 아시겠지만, 우리
      는 이상의 시대에 살고 있어요. 이 사실은 값비싼 월간지
      에서는 늘 언급되는 것이고, 이제는 지방의 설교단에서
      도 이야기된다고 하더군요. 나의 이상은 언제나 어니스트
      라는 이름을 가진 사람을 사랑하는 것이었어요. 그 이름
      에는 절대적 신뢰를 불러일으키는 뭔가가 있거든요. 앨저
      넌이 처음 어니스트라는 이름의 친구가 있다는 이야기를
      한 순간, 나는 내가 당신을 사랑할 운명임을 알았어요.

잭   나를 진정으로 사랑하나요, 그웬덜린?

그웬덜린   열렬히 사랑해요.

잭   내 사랑! 당신이 나를 얼마나 행복하게 해 주었는지 모를
      겁니다.

그웬덜린   나의 어니스트!

잭　하지만 내 이름이 어니스트가 아니라면 나를 사랑할 수 없다는 말은 진담이 아니겠죠?

그웬덜린　하지만 당신 이름은 어니스트잖아요.

잭　네, 나도 압니다. 하지만 이름이 다르다고 가정하면요? 그럼 나를 사랑할 수 없다는 말씀인가요?

그웬덜린　(입심 좋게) 아! 그건 분명 형이상학적 추론이로군요. 그리고 대부분의 형이상학적 추론이 그렇듯이 우리가 알고 있는 현실 세계의 실제 사실과는 전혀 관련이 없네요.

잭　아주 솔직하게 이야기해서, 개인적으로 나는 어니스트라는 이름은 아무래도 좋다고 생각합니다…… 사실 그 이름이 나한테 전혀 어울리지 않는다고 생각하는 쪽이지요.

그웬덜린　그 이름은 당신한테 완벽하게 어울려요. 훌륭한 이름이에요. 그 나름의 음악적인 부분이 있어요. 전율을 일으키는.

잭　아, 정말이지, 그웬덜린, 어니스트보다 훨씬 더 나은 이름들이 많다는 생각이 든다고 말할 수밖에 없군요. 예를 들어 잭도 매력적인 이름 같은데요.

그웬덜린　잭이요? ……아뇨, 잭이라는 이름에서 음악이라고는 거의 찾아볼 수 없어요. 정말 그래요. 떨림이 없어요. 전혀 전율을 일으키지 않아요…… 전에 잭이라는 이름을 가진 사람을 몇 명 알았어요. 그런데 모두, 하나도 예외 없이, 보통의 평범함도 갖추지 못한 인물들이었어요. 게다가 잭은 존을 집에서 부르는 이름으로 악명이 높잖아요! 그래서 나는 존이라는 이름을 가진 남자와 결혼한 여자는 모두 가엾다고 생각해요. 그런 여자는 아마 한 순간도 고독이라는 매혹적인 즐거움을 느낄 수 없을 거예요. 정말로 안전한 이름은 어니스트뿐이에요.

잭 그웬덜린, 당장 세례를 받아야*…… 내 말은 당장 결혼을 해야겠단 말입니다. 낭비할 시간이 없어요.

그웬덜린 결혼이요, 워딩 씨?

잭 (깜짝 놀라) 아…… 물론이죠. 페어팩스 양, 당신은 내가 당신을 사랑한다는 것을 알고, 또 당신이 나에게 완전히 무관심하지는 않다고 내가 믿게 해 주지 않았습니까.

그웬덜린 나는 당신을 사모해요. 하지만 당신은 아직 나한테 청혼을 하지 않았잖아요. 결혼에 관해서는 한마디도 하지 않았잖아요. 그 문제는 건드리지도 않았잖아요.

잭 아…… 지금 청혼을 해도 되겠습니까?

그웬덜린 지금이 훌륭한 기회라고 생각해요. 조금이라도 실망할 일이 생기지 않도록 미리 말씀드리는데, 워딩 씨, 나는 당신을 받아들이기로 완전히 결심을 굳히고 있다는 사실을 미리 솔직하게 말씀드리는 게 아주 정당한 일이라고 생각해요.

잭 그웬덜린!

그웬덜린 네, 워딩 씨, 하실 말씀이 뭐죠?

잭 할 말이 무엇인지 잘 알지 않습니까.

그웬덜린 알아요. 하지만 말을 하지는 않았잖아요.

---

* 세례는 모든 죄를 씻고 다시 태어나는 것을 상징하는 기독교 의식으로, 이때 새로운 이름이 주어진다.

잭   그웬덜린, 나와 결혼해 주시겠습니까? (무릎을 꿇는다.)

그웬덜린   물론이죠, 내 사랑. 너무 오래 끌으셨어요! 그런데 청
     혼 경험은 거의 없으신 것 같네요.

잭   나의 그웬덜린, 나는 세상에서 당신 외에는 사랑해 본 적
     이 없습니다.

그웬덜린   그래요. 하지만 남자들은 연습 삼아 자주 청혼을 하
     잖아요. 우리 오빠 제럴드도 그러거든요. 내 여자 친구들
     도 다들 그렇게 말하고요. 파란 눈이 정말 멋지군요, 어니
     스트! 아주, 아주 파래요. 당신이 늘 딱 이런 자세로 나를
     보면 좋겠어요. 특히 다른 사람들이 있을 때.

(브랙널 부인이 들어온다.)

브랙널 부인   워딩 씨! 그 반쯤 엎드린 자세에서 일어나시게. 정
     말 예의가 없군.

그웬덜린   엄마! (잭은 일어나려 하지만, 그웬덜린이 제지한다.) 제발
     나가 주셨으면 좋겠어요. 여기는 엄마가 계실 곳이 아니에
     요. 게다가 워딩 씨는 아직 끝내지도 못했단 말이에요.

브랙널 부인   뭘 못 끝냈단 말이냐?

그웬덜린   저는 워딩 씨와 약혼했어요, 엄마. (둘이 함께 일어선다.)

브랙널 부인   미안하지만, 너는 누구하고도 약혼을 하지 않았
     어. 네가 정말로 약혼을 하게 된다면 내가 알려 주거나,
     아니면 건강이 허락한다면 네 아버지가 너에게 그 사실
     을 알려 줄 거다. 젊은 처녀에게 약혼은 놀라운 일이기
     마련이지. 그 놀라움이 기쁜 쪽일지 불쾌한 쪽일지야 경

우마다 다르겠다만. 어쨌든 젊은 처녀가 스스로 주선할
만한 일은 아니야⋯⋯. 자, 워딩 씨, 몇 가지 질문을 할 게
요. 내가 질문을 할 동안, 그웬덜린, 너는 밑의 마차에서
나를 기다려 주겠니.

그웬덜린 (비난하는 말투로) 엄마!

브랙널 부인 마차라고 했다, 그웬덜린! (그웬덜린이 문으로 간다.
그웬덜린과 잭은 브랙널 부인의 등 뒤에서 손으로 입맞춤을 날
려 보낸다. 브랙널 부인은 뒤에서 나는 소리가 무엇인지 궁금해
하는 얼굴로 멍하게 주위를 두리번거린다. 그녀가 마침내 뒤를
돌아본다.) 그웬덜린, 마차!

그웬덜린 네, 엄마. (잭을 돌아보며 나간다.)

브랙널 부인 (자리에 앉으며) 앉으세요, 워딩 씨.

(브랙널 부인이 수첩과 연필을 꺼내기 위해 호주머니 안을 들여다
본다.)

잭 고맙습니다만, 브랙널 부인, 저는 서 있는 게 더 좋습니다.

브랙널 부인 (손에 연필과 수첩을 들고) 워딩 씨는 신랑 후보 명
단에 올라와 있지 않다는 이야기를 할 수밖에 없군요. 나
는 친애하는 볼튼 공작 부인과 똑같은 명단을 가지고 있
거든. 사실, 우리는 함께 일을 하지. 하지만 워딩 씨가 진
정 자애로운 어머니들이 요구하는 대답을 해 준다면, 언
제든지 이름을 올려 줄 용의가 있어요. 담배는 피우는가?

잭 아, 네, 솔직히 담배를 피웁니다.

브랙널 부인 그 대답을 들으니 기쁘군. 남자란 모름지기 뭐든

하는 일이 있어야 해. 사실 런던에는 빈둥거리는 남자가 너무 많거든. 몇 살이지요?

잭 스물아홉입니다.

브랙널 부인 결혼하기에 아주 좋은 나이로군. 나는 늘 결혼하고 싶은 남자는 모든 것을 알거나 아무것도 몰라야 한다고 생각해 왔지. 워딩 씨는 어느 쪽이신가?

잭 (약간 망설이다가) 아무것도 모릅니다, 브랙널 부인.

브랙널 부인 그 말을 들으니 기쁘네. 나는 자연스러운 무지를 훼손하는 것은 무엇이든 못마땅하게 생각해 왔어요. 무지는 조심히 다뤄야 할 이국적인 과일과 같지. 손을 대면 꽃은 시들어 버려. 현대의 교육 이론은 근본적으로 하나도 믿을 수가 없어요. 어쨌든 다행히도 영국에서는 교육이 사람들에게 아무런 영향을 미치지 못하지만. 만일 영향을 준다면, 그것은 상층 계급들에게 심각한 위협이 될 거야. 어쩌면 그로스베너스퀘어에서 폭력 행위가 일어날지도 모르지. 수입은 얼마인가?

잭 일 년에 칠천에서 팔천 사이입니다.

브랙널 부인 (수첩에 기록을 하며) 토지인가, 투자인가?

잭 주로 투자입니다.

브랙널 부인 그거 좋네. 살아 있을 때 내야 하는 세금도 있고 죽은 다음에 거두어 가는 세금도 있어서, 토지는 이제 이윤도 아니고 즐거움도 아니지. 지위야 주지만, 그 지위를 유지하게 해 주지는 못해. 토지는 그 이상이 못 돼요.

잭 시골에 집이 있고, 물론 토지도 좀 딸려 있습니다. 한 천오백 에이커 정도 되는 것 같습니다. 하지만 그게 제 주

수입원은 아닙니다. 사실 제가 아는 바로는, 그 땅에서 조금이라도 이득을 보는 자들은 밀렵꾼들뿐이죠.

브랙널 부인 시골집이라! 침실은 몇 개나 되는가? 아, 그건 나중에 확인하면 되겠네요. 런던에도 집이 있겠지요? 그웬덜린처럼 더럽혀지지 않은 소박한 천성을 가진 처녀가 시골에서 살기를 기대할 수야 없는 노릇이니까.

잭 음, 벨그레이브스퀘어에 집이 하나 있습니다만, 연 단위로 블록섬 부인에게 세를 놓고 있습니다. 물론 육 개월 전에 통보만 하면 언제든지 비우게 되어 있습니다.

브랙널 부인 블록섬 부인? 나는 모르는 사람인데.

잭 아, 그분은 거의 나다니시지를 않거든요. 연세가 상당히 많은 분입니다.

브랙널 부인 아, 요즘이야 나이가 인격을 보장해 주는 게 아니지. 벨그레이브스퀘어 몇 번지인가?

잭 149번지입니다.

브랙널 부인 (고개를 저으며) 평판이 좋지 않은 동네로군. 내 뭔가 있을 줄 알았지. 하지만 그건 금방 바꿀 수 있으니까.

잭 평판 말씀입니까, 아니면 동네 말씀입니까?

브랙널 부인 (엄하게) 필요하다면 둘 다라고 할 수 있지. 정치적 입장은 어떤가?

잭 음, 안타깝게도 사실 입장이 없습니다. 자유당 연합파*거든요.

---

* 자유당의 한 분파이지만 1895년에 자유당 출신 총리 글래드스턴이 아일랜드 자치령을 주장하자 그에 반대하여 보수당인 토리당이 정권을 잡도록 도왔다.

브랙널 부인   아, 그쪽은 토리당으로 간주되지. 그쪽 사람들은 우리하고 같이 저녁을 먹네. 어쨌든 저녁에 들르는 사람들이지. 이제 작은 문제로 들어가지요. 부모님께서는 구존하신가?

잭   두 분 다 잃었습니다.

브랙널 부인   두 분 다? ……한 분만 안 계서도 불행한 일로 여겨지는데 두 분 모두 잃었다니 상당히 부주의해 보이는군. 선친은 누구신가? 틀림없이 자산이 좀 있는 분이었겠지. 급진적인 신문들이 상업의 왕가라고 부르는 데서 나신 분인가, 아니면 귀족 계급에서 일어나신 분인가?

잭   안타깝게도 모릅니다. 사실, 브랙널 부인, 부모님을 잃었다고 말씀드렸습니다만 부모님들께서 저를 잃었다고 말씀드리는 것이 사실에 더 가까울 것 같습니다……. 저는 사실 태생을 모릅니다. 저는…… 음, 저는 주워 기른 아이였습니다.

브랙널 부인   주워 길렀다고!

잭   고인이 되신 토머스 카듀 씨, 성정이 아주 자비롭고 너그러웠던 노신사 카듀 씨가 저를 주워서 워딩이라는 이름을 붙였습니다. 저를 발견했을 때 호주머니에 워딩행 일등칸 기차표가 있었기 때문이지요. 워딩은 서섹스에 있습니다. 해변 휴양지이죠.

브랙널 부인   해변 휴양지행 일등칸 기차표를 호주머니에 넣고 있던 그 자비로운 신사는 어디에서 워딩 씨를 발견한 거지요?

잭   (엄숙한 표정으로) 손가방 안이었습니다.

브랙널 부인 손가방?

잭 (아주 진지하게) 네, 브랙널 부인. 저는 손가방 안에 있었습니다. 큼지막한 검은색 가죽 손가방이었죠. 손잡이가 달린 것이었습니다. 뭐 평범한 손가방이라고 할 수 있죠.

브랙널 부인 어떤 장소에서 제임스 씨, 아니 토머스 카듀 씨가 그 평범한 손가방을 발견한 건가요?

잭 빅토리아 역의 수하물 임시 보관소였습니다. 그분 것으로 잘못 알고 내준 것이었죠.

브랙널 부인 빅토리아 역의 수하물 임시 보관소?

잭 네. 브라이튼 노선이었습니다.

브랙널 부인 노선은 중요하지 않아요. 워딩 씨, 솔직히 말하겠는데 방금 한 말을 듣고 약간 당황했어요. 손잡이가 있건 없건 손가방에서 태어난다는 것, 아니 손가방 안에서 양육된다는 것은 가족생활의 일반적인 품위에 대한 모욕과 같군요. 그것을 보니 프랑스 혁명의 무도한 행위 중 최악의 것 하나가 떠오르네. 그 불행한 운동이 어떤 결과를 낳았는지는 워딩 씨도 잘 알고 있겠지요? 손가방이 발견된 특정 장소에 대해서 말하자면, 철도역의 수하물 임시 보관소는 사회적으로 무분별한 행위를 감추는 데 도움이 되었을지도 모르겠군요. 사실 이전에도 그런 목적을 위해 이용되었을 테니까. 어쨌든 상류사회에서 인정할 만한 지위를 확실하게 보장할 배경이 되기는 힘들 것 같네.

잭 그러면 제가 어떻게 하는 것이 좋을지 조언을 청해도 될까요? 그웬덜린의 행복을 보장하는 일이라면 무슨 일이든 하겠다는 말씀은 군이 드릴 필요도 없겠습니다만.

브랙널 부인   워딩 씨, 내 강력하게 권하는데, 가능한 한 빨리 친척을 좀 얻도록 하세요. 그리고 이번 시즌이 끝나기 전에* 부모 가운데 적어도 하나라도 내놓을 수 있도록 제대로 노력을 해 봐요.

잭   글쎄요, 어떻게 하면 그렇게 할 수 있을지 잘 모르겠습니다. 손가방이라면 언제든지 내놓을 수 있겠습니다만. 그것은 저희 집 옷 갈아입는 방에 있거든요. 정말이지 그거면 만족하시리라 봅니다, 브랙널 부인.

브랙널 부인   나더러, 워딩 씨! 나더러 어쩌라는 거지? 설마 나와 브랙널 경이 우리 외동딸, 애지중지 길러 온 그 아이를 수하물 임시 보관소에 시집을 보내, 물건 보따리와 인척을 맺게 할 것이라고 생각하는 것은 아니겠지? 안녕히 계시게, 워딩 씨!

(브랙널 부인이 오만하고도 노여운 얼굴로 방을 나간다.)

잭   안녕히 가십시오! (앨저넌이 다른 방에서 결혼행진곡을 연주한다. 잭이 몹시 성난 표정을 하고 문으로 간다.) 제발 그 무시무시한 곡은 연주하지 말아 주게, 앨지! 자네는 정말 멍청하군!

(음악이 멈추고 앨저넌이 명랑한 표정으로 들어온다.)

----

* 사교 시즌 중에 약혼이 많이 이루어졌다.

앨저넌 일이 잘 안 풀렸나? 설마 그웬덜린이 거절을 했다는 얘기는 아니겠지? 그것이 그 아이 버릇이라는 건 알고 있네만. 그 아이는 늘 사람들을 거절하지. 아주 못된 성격이라고 생각하네.

잭 아, 그웬덜린과는 아주 순조로웠네. 그녀와 약혼을 했지. 하지만 그웬덜린의 어머니는 정말 견딜 수 없더군. 그런 고르곤*은 처음이네……. 사실 고르곤이 어떻게 생겼는지는 모르네만, 브랙널 부인이야말로 고르곤이 틀림없네. 어쨌든 브랙널 부인은 괴물이야. 신화는 되지 못했지만 말이야. 사실 그건 그분에 대한 불공평한 대접이지……. 미안하네, 앨지. 자네 앞에서 자네 이모를 두고 이런 식으로 이야기하면 안 되는 건데.

앨저넌 이보게나, 나는 남들이 내 친척을 욕하는 걸 좋아한다네. 바로 그 덕분에 내가 친척들을 견디며 살 수 있거든. 친척들이란 정말 지겨운 사람들이야. 살아가는 방법에 대해서는 아무런 지식이 없고, 언제 죽을지에 대해서는 조금의 직감도 없는 사람들이지.

잭 아, 그건 말도 안 돼!

앨저넌 왜 말이 안 돼!

잭 글쎄, 그 문제를 놓고 다투고 싶지는 않네. 자네는 늘 세상만사를 놓고 다투고 싶어 하지.

앨저넌 세상만사란 게 원래 바로 그런 이유 때문에 만들어진

---

* 그리스 신화에 나오는 괴물 세 자매. 뱀으로 된 머리카락에 멧돼지의 몸통과 청동 손을 가진 것으로 묘사된다.

거라네.

잭 정말이지 내가 그렇게 생각을 한다면, 나는 총으로 자살을 하겠네……. (잠시 침묵) 앞으로 백오십 년이 지난다고 해서 그웬덜린이 자기 어머니처럼 될 가능성이 있는 건 아니겠지, 그렇지, 앨지?

앨저넌 여자들은 모두 자기 어머니처럼 된다네. 그것이 여자들의 비극이지. 남자들은 그렇게 되지 않아. 그것이 남자들의 비극이고.

잭 그게 재치 있는 말인가?

앨저넌 완벽한 표현이지! 문명화된 생활에서 이루어지는 말이 모두 그래야 하듯이, 완벽한 진실이고.

잭 재치 있는 말이라면 신물이 나네. 요새는 누구나 다 재치가 넘치거든. 어디를 가나 재치 있는 사람들을 만날 수 있어. 재치는 완전히 공적 폐단이 되어 버렸어. 정말이지 몇 명쯤은 바보가 남아 있었으면 좋겠네.

앨저넌 몇 명 남아 있지.

잭 정말 그들을 만나고 싶군. 그들은 무슨 이야기를 하지?

앨저넌 바보들? 아, 물론 재치 있는 사람들 이야기를 하지.

잭 정말 바보로군!

앨저넌 그런데, 자네 그웬덜린한테 자네가 런던에서는 어니스트고 시골에서는 잭이라는 얘기를 했나?

잭 (매우 생색내는 태도로) 이보게, 진실이란 멋지고 착하고 세련된 처녀에게 말해 주어야 하는 것이 아니라네. 자네는 여자 앞에서 행동하는 방법에 관해 아주 특별한 생각을 갖고 있군!

앨저넌   여자 앞에서 행동하는 방법이란 오로지 여자가 예쁘
        면 그 여자를 사랑하는 것이고, 여자가 못생겼으면 다른
        여자를 사랑하는 것이지.

잭   아, 말도 안 되는 소리.

앨저넌   자네 동생은 어떤가? 방탕한 어니스트는 어때?

잭   아, 주말 전에 없애 버릴 생각이네. 파리에서 뇌내출혈로
        죽었다고 할 걸세. 많은 사람들이 뇌내출혈로 죽지 않나.
        그것도 갑자기 말이야.

앨저넌   그래, 하지만 그건 유전이라네. 집안 내력이지. 차라리
        심한 오한으로 죽었다고 말하는 게 나을 걸세.

잭   심한 오한은 유전인지 뭔지가 아닌 게 확실한가?

앨저넌   물론 아니지.

잭   그럼 좋네. 내 가엾은 동생 어니스트는 파리에서 갑자기
        죽었네. 심한 오한으로. 그럼 그 아이는 없어지게 되지.

앨저넌   하지만 아까 자네 말이…… 카듀 양이 자네의 가엾은
        동생 어니스트에게 약간 지나친 관심을 가지고 있다 하
        지 않았나? 카듀 양의 상실감이 크지 않을까?

잭   아, 그건 괜찮아. 기쁘게도 세실리는 어리석고 낭만적인
        처녀가 아니라고 말할 수 있네. 그 아이는 식욕이 왕성하
        고, 오랫동안 산책을 하고, 공부에는 전혀 관심을 가지지
        않는다네.

앨저넌   세실리를 보고 싶군.

잭   자네가 절대 보지 못하도록 내가 세심하게 주의를 기울일
        걸세. 그 아이는 아주 예쁘다네. 이제 겨우 열여덟 살이
        지.*

앨저넌   자네가 겨우 열여덟 살 된 아주 예쁜 아가씨를 후견하

고 있다는 이야기를 그웬덜린한테 했나?

잭   아! 누가 그런 이야기를 사람들한테 떠들고 다니나. 세실

리와 그웬덜린은 틀림없이 아주 좋은 친구가 될 걸세. 둘

이 만나고 나서 삼십 분이면 서로 언니, 동생 하게 될 것

이라는 데 내기라도 걸겠네.

앨저넌   여자들이란 먼저 서로를 다른 여러 가지 호칭으로 부

른 뒤에야 언니, 동생 하지. 자, 윌리스 식당에서 좋은 자

리를 차지하려면 어서 가서 옷을 입어야 하네. 지금 7시

가 다 되어 간다는 걸 알고 있나?

잭   (짜증스럽게) 아! 늘 7시가 다 되어 가지.

앨저넌   음, 나는 배가 고픈데.

잭   언제 자네가 배고프지 않은 적이 있었는지 모르겠군…….

앨저넌   저녁 먹은 다음에는 뭘 하지? 극장에 갈까?

잭   아, 싫어! 나는 듣는 건 질색이네.

앨저넌   음, 그럼 클럽에 갈까?

잭   아, 싫어! 나는 말하는 건 끔찍하네.

앨저넌   음, 10시에 엠파이어**에 가 볼까?

잭   아, 싫어! 나는 뭘 보는 건 참을 수 없어. 그건 참으로 멍

청한 짓이야.

앨저넌   음, 그럼 뭘 할까?

잭   아무것도 안 하겠어!

---

* 상류사회의 처녀들은 열여덟 살에 사교계에 진출했으며, 이때부터 결혼 적

령기에 들어선 것으로 간주했다.

** 런던 레스터스퀘어에 있는 유명한 음악당.

앨저넌 아무것도 안 하는 건 아주 힘든 일이야. 하지만 뚜렷한 목적이 아무것도 없을 때는 힘든 일도 상관없지, 뭐.

(레인이 들어온다.)

레인 페어팩스 양이 오셨습니다.

(그웬덜린이 들어온다. 레인이 나간다.)

앨저넌 이야, 그웬덜린!

그웬덜린 앨지 오빠, 돌아서 줄래요. 워딩 씨한테 아주 특별히 할 이야기가 있거든요.

앨저넌 정말이지, 그웬덜린, 그런 일은 절대 허락할 수 없을 것 같구나.

그웬덜린 오빠는 늘 인생에 대해 매우 부도덕한 태도를 취해요. 그럴 만큼 나이가 든 것도 아닌데. (앨저넌이 난로로 물러난다.)

잭 내 사랑!

그웬덜린 어니스트, 우리는 결혼 못 할지도 몰라요. 엄마의 표정을 보고 우리가 결코 결혼하지 못할 것이라는 두려움이 생겼어요. 요새는 자식들이 하는 말을 존중하는 부모가 거의 없거든요. 예전처럼 젊은이를 존중하는 태도는 급속히 사라지고 있어요. 내가 엄마에게 어느 정도 영향력이 있었는지 몰라도, 그건 세 살 때 다 사라져 버렸어요. 엄마 때문에 우리는 부부가 되지 못할지도 몰라요.

나는 다른 사람과 결혼을 할지도 몰라요. 몇 번씩 결혼할 지도 몰라요. 하지만 엄마가 하는 어떤 일도 당신에 대한 나의 영원한 헌신을 막을 수는 없을 거예요.

잭　나의 그웬덜린!

그웬덜린　엄마가 불쾌하게 토를 달아 가며 당신의 낭만적인 태생에 대해 이야기를 해 주었는데, 그 이야기는 물론 내 마음 깊은 곳까지 흔들어 놓았어요. 당신의 이름에는 저항할 수 없는 매력이 있어요. 당신의 그 단순한 성격 때문에 나는 묘하게도 당신을 이해할 수 없어요. 올버니에 있는, 당신의 런던 주소는 이미 갖고 있어요. 시골 주소는 어떻게 되지요?

잭　허트포드셔의 울튼 장원 저택입니다.

(주의 깊게 귀를 기울이고 있던 앨저넌은 혼자 웃음을 지으며 옷소매에 주소를 적는다. 이어 철도 안내서를 집어 든다.)

그웬덜린　우편물은 잘 들어가겠죠? 뭔가 필사적인 수단을 써야 할지도 몰라요. 물론 거기에는 진지한 숙고가 필요하겠죠. 매일 편지를 쓸게요.

잭　내 사랑!

그웬덜린　런던에는 얼마나 있을 거죠?

잭　월요일까지요.

그웬덜린　잘됐네요! 앨지 오빠, 이제 돌아봐도 돼요.

앨저넌　고맙구나. 나는 벌써 돌아서 있는데.

그웬덜린　종을 쳐도 돼요. (앨저넌이 종을 친다.)

잭   내가 마차까지 모셔다 드려도 될까요, 내 사랑?

그웬덜린   그럼요.

잭   (들어오는 레인에게) 페어팩스 양을 전송하겠소.

레인   네. (잭과 그웬덜린이 나간다.)

(레인은 접시에 담은 편지 몇 통을 앨저넌에게 내민다. 모두 청구서로 짐작된다. 앨저넌이 봉투들을 본 뒤에 찢어 버리기 때문이다.)

앨저넌   셰리 주 한 잔 주게, 레인.

레인   네.

앨저넌   레인, 내일은 번버리 활동을 하러 가겠네.

레인   네.

앨저넌   월요일이나 되어야 돌아올지 몰라. 정장, 실내용 재킷 등 번버리 활동에 필요한 옷들을 다 챙겨 주게.

레인   네. (셰리 주를 건넨다.)

앨저넌   내일은 날씨가 좋았으면 좋겠는데, 레인.

레인   절대 좋지 않을 겁니다.

앨저넌   레인, 자네는 완벽한 염세주의자야.

레인   저는 만족을 드리기 위해 최선을 다 하고 있습니다.

(잭이 들어온다. 레인이 나간다.)

잭   분별력 있고 지적인 여자야! 내가 평생 유일하게 좋아해 본 여자야. (앨저넌이 참지 못하고 웃음을 터뜨린다.) 뭐가 그렇게 즐거운가?

앨저넌 아, 가엾은 번버리가 걱정이 좀 되어서 그렇다네. 그뿐일세.

잭 조심하지 않으면 언젠가 그 번버리라는 친구 때문에 심각한 곤경에 빠질 걸세.

앨저넌 나는 곤경을 좋아한다네. 그거야말로 유일하게 전혀 심각하지 않은 것이거든.

잭 아, 말도 안 돼, 앨지. 자네는 늘 말도 안 되는 소리만 하는군.

앨저넌 누구나 그렇지.

(잭은 화가 난 표정으로 앨저넌을 보다가 방을 나간다. 앨저넌은 담배에 불을 붙이고 소매의 주소를 읽으며 웃음을 짓는다.)

(막)

2막

(장면) 장원 저택의 정원. 회색 돌계단은 집으로 통한다. 구식 정원에 장미가 만발하다. 때는 7월. 커다란 주목(朱木) 밑에는 버들가지를 엮어 만든 의자와 책으로 덮인 탁자가 있다.

(프리즘 양이 탁자에 앉아 있다. 세실리는 뒤에서 꽃에 물을 주고 있다.)

프리즘 양   (소리친다.) 세실리, 세실리! 꽃에 물을 주는 것처럼 쓸모 있는 일은 네 의무가 아니라 물턴의 의무 아니니? 특히나 지적인 쾌락이 너를 기다리고 있는 이 순간에 말이다. 네 독일어 문법 책이 탁자 위에 있구나. 십오 페이지를 펴라. 어제 배운 것을 복습해야지.

세실리   (아주 느리게 다가오면서) 하지만 저는 독일어가 싫어요. 저한테 전혀 어울리지 않는 언어예요. 독일어 수업이 끝나면 제가 아주 못생겨 보인다는 걸 저는 아주 잘 알고 있어요.

프리즘 양   애야, 너도 네 후견인이 네가 모든 면에서 개선되기를 얼마나 간절히 바라시는지 잘 알잖니. 그분은 어제 런던으로 떠나시면서도 네가 특히 독일어를 잘 배울 것을 강조하셨어. 정말이지, 그분은 런던에 가실 때마다 독일어를 강조하신단다.

세실리   잭 숙부는 너무나 진지해요! 너무 진지해서 이따금씩 저러다 건강을 해치지 않을까 걱정이 될 정도예요.

프리즘 양   (앉음새를 고치면서) 네 후견인의 건강 상태는 최고야. 그리고 그 엄숙한 태도는 그분이 비교적 젊다는 것을 고려할 때 특히 칭찬받을 만한 부분이야. 나는 그분보다 의무감과 책임감이 강한 사람은 보지 못했단다.

세실리   그래서 우리 셋이 함께 있을 때 잭 숙부가 약간 따분해 보이곤 하는군요.

프리즘 양   세실리! 정말 놀랍구나. 워딩 씨는 고민이 많은 분이야. 대화를 나누면서 한가하게 즐기거나 경박하게 구는 것은 그분에게 어울리지 않아. 그분이 늘 그 불행한 젊은이, 그분 동생을 걱정하신다는 것을 잊지 마라.

세실리   저는 잭 숙부가 그 불행한 젊은이, 그 동생을 가끔 여기 내려오게 하셨으면 좋겠어요. 우리가 그분한테 좋은 영향을 줄 수 있을지도 모르잖아요, 프리즘 선생님. 프리즘 선생님은 틀림없이 그럴 수 있을 거예요. 독일어에 지질학까지 아시는데, 그런 것들은 사람들한테 아주 큰 영향을 주잖아요. (세실리가 일기를 쓰기 시작한다.)

프리즘 양 (고개를 저으며) 자신의 형에게도 대책 없이 유약하
고 우유부단하다고 인정받은 사람에게 내가 어떤 영향
을 줄 수 있을 것 같지는 않구나. 나에게 그 사람을 교화
하고 싶은 마음이 있는지도 잘 모르겠고. 나는 나쁜 사람
을 좋은 사람으로 순식간에 바꾸어 놓으려는 현대의 이
열광적인 현상에 동조하지 않아. 뿌린 대로 거두는 법이
거든. 일기장은 치워라, 세실리. 네가 왜 일기를 쓰는지 정
말 모르겠구나.

세실리 제 인생의 놀라운 비밀들을 기록하기 위해서죠. 적어
놓지 않으면 아마 다 잊어버리고 말 거예요.

프리즘 양 세실리, 기억이야말로 우리 모두가 지니고 다니는
일기장이란다.

세실리 그래요, 하지만 기억은 보통 한 번도 일어난 적이 없는
일들, 일어날 수도 없는 일들을 일어난 순서대로 기록하
잖아요. 무디도서관에서 우리에게 보내 주는 세 권짜리
소설도 거의 모두 기억 때문에 나왔다고 생각해요.

프리즘 양 세 권짜리 소설을 깔보지 마라, 세실리. 나도 예전
에 그런 소설을 쓴 적이 있단다.

세실리 정말이요, 프리즘 선생님? 정말 훌륭한 재주예요! 설
마 행복하게 끝나는 이야기는 아니었겠죠? 저는 행복하
게 끝나는 소설은 싫어요. 그런 걸 보면 몹시 우울해지거
든요.

프리즘 양 좋은 사람들은 행복하게 끝나고 나쁜 사람들은 불
행하게 끝나지. 그게 바로 소설이란다.

세실리 그렇다고 생각은 하지만, 그건 아주 불공평한 것 같아

요. 그런데 그 소설은 출판되었나요?

프리즘 양 안타깝게도, 아니야. 원고는 불행히도 버려졌단다.*
(세실리가 깜짝 놀란다.) 아, 내 말은 잃어버렸던가 아니면
어딘가 잘못 두었다는 뜻이야. 공부하자, 얘야. 이런 공론
은 아무런 득이 없으니까.

세실리 (웃음을 지으며) 하지만 정원 사이로 채저블 박사님이
오시는 게 보이는데요.

프리즘 양 (일어나 앞으로 나아가며) 채저블 박사님! 이런 기쁜
일이 있나.

(채저블 신부가 들어온다.)

채저블 그래, 오늘 아침에는 다들 어떠신가요? 프리즘 양, 물
론 건강하시겠지요?

세실리 프리즘 선생님은 방금 머리가 약간 아프다고 하셨어
요. 공원에서 두 분이 잠깐 산책을 하시는 게 프리즘 선
생님한테 큰 도움이 될 것 같아요, 채저블 박사님.

프리즘 양 세실리, 나는 머리가 아프다는 이야기는 한 적이 없
는데.

세실리 없죠, 프리즘 선생님, 저도 알아요. 하지만 직감으로
알았어요. 사실 교구 신부님께서 들어오실 때 독일어 공
부보다는 그 생각을 하고 있었죠.

채저블 세실리, 네가 태만하지 않았으면 좋겠구나.

---

* abandoned. 저속하거나 문란하다는 뜻도 있다.

세실리　어머, 안됐지만 저는 태만해요.

채저블　그거 이상하구나. 만일 내가 프리즘 양의 제자가 되는 행운을 누렸다면 그 입술에 매달릴 텐데. (프리즘 양이 노려본다.) 비유적으로 말하는 겁니다. 벌의 모습에서 빌려온 것이지요. 어험! 워딩 씨는 아직 런던에서 돌아오시지 않았나 보군요?

프리즘 양　월요일 오후나 되어야 오실 거예요.

채저블　아, 그렇군요. 하긴 일요일은 보통 런던에서 보내시죠. 그분은 오로지 노는 것만을 목적으로 삼는 그런 분이 아니지. 그 불행한 젊은이, 그 동생은 어느 모로 보나 그런 것 같은데. 하지만 더 이상 에게리아*와 그 제자를 방해하면 안 되겠군요.

프리즘 양　에게리아요? 내 이름은 레티시어인데요, 박사님.

채저블　(고개를 숙이며) 고전적인 인유(引喩)일 뿐입니다. 이교도 작가들에게서 빌린 것이죠. 저녁 기도 때는 두 분 다뵐 수 있겠지요?

프리즘 양　지금 함께 산책을 하는 게 좋겠네요, 박사님. 그러고 보니 머리가 아픈 것 같아요. 산책을 하면 좋아질지도모르겠어요.

채저블　기쁠 따름입니다, 프리즘 양, 기쁠 따름이에요. 저기 학교까지 갔다가 돌아오도록 하지요.

프리즘 양　그거 좋겠어요. 세실리, 나 없는 동안 『정치경제학』

---

* 로마의 2대 왕인 누마 폼필리우스를 가르쳤던 님프로, 지혜로운 조언자를 가리키는 말.

을 읽도록 해라. 루피화의 하락에 대한 장은 건너뛰어도 괜찮아. 그건 좀 지나치게 선정적이니까. 이런 금속 문제에서조차 나름대로 멜로드라마 같은 면이 있는 거란다.

(프리즘 양이 채저블 박사와 함께 정원을 따라 내려간다.)

세실리　(책들을 집어 들었다가 탁자에 다시 내던지며) 지겨운 정치경제학! 지겨운 지리학! 지긋지긋한 독일어!

(메리먼이 명함을 쟁반에 얹어 들고 들어온다.)

메리먼　어니스트 워딩 씨가 역에서 막 도착하셨습니다. 여행 가방도 가지고 오셨습니다.

세실리　(명함을 들고 읽어 보며) "어니스트 워딩. 웨스트 올버니, B.4." 잭 숙부의 동생이로구나! 워딩 씨가 런던에 가셨다고 말씀드렸나요?

메리먼　네. 아주 실망하시는 것 같았습니다. 카듀 양과 프리즘 양은 정원에 계시다고 말씀드렸습니다. 잠시 카듀 양과 단둘이 이야기하고 싶다고 하시더군요.

세실리　어니스트 워딩 씨에게 이리로 오시라고 해요. 가정부한테 그분이 계실 방 이야기를 해 두는 게 좋을 것 같네요.

메리먼　네. (밖으로 나간다.)

세실리　진짜로 사악한 사람은 한 번도 만나 본 적이 없어. 좀 겁이 나는데. 다른 사람들하고 똑같이 생겼을까 봐 너무 겁이 나.

(앨저넌이 들어온다. 매우 쾌활하고 명랑하다.)

세실리 정말 그러네!

앨저넌 (모자를 벗으며) 내 작고 어여쁜 조카 세실리로군, 그렇
지?

세실리 뭔가 이상한 오해를 하시는 것 같네요. 저는 작지 않
아요. 사실 제 나이치고는 보통보다 큰 편이라고요. (앨저
넌이 약간 당황한다.) 하지만 제가 조카뻘인 세실리인 것은
맞아요. 명함을 보니, 잭 숙부의 동생, 제 막내 숙부 어니
스트, 제 사악한 막내 숙부 어니스트로군요.

앨저넌 아! 나는 사실 전혀 사악하지 않은데, 세실리. 내가 사
악하다고 생각하면 안 돼.

세실리 만일 그렇지 않다면, 용서할 수 없는 방법으로 우리
모두를 속여 온 것이 틀림없어요. 이중생활을 해 오신 것
이 아니기를 바라요. 사실은 선한 사람인데 사악한 척하
면서 말이에요. 그것은 위선이에요.

앨저넌 (놀라서 세실리를 바라보며) 아! 물론 내가 약간 분별없
긴 했지.

세실리 그 말씀을 들으니 기쁘군요.

앨저넌 사실, 지금 그 이야기를 들으니 내 나름의 별것 아닌
방식이기는 하지만 내가 아주 나쁜 사람이었던 것 같기
는 하네.

세실리 그걸 그렇게 자랑스러워하시면 안 될 것 같은데요. 틀
림없이 아주 유쾌한 일이기는 했겠지만 말이에요.

앨저넌 여기서 너와 함께 있는 것이 훨씬 더 유쾌한걸.

세실리   어떻게 여기에 오셨는지 도무지 이해할 수가 없네요. 잭 숙부는 월요일 오후나 되어야 오실 텐데.

앨저넌   그거 정말 안타깝군. 나는 월요일 아침 첫 기차로 올라가야 해. 일 때문에 약속이 있는데, 그 약속은 놓치……고 싶군!

세실리   런던 아닌 다른 곳에서 그 약속을 놓치면 안 되나요?

앨저넌   안 되지. 약속 장소는 런던이니까.

세실리   글쎄요, 물론 저도 알 것 같기는 해요. 일 약속을 지키지 않는 것이 얼마나 중요한지. 삶의 아름다움에 대해 조금이라도 더 느끼고 싶을 때는 말이에요. 어쨌든 잭 숙부가 오실 때까지 기다리시는 게 좋을 것 같아요. 잭 숙부는 동생의 이민 문제에 대해 이야기하고 싶어 하시거든요.

앨저넌   내 무슨 문제?

세실리   이민 문제요. 잭 숙부는 이민에 필요한 물건을 사러 가셨어요.

앨저넌   내가 있었으면 잭 형한테 내 물건을 사게 하지는 않았을 텐데. 형은 넥타이를 전혀 볼 줄 모르거든.

세실리   넥타이가 필요할 것 같지는 않은데요. 잭 숙부가 오스트레일리아로 보낼 거니까요.

앨저넌   오스트레일리아! 차라리 죽는 게 낫지.

세실리   음, 수요일 저녁 식사 때 잭 숙부는 자기 동생이 이 세상, 저세상, 오스트레일리아 가운데 하나를 선택해야 할 거라고 말씀하셨어요.

앨저넌   아, 그래! 내가 지금까지 오스트레일리아와 저세상에 관해 들은 이야기들은 별로 구미가 당기지 않던데. 나한테는 이 세상이 좋아, 세실리.

세실리 그렇군요. 그런데 이 세상한테도 좋을까요?

앨저넌 안됐지만 그렇지는 못한 것 같구나. 그래서 네가 나를 교화해 주었으면 하는 거지. 괜찮다면 그것을 네 사명으로 삼을 수도 있겠지, 세실리.

세실리 안됐지만 시간이 없네요. 오늘 오후에는요.

앨저넌 그럼 내가 오늘 오후에 스스로를 교화해도 괜찮을까?

세실리 돈키호테 같네요. 하지만 한 번 시도해 보는 것도 괜찮을 것 같아요.

앨저넌 시도해 볼게. 벌써 기분이 나아지는구나.

세실리 좀 나빠진 것처럼 보이는데요.

앨저넌 그건 배가 고프기 때문이야.

세실리 제가 너무 생각이 모자랐네요. 사람이 완전히 새로운 삶을 살고자 할 때는, 건강에 좋은 제대로 된 식사가 필요하다는 사실을 기억해야 했는데. 안으로 들어가시겠어요?

앨저넌 고마워. 그런데 먼저 단춧구멍에 꽃을 꽂으면 안 될까? 꽃을 꽂지 않으면 절대 식욕이 돋지 않거든.

세실리 마레샬 니엘*로 할까요? (가위를 집어 든다.)

앨저넌 아니, 나는 분홍 장미가 더 좋은데.

세실리 왜요? (꽃을 자른다.)

앨저넌 네가 분홍 장미 같으니까, 세실리.

세실리 저한테 그렇게 말씀하시는 건 옳은 것 같지 않아요.

---

* 노란 장미의 한 종류.

프리즘 선생님은 저한테 절대로 그렇게 말씀하시지 않아요.

앨저넌 그것은 프리즘 선생이 근시의 노파이기 때문이겠지. (세실리는 장미를 앨저넌의 단춧구멍에 꽂는다.) 너는 여태까지 내가 본 아가씨 중 가장 예뻐.

세실리 프리즘 선생님은 예쁜 얼굴이 모두 덫이라던데요.

앨저넌 분별력 있는 남자라면 모두 걸리고 싶어 하는 덫이지.

세실리 아! 제 덫에 분별력 있는 남자가 걸리게 하고 싶지는 않아요. 그런 남자한테 무슨 이야기를 해야 좋을지도 모르고요.

(그들은 집 안으로 들어간다. 프리즘 양과 채저블 박사가 돌아온다.)

프리즘 양 너무 외로우실 것 같아요, 채저블 박사님. 결혼을 하셔야 해요. 저는 인간 혐오자는 이해하지만 여성 혐오자*는 절대 이해 못 해요!

채저블 (학자답게 몸서리를 치며) 정말이지, 나는 그런 신조어를 들을 자격이 없습니다. 원시 교회에서는 결혼에 대해 관행적으로 거부하기만 한 것이 아니라 하지 말라고 분명히 가르치기까지 했죠.

프리즘 양 (설교하듯) 분명 그것이 바로 원시 교회가 현재까지 지속되지 못한 이유일 거예요. 그리고 남자가 고집스럽게

---

* womanthrope. 인간 혐오자라는 뜻의 misanthrope를 흉내 내어 오스카 와일드가 만든 단어이다.

독신을 유지하면 계속 유혹을 받게 된다는 사실을 깨닫지 못하시는 것 같군요, 박사님. 남자들은 좀 더 신중해야 해요. 바로 이런 독신주의 때문에 약한 그릇*들이 길을 잃고 헤매는 거라고요.

채저블 하지만 남자는 결혼을 해도 똑같이 매력적이지 않은가요?

프리즘 양 결혼한 남자는 자기 아내한테나 매력적이죠.

채저블 심지어 자기 아내한테도 매력적이지 못한 경우가 많다고 들었소.

프리즘 양 그것은 여자의 지적 공감에 달려 있죠. 성숙이란 늘 믿을 만한 것이니까요. 잘 익은 여자는 신뢰할 만하죠. 젊은 여자들은 아직 덜 익었어요. (채저블 박사가 움찔한다.) 원예학적으로 말한 거예요. 제 비유는 과일에서 끌어온 거죠. 그런데 세실리는 어디 있을까?

채저블 어쩌면 학교까지 우리를 따라왔는지도 모르죠.

(정원 뒤쪽에서 잭이 천천히 들어온다. 조의를 표하는 옷을 입고, 모자에는 상장(喪章)을 두르고, 손에는 검은 장갑을 꼈다.)

프리즘 양 워딩 씨!

채저블 워딩 씨?

프리즘 양 이거 정말 놀라운 일이로군요. 월요일 오후나 되어야 뵐 줄 알았는데.

---

* 사람을 가리키는 기독교적 표현으로 '약한 그릇'은 여자를 말한다.

잭   (비극적인 태도로 프리즘 양과 악수를 한다.) 예정보다 일찍
    돌아왔습니다. 채저블 박사님, 물론 건강하시겠지요?

채저블   워딩 씨, 이 비통해 보이는 복장은 어떤 끔찍한 참사
    를 상징하는 것 아닙니까?

잭   제 동생 때문입니다.

프리즘 양   안타깝게도 빚과 낭비가 더 심해졌는가 보지요?

채저블   여전히 쾌락의 삶을 살고 있나요?

잭   (고개를 저으며) 죽었습니다!

채저블   동생 어니스트가 죽어요?

잭   확실히 죽었습니다.

프리즘 양   동생 분한테는 좋은 교훈이네요! 동생 분이 그 일
    에서 큰 유익을 얻을 것이라고 믿어요.

채저블   워딩 씨, 심심한 조의를 표하는 바입니다. 그래도 두
    형제 중 워딩 씨가 더 관대하고 아량이 넓은 사람이었다
    는 사실이 그나마 워딩 씨에게는 위로가 되겠군요.

잭   가엾은 어니스트! 그 애한테는 많은 결함이 있었지만, 어
    쨌든 이 일은 슬프디슬픈 충격적인 일입니다.

채저블   정말로 슬픈 일이군요. 마지막 순간에 옆에 계셨습니
    까?

잭   아뇨. 해외에서 죽었습니다. 파리에서요. 어젯밤에 그랜드
    호텔 지배인한테서 전보를 받았지요.

채저블   사망 원인에 대해서도 언급하던가요?

잭   심한 오한이라는 것 같더군요.

프리즘 양   뿌린 대로 거두는 법이죠.

채저블   (손을 들어올리며) 자비를, 프리즘 양, 자비를 베푸세요!

우리 누구도 완벽하지 않습니다. 사실 저도 외풍에는 아주 민감하거든요. 장사는 이곳에서 치르실 겁니까?

잭 아뇨. 파리에 묻히고 싶다는 뜻을 밝힌 것 같더군요.

채저블 파리에! (고개를 젓는다.) 안타깝게도 마지막 순간까지 별로 진지하지 않았던 것 같군요. 물론 제가 다음 일요일에 이 비극적이고 고통스러운 가정사를 약간은 언급해 주기를 바라시겠지요. (잭이 채저블의 손을 갑자기 꽉 잡는다.) 광야에서 내려 주신 만나의 의미에 대한 제 설교는 대부분 어떤 경우에나 적당하게 맞출 수 있지요. 기쁜 일에도, 또 지금처럼 괴로운 일에도. (한숨을 쉰다.) 저는 추수 감사절 때도, 세례식 때도, 견진성사 때도, 고난 주간이나 축제 주간에도 그 의미에 대해 설교했습니다. 마지막으로 그 설교를 한 것은 대성당에서였죠. '상류층 사이에서 발생하는 불만 방지 협회'의 자선 설교에서였습니다. 그 자리에 참석하신 주교님께서도 제 설교 중에 나오는 몇 가지 유추에 큰 감명을 받으셨죠.

잭 아! 그러고 보니 생각나는군요. 방금 세례식 말씀을 하셨죠, 채저블 박사님? 세례 법은 물론 잘 아시겠죠? (채저블 박사가 깜짝 놀란 표정으로 바라본다.) 그러니까, 계속 세례를 주고 계시느냐고 여쭤 본 겁니다.

프리즘 양 유감스럽게도 교구 신부님께서 이 교구에서 거의 항상 하셔야 하는 의무 가운데 하나가 그 일이랍니다. 저는 가난한 계층 사람들에게 그 문제에 관해 자주 이야기했어요. 하지만 그 사람들은 절약*이 무엇인지 모르는 것 같더군요.

채저블 특별히 염두에 두고 계신 아기가 있습니까, 워딩 씨? 동생 분께서는 미혼이었던 것으로 아는데, 안 그렇습니까?

잭 아, 맞습니다.

프리즘 양 (쌀쌀맞게) 오로지 쾌락만을 위해 사는 사람들은 보통 그렇죠.

잭 하지만 이건 아이에게 하려는 것이 아닙니다. 박사님. 아이들을 아주 좋아하기는 하지만요. 아! 사실 제가 세례를 받고 싶습니다. 오늘 오후에요. 특별한 일이 없으시다면 말입니다.

채저블 하지만 워딩 씨는 이미 세례를 받으시지 않았습니까?

잭 전혀 기억에 없습니다.

채저블 하지만 세례를 받지 않았다고 생각하시는 건 아니죠?

잭 분명히 그런 의심이 듭니다. 물론 박사님께 어떤 식으로든 심려를 끼쳐 드릴 수도 있고, 제 나이가 좀 많다고 생각하실지도 모르겠습니다만.

채저블 전혀 그렇지 않습니다. 성인(成人)의 이마에 물을 뿌리는 것, 그리고 성인을 물에 잠기게 하는 것은 교회법에 완전히 들어맞는 일입니다.

잭 물에 잠긴다고요!

채저블 걱정하실 필요 없습니다. 꼭 필요한 것은 이마에 물을 뿌리는 것뿐입니다. 사실 그것이 권할 만하기도 하고요. 우리 날씨는 아주 변덕스럽지 않습니까. 몇 시에 세례식을 하면 좋을까요?

---

* 성적 절제에 대한 완곡한 표현.

잭   아, 괜찮으시다면 5시쯤 갈까 합니다만.

채저블   완벽합니다, 완벽해요! 사실 그 시간에 비슷한 식을 두 건 거행해야 합니다. 워딩 씨의 장원 외곽 오두막에서 최근에 태어난 쌍둥이들의 세례식을 하기로 했죠. 마부 젠킨스 말입니다. 아주 열심히 일하는 사람이죠.

잭   아! 다른 아기들과 함께 세례를 받는 것은 별 재미가 없겠는데요. 그건 아이 같은 짓이니까요. 5시 30분으로 할까요?

채저블   좋습니다! 좋아요! (손목시계를 꺼낸다.) 자, 워딩 씨, 상가(喪家)에서 더 이상 방해가 되는 행동은 하지 않겠습니다. 슬픔 때문에 너무 기운을 잃지 말라는 말씀만 드리도록 하지요. 우리한테는 가혹한 시련으로 보이는 일이 사실 위장된 축복인 경우도 많습니다.

프리즘 양   제가 보기에 이 일은 전혀 위장되지 않은 축복인 것 같은데요.

(집에서 세실리가 나온다.)

세실리   숙부! 아, 돌아오셔서 기뻐요. 그런데 아주 무서운 옷을 입으셨네요. 가서 갈아입으세요.

프리즘 양   세실리!

채저블   얘야! 얘야. (세실리가 잭에게 다가간다. 그는 우울한 표정으로 그녀의 이마에 입을 맞춘다.)

세실리   무슨 일이세요, 숙부? 밝은 표정 좀 보여 주세요! 꼭 치통을 앓는 분 같아요. 깜짝 놀라게 해 드릴 일이 있어요. 식당에 지금 누가 있게요? 동생 분이 와 있어요!

잭 누구?

세실리 잭 숙부의 동생 어니스트요. 삼십 분 전쯤에 도착했어요.

잭 말도 안 되는 소리! 나한테는 동생이 없어.

세실리 아, 무슨 말씀이세요. 과거에 숙부한테 아무리 못된 행동을 많이 했다 해도 동생은 동생이잖아요. 숙부가 의절을 할 만큼 무정한 분일 리 없어요. 이리 나오시라고 할게요. 그럼 악수를 하실 거죠, 그렇죠, 숙부? (집 안으로 달려 들어간다.)

채저블 아주 기쁜 소식이로군요.

프리즘 양 우리 모두 그분을 잃었다고 마음을 접고 있었는데 갑자기 돌아오다니 아주 괴로운 일로 느껴지네요.

잭 동생이 식당에 있다니? 도대체 무슨 소린지 모르겠군. 정말 말도 안 되는 일인 것 같습니다.

(앨저넌과 세실리가 손을 잡고 나타난다. 그들이 천천히 잭에게 다가온다.)

잭 이럴 수가! (앨저넌에게 떨어지라고 손짓을 한다.)

앨저넌 존 형, 그동안 내가 일으킨 문제들 때문에 정말 미안하다는 이야기를 하러 런던에서 방금 내려왔어. 앞으로는 좀 더 나은 생활을 하겠다고 말이야. (잭은 앨저넌을 노려보며 그의 손을 잡지 않는다.)

세실리 잭 숙부, 동생이 내민 손을 거절하시지는 않을 테죠?

잭　무슨 일이 있어도 저 손은 잡지 않을 거야. 여기까지 내려오다니 수치스러운 일이야. 이유는 본인이 알 거야.

세실리　잭 숙부, 제발 친절하게 대해 주세요. 누구에게나 좋은 면은 있는 거잖아요. 어니스트는 조금 전에 가엾은 환자이자 친구인 번버리 씨 이야기를 해 주었어요. 자주 문병을 간다면서. 환자한테 잘해 주는 사람한테는 분명 좋은 면이 많을 거예요. 런던의 쾌락을 떠나 고통의 침대 옆에 앉아 있는 거잖아요.

잭　아! 번버리 이야기를 하고 있었다는 거냐?

세실리　네, 가엾은 번버리 씨에 관한 이야기를 모두 해 주셨어요. 그분 건강이 얼마나 나쁜지도요.

잭　번버리라! 글쎄, 내가 앞으로는 너한테 번버리 이야기를 못 하게 하마. 다른 이야기도 일체 못 하게 하겠어. 사람을 완전히 미치게 만드는군.

앨저넌　물론 나도 모든 것이 내 잘못이라고 인정해. 하지만 형의 냉정한 태도가 나에게는 너무 고통스럽다고 이야기할 수밖에 없어. 좀 더 열광적인 환영을 기대했는데 말이야. 특히 내가 여기 온 것이 처음이라는 사실을 생각할 때 말이야.

세실리　잭 숙부, 만일 어니스트와 악수를 하지 않으시면 제가 절대 용서하지 않을 거예요.

잭　절대 용서하지 않는다고?

세실리　절대, 절대, 절대!

잭　흠, 하긴 하겠지만 이게 마지막이야. (앨저넌과 악수를 하며 그를 노려본다.)

채저블   이렇게 완벽한 화해를 보다니 유쾌한 일이로군요, 그렇
     지 않습니까? 두 형제 분만 놔두고 자리를 비켜 드려야
     하겠군요.

프리즘 양   세실리, 너도 우리와 함께 가자.

세실리   그럼요, 프리즘 선생님. 제 화해 임무는 끝났어요.

채저블   오늘 너는 아름다운 일을 한 것 같구나.

프리즘 양   너무 일찍 판단하면 안 돼요.

세실리   저는 정말 기뻐요. (잭과 앨저넌만 남겨 두고 모두 떠난다.)

잭   이 악당, 앨지, 어서 이곳에서 나가. 이곳에서 번버리 짓
     은 허락할 수 없네.

(메리먼이 들어온다.)

메리먼   어니스트 씨의 짐은 주인님 방 옆방에 넣어 두었습니
     다. 그래도 괜찮겠지요?

잭   뭐라고?

메리먼   어니스트 씨의 짐 말입니다. 짐을 풀어서 주인님 방 바
     로 옆방에 넣어 두었습니다.

잭   짐?

메리먼   네. 여행 가방 셋, 화장품 가방 하나, 모자 상자 둘, 커
     다란 도시락 바구니 하나.

앨저넌   안타깝게도 이번에는 일주일 이상은 못 있을 것 같군.

잭   메리먼, 당장 이륜마차를 부르게. 어니스트 씨가 런던으
     로 돌아오라는 부름을 갑자기 받았네.

메리먼   네. (집 안으로 들어간다.)

앨저넌 정말 무서운 거짓말쟁이로군, 잭. 런던에서 나를 부른
       일은 전혀 없는데.

잭   아냐, 있어.

앨저넌 아무도 나를 부르는 소리를 못 들었는데.

잭   신사의 의무가 자네를 부르고 있네.

앨저넌 신사의 의무는 내 놀이를 조금이라도 훼방 놓은 적이
       없네.

잭   그 말은 정말 잘 이해할 수 있군.

앨저넌 그런데 세실리는 참 사랑스럽더군.

잭   카듀 양에 대해 그런 식으로 말하지 말게. 마음에 안 들어.

앨저넌 음, 나는 자네 옷이 마음에 안 드네. 그런 옷을 입으니
       정말 우스꽝스럽군. 얼른 가서 갈아입게. 자네 집에 일주
       일 동안 손님으로 머물 사람 때문에 애도를 하다니 정말
       유치하군. 괴이하다고 해야겠네.

잭   손님으로든 뭐로든 자네는 이 집에서 일주일이나 머물지
       않을 걸세. 자네는 떠나야 해……. 4시 5분 기차로.

앨저넌 자네가 상중(喪中)인 한은 떠나지 않을 걸세. 떠난다면
       친구도 아니지. 내가 상중이라면 자네는 나와 함께 있어
       줄 것 아닌가. 그러지 않다면 아주 못됐다고 생각할 거야.

잭   그럼 내가 옷을 갈아입으면 갈 텐가?

앨저넌 그래, 너무 오래 걸리지만 않는다면. 옷을 갈아입는 데
       자네처럼 시간이 오래 걸리는 사람은 본 적이 없네. 결과
       는 형편없으면서 말이야.

잭   글쎄, 자네처럼 늘 지나치게 치장을 하는 것보다는 차라
       리 그게 낫지.

앨저넌   내가 가끔은 약간 지나치게 치장을 하기는 하네만, 늘
           엄청나게 지나친 공부를 하는 것으로 보완을 하지 않나.

잭   자네 허영심은 우스꽝스럽고, 자네 행동은 무도하고, 자
           네가 내 정원에 있다는 사실은 정말 기가 막히네. 어쨌거
           나 자네는 4시 5분 기차를 타야 해. 런던까지 유쾌한 여
           행을 하기 바라네. 자네가 말하는 그 번버리 짓이 이번에
           는 별 성공을 거두지 못했군.

(잭이 집으로 들어간다.)

앨저넌   나는 큰 성공이었다고 생각하는데. 나는 세실리를 사
           랑하게 되었네. 그게 가장 중요한 거지.

(세실리가 정원 뒤쪽으로 들어온다. 그녀는 물뿌리개로 꽃에 물을 주
기 시작한다.)

앨저넌   가기 전에 세실리를 만나야겠네. 또 다른 번버리를 위
           해 준비를 해야지. 아, 저기 있군.

세실리   아, 장미에 물을 주려고 돌아온 것뿐이에요. 잭 숙부
           하고 함께 계시는 줄 알았는데.

앨저넌   나를 태울 마차를 부르러 갔어.

세실리   아, 마차로 한 바퀴 돌아보게 해 주시려나 보죠?

앨저넌   나를 보내려는 거야.

세실리   그럼 우리도 헤어져야 하나요?

앨저넌   안타깝지만 그래. 아주 고통스러운 헤어짐이지.

세실리   아주 짧은 시간 동안 알게 된 사람과 헤어지는 것은
　　　　늘 고통스러워요. 오랜 친구가 없는 것은 차분하게 견딜
　　　　수가 있죠. 하지만 누가 되었든 막 소개받은 사람과 잠시
　　　　라도 헤어지는 것은 견딜 수 없는 일이에요.
앨저넌   고마워.

(메리먼이 들어온다.)

메리먼   마차가 문 앞에 와 있습니다.

(앨저넌이 애원하듯 세실리를 본다.)

세실리   기다리게 해요, 메리먼⋯⋯. 한⋯⋯ 오 분 동안.
메리먼   네.

(메리먼이 나간다.)

앨저넌   바라건대, 세실리, 내가 아주 솔직하게 공개적으로 말
　　　　해서, 너는 모든 면에서 절대적 완벽함 그 자체라고 말해
　　　　도 불쾌하지는 않겠지.
세실리   그런 솔직함은 어니스트의 큰 명예예요. 허락해 주신
　　　　다면, 그 말을 제 일기장에 옮겨 적을게요. (탁자로 가서
　　　　일기장에 쓰기 시작한다.)
앨저넌   정말로 일기를 쓸 거야? 그것을 볼 수만 있다면 뭐든
　　　　지 할 텐데. 봐도 될까?

세실리　어머, 안 돼요. (손으로 일기장을 가린다.) 아시겠지만, 이것은 아주 어린 소녀가 자신의 생각과 인상을 기록한 것에 불과하고, 따라서 책으로 낼 생각이에요. 책으로 나오게 되면 한 부 주문해 주시면 좋겠어요. 하지만 제발, 어니스트, 말씀을 멈추지 마세요. 저는 받아 적는 게 무척 좋아요. "절대적 완벽성"까지 적었어요. 계속하세요. 더 적을 준비가 되어 있어요.

앨저넌　(약간 허를 찔린 표정으로) 어험! 어험!

세실리　아, 기침하지 마세요, 어니스트. 구술을 할 때는 유창하게 말을 해야지 기침을 하면 안 돼요. 게다가 저는 기침은 어떤 철자로 적어야 할지 모른단 말이에요. (앨저넌이 말하는 대로 적는다.)

앨저넌　(아주 빠르게 말한다.) 세실리, 나는 너의 놀랍고 비할 데 없는 아름다움을 처음 본 순간부터 감히 너를 격렬하게, 정열적으로, 헌신적으로, 절망적으로 사랑하기로 했어.

세실리　저를 격렬하게, 정열적으로, 헌신적으로, 절망적으로 사랑한다는 말을 해서는 안 된다고 생각해요. 절망적으로는 말이 안 되는 것 아닌가요?

앨저넌　세실리!

(메리먼이 들어온다.)

메리먼　마차가 기다리고 있습니다.

앨저넌　다음 주 같은 시간에 오라고 해요.

메리먼　(세실리를 본다. 세실리는 아무 지시도 하지 않는다.) 알았습니다.

(메리먼이 나간다.)

세실리　다음 주, 같은 시간이 될 때까지 자기 동생이 계속 있겠
　　　　다고 했다는 것을 알면 잭 숙부가 무척 화를 내실 텐데.

앨저넌　아, 잭 형은 상관없어. 너를 제외하면 이 세상 누구한테
　　　　도 신경 쓰지 않아. 사랑해, 세실리. 나와 결혼해 주겠지?

세실리　이런 바보! 당연하죠. 우리는 약혼한 지 석 달이나 되
　　　　었잖아요.

앨저넌　석 달?

세실리　네, 목요일이면 꼭 석 달이에요.

앨저넌　그런데 우리가 어떻게 약혼을 하게 되었지?

세실리　음, 잭 숙부가 아주 사악하고 못된 동생이 하나 있다
　　　　고 처음 밝힌 이후로 당신은 저와 프리즘 선생님 사이에
　　　　서 화제의 주인공이 되었어요. 그런데 입에 많이 오르내
　　　　리는 사람은 당연히 아주 매력적인 사람이잖아요. 결국
　　　　그 사람에게는 뭔가 있는 게 틀림없다고 느끼게 되잖아
　　　　요. 아마 제가 어리석은 것이겠지만, 저는 당신을 사랑하
　　　　게 되었어요, 어니스트.

앨저넌　내 사랑! 그런데 약혼은 언제 확정되었어?

세실리　지난 2월 14일에요. 당신이 제 존재를 까맣게 모른다
　　　　는 것에 지쳐, 저는 어느 쪽으로든 이 문제를 매듭짓기로
　　　　결심하고 오랫동안 갈등한 끝에 여기 이 오래된 나무 아
　　　　래서 당신을 받아들였어요. 다음 날 당신의 이름으로 이

귀여운 반지를 샀죠. 그리고 진정한 연인들의 매듭이 달린 이 팔찌를 언제나 끼고 있겠다고 당신에게 약속했어요.

앨저넌 내가 이걸 세실리한테 주었던가? 아주 예쁜데?

세실리 네, 당신의 취향은 놀라울 정도로 훌륭해요, 어니스트. 저는 그것을 당신이 그렇게 나쁜 생활을 하는 것에 대한 변명거리로 삼았어요. 그리고 이것은 제가 당신의 귀한 편지들을 모두 보관해 둔 상자예요. (탁자 앞에 무릎을 꿇고 상자를 열더니, 파란 리본으로 묶은 편지들을 꺼낸다.)

앨저넌 내 편지! 하지만 나의 사랑스러운 세실리, 나는 편지를 쓴 적이 없는걸.

세실리 그 이야기는 굳이 하시지 않아도 돼요, 어니스트. 제가 어쩔 수 없이 당신 대신 편지를 써야 했다는 사실을 저도 똑똑히 기억하고 있으니까요. 저는 일주일에 세 번씩 꼬박꼬박 편지를 썼어요. 때로는 그 이상도.

앨저넌 아, 제발 그걸 좀 읽게 해 줘, 세실리!

세실리 어머, 그건 절대 안 돼요. 당신이 너무 우쭐할까 봐 안 되겠어요. (상자를 치운다.) 제가 파혼을 하기로 한 뒤에 당신이 쓴 세 통의 편지는 너무 아름다워서, 또 철자가 너무 엉망이어서 지금도 읽을 때마다 조금씩 울곤 해요.

앨저넌 그럼 우리 약혼이 깨진 적이 있다는 말인가?

세실리 그럼요, 있고말고요. 지난 3월 22일이었죠. 원한다면 그날 일기를 보실 수도 있어요. (일기장을 보여 준다.) "오늘 어니스트와 파혼했다. 그렇게 하는 것이 더 낫다는 생각이다. 날씨는 여전히 계속 매혹적이다."

앨저넌 그런데 도대체 왜 파혼을 한 거야? 내가 무슨 짓을 했는데? 나는 아무 짓도 안 했어. 네가 파혼을 하려 했다는 말을 들으니 정말로 가슴이 아파. 더군다나 날씨도 그렇게 매혹적이었는데 말이야.

세실리 적어도 한 번은 깨지지 않으면 그건 진정으로 진지한 약혼이라고 할 수 없죠. 어쨌든 그 주가 끝나기 전에 저는 당신을 용서했어요.

앨저넌 (세실리에게 다가가 무릎을 꿇으며) 당신은 정말 완벽한 천사야.

세실리 아, 참으로 낭만적인 분이시네요. (앨저넌이 세실리에게 입을 맞추고 세실리는 앨저넌의 머리를 쓰다듬는다.) 당신이 원래 곱슬머리면 좋겠어요, 그런가요?

앨저넌 그래, 내 사랑, 다른 사람들의 도움을 약간 받기는 했지만.

세실리 정말 기뻐요.

앨저넌 다시는 파혼을 하지 않겠지, 세실리?

세실리 당신을 실제로 만났으니 이제는 파혼을 할 수 없을 것 같아요. 게다가 당신의 이름 문제도 있으니까요.

앨저넌 그래, 물론이지. (초조하게)

세실리 저를 비웃으시면 안돼요. 어니스트라는 이름을 가진 사람을 사랑하는 것이 저의 소녀 같은 꿈이었어요. (앨저넌이 일어선다. 세실리도 따라 일어선다.) 그 이름은 왠지 절대적인 신뢰를 불러일으키는 듯하거든요. 저는 어니스트가 아닌 남자와 결혼한 가엾은 여자들한테는 동정심을 느껴요.

앨저넌 그런데, 세실리, 만일 내가 다른 이름을 갖고 있다면 나를 사랑할 수 없다는 뜻인가?

세실리 어떤 이름이요?

앨저넌 아, 아무 이름이나…… 예를 들어 앨저넌이라든가…….

세실리 하지만 앨저넌이라는 이름은 마음에 들지 않는데요.

앨저넌 아, 어여쁘고 귀여운 내 사랑, 앨저넌이라는 이름을 왜 싫어하는지 정말 모르겠군. 절대 나쁜 이름이 아닌데. 사실 좀 귀족적인 이름이라고 할 수 있지. 파산 법정에 가는 사람들 반이 앨저넌이거든. 하지만 진지하게 말하는데, 세실리…… (세실리에게 다가가며) 내 이름이 앨지라면 나를 사랑할 수 없나?

세실리 (일어서며) 존경은 하겠지요, 어니스트. 당신의 인품에 탄복할 수도 있겠지요. 하지만 나의 관심을 온전히 기울이지는 못할 것 같네요.

앨저넌 어험! 세실리! (모자를 집어 들며) 이곳의 교구 신부님은 교회의 모든 의식과 행사를 주관하는 데 모자람이 없을 만큼 경험을 쌓은 분이시겠지?

세실리 아, 그럼요. 채저블 박사님은 아주 학식이 높으신 분이에요. 그분은 단 한 권도 책을 쓰신 적이 없어요. 따라서 그분이 얼마나 많이 아시는지 상상이 가죠.

앨저넌 아주 중요한 세례…… 그러니까 아주 중요한 일로 그분을 당장 뵈어야겠어.

세실리 오!

앨저넌 삼십 분 안으로 돌아오겠어.

세실리 우리가 2월 14일에 약혼을 했고, 또 제가 오늘 처음으로 당신을 만났다는 사실을 고려할 때, 당신이 저를 삼십 분이라는 긴 시간 동안 떠난다는 것은 좀 가혹하다고 생각해요. 이십 분으로 줄일 수는 없을까요?

앨저넌   바로 돌아올게. (그녀에게 입을 맞추고 정원 쪽으로 빠르게 걸어간다.)

세실리   정말 성급한 분일세! 머리카락은 정말 마음에 들어. 일기장에 그분의 청혼 이야기를 적어야지.

(메리먼이 들어온다.)

메리먼   페어팩스 양이라는 분이 워딩 씨를 뵙겠다고 찾아왔습니다. 페어팩스 양의 말로는, 아주 중요한 일이랍니다.

세실리   워딩 씨는 서재에 계시지 않나요?

메리먼   워딩 씨는 조금 전에 사제관 쪽으로 가셨습니다.

세실리   숙녀 분께 이곳으로 오시라고 해 주세요. 워딩 씨는 곧 돌아오실 거예요. 차 좀 내 주시고요.

메리먼   네.

(메리먼이 나간다.)

세실리   페어팩스 양이라고! 잭 숙부가 런던에서 박애주의적인 일을 하시다가 알게 된 나이 많고 착한 여자들 가운데 하나겠군. 하지만 박애주의적인 일에 관심을 가진 여자는 별로 마음에 들지 않아. 너무 주제넘은 것 같단 말이야.

(메리먼이 들어온다.)

메리먼   페어팩스 양이십니다.

(그웬덜린이 들어온다. 메리먼이 나간다.)

세실리   (그웬덜린을 마중하러 나가면서) 제 소개를 하겠습니다. 제 이름은 세실리 카듀예요.

그웬덜린   세실리 카듀? (세실리 쪽으로 다가와 악수를 하면서) 아주 예쁜 이름이로군요! 왠지 우리는 아주 좋은 친구가 될 것만 같아요. 벌써 말로 표현할 수 없을 정도로 카듀 양이 좋아졌어요. 사람들에 대한 제 첫인상은 절대 틀리는 법이 없거든요.

세실리   우리가 서로 안 것이 비교적 얼마 안 되는데 저를 그렇게 좋아하신다니 참으로 마음씨가 고우시군요. 앉으시죠.

그웬덜린   (여전히 선 채로) 세실리라고 불러도 괜찮겠죠?

세실리   좋고말고요!

그웬덜린   그럼 나도 꼭 그웬덜린이라고 불러 줘요, 그럴 거죠?

세실리   원하신다면요.

그웬덜린   그럼 모두 정리되었군요, 그렇죠?

세실리   그런 것 같아요. (잠시 침묵. 두 사람 다 자리에 앉는다.)

그웬덜린   어쩌면 지금이 내가 누구인지 말할 좋은 기회인지도 모르겠군요. 아버지는 브래널 경이에요. 우리 아빠 이름은 한 번도 못 들어 보셨겠죠?

세실리   못 들어 본 것 같아요.

그웬덜린   다행스럽게도 가족 밖에서 아빠는 전혀 알려져 있지 않아요. 사실 그래야 마땅하다고 생각하지요. 내 생각에 가정이란 남자에게 제격인 영역 같으니까요. 남자가 일단 가사 의무를 소홀히 하기 시작하면 애처롭게 여성화돼요, 안 그래요? 나는 그게 마음에 들지 않아요. 가정은 남자를 아주 매력적으로 만든다고요. 세실리, 우리 엄마는 교육에 대해 놀라울 정도로 엄격한 생각을 갖고 있어요. 그래서 나는 크면서 지독한 근시가 되고 말았어요. 그것도 엄마의 교육 방식 일부죠. 내가 안경을 쓰고 세실리를 봐도 괜찮겠죠?

세실리   아! 그럼요, 그웬덜린. 저는 누가 저를 쳐다보는 것을 아주 좋아해요.

그웬덜린   (손잡이 달린 안경으로 세실리를 주의 깊게 살핀 뒤에) 여기는 잠깐 들른 거죠?

세실리   어머, 아니에요! 저는 여기 살아요.

그웬덜린   (엄한 표정으로) 그래요? 그럼 틀림없이 어머니, 아니면 나이 드신 여자 친척 분과 함께 살겠죠?

세실리   어머, 아니에요! 저는 어머니가 안 계셔요. 또 사실 친척도 없고요.

그웬덜린   그래요?

세실리   제 후견인께서, 프리즘 선생님의 도움을 받아 열심히 저를 돌봐주시죠.

그웬덜린   후견인이요?

세실리   네, 워딩 씨가 후견인이세요.

그웬덜린   아! 이상하군요. 워딩 씨는 한 번도 나한테 돌보는 아가씨가 있다는 이야기를 한 적이 없는데. 참 은밀하기도 해라! 시간이 갈수록 점점 흥미로워진단 말이야. 하지만 그 소식을 듣고 순수한 기쁨만 느껴지지는 않네요. (일어서서 세실리에게 다가간다.) 나는 세실리가 아주 좋아요. 만난 순간부터 쭉 좋았어요! 하지만 이제 세실리가 워딩 씨의 피후견인이라는 사실을 알았으니, 이 말은 할 수밖에 없네요. 세실리가 보기보다 나이가 더 많았으면 좋겠다고, 그리고 외모가 이렇게까지 매혹적이지 않았으면 좋겠다고. 사실, 솔직히 말해도 좋다면…….

세실리　제발 그렇게 해 주세요! 불쾌한 말을 해야 할 때면 반드시 아주 솔직해야 한다고 생각해요.

그웬덜린　음, 아주 솔직하게 말해서, 세실리, 나는 세실리가 꼭 찬 마흔두 살이었으면 좋겠고, 세실리 나이 때의 못생긴 여자들보다 더 못생겼으면 좋았을 것 같아요. 어니스트는 성품이 강직해요. 진실과 정직의 표본이나 다름없죠. 어니스트에게 배신은 기만과 마찬가지로 불가능해요. 하지만 고귀한 도덕적 품성을 지닌 남자들도 육체적 매력에는 극히 민감하게 영향을 받죠. 고대 역사만이 아니라 현대 역사에도 이와 관련된 아주 가슴 아픈 예들이 많죠. 사실 그렇지 않다면 역사는 너무 재미없어 읽기가 힘들 거예요.

세실리　실례입니다만, 그웬덜린, 어니스트라고 하셨나요?

그웬덜린　네.

세실리　아, 하지만 제 후견인은 어니스트 워딩 씨가 아니에요. 그분 형이죠.

그웬덜린　(다시 자리에 앉으며) 어니스트는 형이 있다는 말을 한 적이 없는데.

세실리　말하기 좀 그렇지만, 둘은 오랫동안 사이가 좋지 않았어요.

그웬덜린　아! 그럼 말이 되네요. 그리고 지금 생각해 보니, 남자가 자기 형제 이야기를 하는 것은 들어 본 적이 없네요. 남자들 대부분이 그 문제는 이야기하기 싫어하나 봐요. 세실리가 내 마음의 짐을 덜어 주었어요. 사실 마음이 불안해지려는 참이었어요. 우리의 우정에 구름이 낀다는 것은 끔찍한 일 아니겠어요? 그러니까 어니스트 워딩 씨가 세실리의 후견인이 아닌 것은, 정말, 정말 확실한 거죠?

세실리　정말 확실해요. (잠깐 침묵) 사실, 저는 그의 사람이 될 거예요.

그웬덜린　(묻는 표정으로) 뭐라고요?

세실리　(약간 수줍어하면서도 신뢰하는 태도로) 제가 이 사실을 그웬덜린에게 비밀로 할 이유는 없겠죠. 틀림없이 다음 주면 우리 주 신문에도 실릴 테니까요. 어니스트 워딩 씨와 저는 결혼하기로 약속했어요.

그웬덜린　(일어서며 아주 정중한 태도로) 세실리, 약간의 착오가 있는 것 같군요. 어니스트 워딩 씨는 나하고 약혼을 했어요. 그 소식이 늦어도 토요일에는 《모닝 포스트》에 실릴 거예요.

세실리　(일어서며 아주 정중한 태도로) 안됐지만 뭔가 잘못 생각하고 계신 것이 틀림없군요. 어니스트는 정확히 십 분 전에 저한테 청혼을 했어요. (일기장을 보여 준다.)

그웬덜린　(손잡이 달린 안경으로 주의 깊게 일기장을 살핀다.) 아주 이상한 일이로군요. 어니스트는 어제 오후 5시 30분에 나한테 아내가 되어 달라고 청했으니까요. 만일 이 사실을 확인하고 싶다면 그렇게 해도 좋아요. (자신의 일기장을 꺼낸다.) 나는 여행할 때는 반드시 일기장을 가지고 다니죠. 기차에서는 선정적인 읽을거리가 꼭 필요하니까요. 혹시나 이 일이 세실리한테 실망을 주었다면 정말로 미안하지만 안타깝게도 나에게 우선권이 있는 것 같군요.

세실리   이 일로 인해 그웬덜린에게 조금이라도 정신적 또는 육체적 괴로움을 준다면 나에게도 이루 말할 수 없이 고통스러운 일이겠지만, 어니스트가 그웬덜린한테 청혼을 한 뒤에 마음이 바뀐 것이 분명하다는 점을 지적하지 않을 수 없군요.

그웬덜린   (생각에 잠긴 표정으로) 만일 그 가엾은 분이 어리석은 약속의 덫에 걸린 것이라면, 그분을 당장 구출해 주는 것이 나의 의무라고 생각해요. 단호한 조치를 통해서 말이에요.

세실리   (생각에 잠긴 슬픈 표정으로) 제가 사랑하는 분이 어떤 불행한 관계에 엮인 적이 있다 해도 결혼한 뒤에는 절대 그 일로 그분을 책망하지 않겠어요.

그웬덜린   카듀 양, 지금 나를 두고 불행한 관계라고 하는 건가요? 주제넘군요. 이런 상황이라면 이제 내 속마음을 밝히는 것이 단순한 도덕적인 의무를 넘어서는 일이라고 생각해요. 그것은 나의 기쁨이지요.

세실리   그러니까 페어팩스 양, 내가 어니스트를 약혼에 옭아매었다는 뜻인가요? 어떻게 감히? 지금은 예절이라는 얇은 가면을 쓰고 있을 때가 아닌 것 같군요. 나는 삽을 보면 삽이라고 부르는 사람이에요.

그웬덜린 (비꼬는 투로) 한 번도 삽을 본 적이 없다고 말할 수 있어 기쁘네요. 이제까지 우리가 속했던 사회적 영역이 크게 달랐던 것이 분명하군요.

(메리먼이 들어오고, 하인이 뒤따라온다. 하인의 손에 쟁반, 탁자보, 접시 받침대가 들려 있다. 세실리는 반박을 하려 한다. 그러나 하인들 때문에 자제한다. 두 여자는 말을 못 해 안달이다.)

메리먼 평소처럼 여기에 차를 놓을까요?

세실리 (엄하지만 차분한 목소리로) 네, 평소처럼요.

(메리먼이 탁자를 정리하고 탁자보를 깐다. 긴 침묵. 세실리와 그웬덜린은 서로를 노려본다.)

그웬덜린 근처에 괜찮은 산책로가 많은가요, 카듀 양?

세실리 아! 네! 아주 많죠. 여기서 아주 가까운 산에 올라가면 다섯 주(州)가 보여요.

그웬덜린 다섯 주요! 그건 마음에 들지 않을 것 같군요. 나는 복잡한 건 싫거든요.

세실리 (상냥하게) 그래서 도시에 사시나 보죠?

(그웬덜린이 입술을 깨물고 파라솔로 발을 두드린다. 신경질적인 동작이다.)

그웬덜린   (주위를 둘러본다.) 관리가 아주 잘 된 정원이로군요, 카듀 양.

세실리   마음에 드신다니 기쁘네요, 페어팩스 양.

그웬덜린   시골에 꽃이 있는 줄은 몰랐어요.

세실리   아, 여기에는 꽃이 지천이에요, 페어팩스 양, 런던에는 사람들이 지천이듯이 말이에요.

그웬덜린   개인적으로는 어떻게 사람이 시골에서 사는지 이해할 수가 없어요. 사람이라 할 만한 사람이 살고 있다면 말이에요. 나는 시골에서는 늘 지루해 죽을 지경이거든요.

세실리   아! 그게 바로 신문에서 농촌 우울*이라고 부르는 거로군요, 그렇죠? 귀족들이 바로 지금 그것 때문에 큰 고통을 겪고 있는 것 같더군요. 귀족들 사이에서는 거의 전염병과 비슷하다고 들었어요. 차 좀 드시겠어요, 페어팩스 양?

그웬덜린   (잔뜩 예의를 차려) 고마워요. (방백) 혐오스러운 것! 하지만 차는 마시고 싶군!

세실리   (다정하게) 설탕은요?

그웬덜린   (거만하게) 고맙지만 됐어요. 상류사회에서는 이제 설탕을 즐기지 않죠. (세실리는 화가 나서 그웬덜린을 바라보며, 집게를 들어 설탕 네 덩어리를 컵에 넣는다.)

세실리   (엄한 표정으로) 케이크를 드시겠어요, 아니면 버터 바른 빵을 드시겠어요?

그웬덜린   (따분하다는 듯한 표정으로) 버터 바른 빵을 주세요.

---

* agricultural depression. 원래는 농업 불황이라는 뜻.

요즘 상류층 가정에서는 케이크 구경하기가 힘들죠.

세실리　(케이크를 큼지막하게 한 조각 잘라 쟁반에 놓는다.) 이걸
　　　　페어팩스 양에게 드리세요.

(메리먼은 세실리가 시키는 대로 하고 하인과 함께 나간다. 그웬덜린
은 차를 마시고 얼굴을 찌푸린다. 그녀는 컵을 바로 내려놓고 버터
바른 빵으로 손을 뻗는다. 그러나 손에 쥔 것이 케이크라는 것을 알
자 화가 나서 자리에서 일어선다.)

그웬덜린　내 차에 설탕을 잔뜩 넣었군요. 그리고 분명히 버터
　　　　바른 빵을 달라고 한 것 같은데 케이크를 주었고요. 나는
　　　　기질이 온화하고 천성이 아주 착한 사람으로 알려져 있지
　　　　만, 경고하는데, 카듀 양, 이건 좀 지나친 것 같군요.

세실리　(일어서며) 가엾고 순진하고 사람을 잘 믿는 내 남자를
　　　　다른 여자의 간계로부터 구하려면 무슨 일이라도 해야죠.

그웬덜린　처음 볼 때부터 믿음이 가지 않았어요. 허위와 기만
　　　　에 찬 사람이군요. 나는 이런 문제에서는 절대 속지 않아
　　　　요. 사람들을 보고 내가 느끼는 첫인상은 틀리는 법이 없
　　　　어요.

세실리　내가 귀중한 시간을 빼앗고 있는 것 같군요. 틀림없이
　　　　페어팩스 양은 이 동네에 이와 비슷한 볼일로 찾아갈 집
　　　　이 많을 텐데 말이에요.

(잭이 들어온다.)

그웬덜린   (잭을 보고) 어니스트! 나의 어니스트!

잭   그웬덜린! 내 사랑! (그녀에게 입을 맞추려 한다.)

그웬덜린   (뒤로 물러나며) 잠깐! 이 젊은 아가씨와 결혼하기로 약속했는지 묻고 싶어요. (세실리를 가리킨다.)

잭   (웃음을 터뜨리며) 작고 어여쁜 세실리하고! 물론 아니죠! 그 예쁘고 귀여운 머리로 어쩌다 그런 생각을 하게 되었을까?

그웬덜린   고마워요. 이제 해도 돼요! (뺨을 내민다.)

세실리   (아주 상냥하게) 틀림없이 무슨 오해가 있을 줄 알았어요, 페어팩스 양. 지금 페어팩스 양의 허리를 안고 있는 분이 저의 후견인 존 워딩 씨예요.

그웬덜린   뭐라고요?

세실리   이 분이 잭 숙부라고요.

그웬덜린   (뒤로 물러나며) 잭이라고! 어머!

(앨저넌이 들어온다.)

세실리   어니스트가 오네요.

앨저넌   (다른 사람은 보지 못하고 곧장 세실리에게 다가가며) 내 사랑! (그녀에게 입 맞추려 한다.)

세실리   (뒤로 물러나며) 잠깐만요, 어니스트! 물어볼 게 있어요. 이 젊은 아가씨와 결혼을 하기로 약속했나요?

앨저넌   (주위를 둘러보며) 어떤 젊은 아가씨하고? 이런! 그웬덜린!

세실리　그래요! 이런 그웬덜린이죠. 그러니까 내 말은 그웬덜
　　　린하고 약혼을 했느냐는 거예요.

앨저넌　(웃음을 터뜨리며) 물론 아니지! 그 예쁘고 귀여운 머리
　　　로 어쩌다 그런 생각을 하게 되었을까?

세실리　고마워요. (입을 맞추라고 뺨을 내민다.) 이제 해도 돼요.
　　　(앨저넌이 그녀에게 입을 맞춘다.)

그웬덜린　약간 착오가 있었던 것 같군요, 카듀 양. 지금 카듀
　　　양을 포옹하고 있는 분은 내 사촌 앨저넌 몽크리프 씨
　　　예요.

세실리　(앨저넌으로부터 떨어지며) 앨저넌 몽크리프라고! 어머!

(두 처녀는 서로에게 다가가 마치 보호를 받으려는 듯 서로의 허리를
끌어안는다.)

세실리　이름이 앨저넌이란 말인가요?

앨저넌　부인하지 않겠어요.

세실리　어머!

그웬덜린　당신 이름이 정말 존이에요?

잭　(일어서며 약간 자랑스러워하는 태도로) 내가 원한다면 부인
　　　할 수 있습니다. 내가 원한다면 무엇이라도 부정할 수 있
　　　지요. 하지만 내 이름은 분명히 존입니다. 오랫동안 존이
　　　었습니다.

세실리　(그웬덜린에게) 우리 둘 다 엄청난 기만을 당했군요.

그웬덜린　세실리, 가엾게도 상처를 받다니!

세실리　그웬덜린, 착한 분이 이런 모욕을 당하다니!

그웬덜린　(천천히, 진지하게) 나를 언니라고 부르겠어요?

(세실리와 그웬덜린이 포옹한다. 잭과 앨저넌은 신음을 토하며 어쩔 줄 몰라 한다.)

세실리　(약간 밝은 목소리로) 제 후견인한테 딱 한 가지만 묻고 싶어요.

그웬덜린　아주 멋진 생각이에요! 워딩 씨, 당신한테 딱 한 가지만 묻고 싶군요. 당신 동생 어니스트는 어디 있죠? 우리 둘 다 당신 동생 어니스트와 약혼을 했으니, 당신 동생 어니스트가 현재 어디에 있는지 아는 것이 우리에게 상당히 중요한 일이 되었네요.

잭　(천천히, 머뭇거리며) 그웬덜린, 세실리, 진실을 말할 수밖에 없어 매우 고통스럽군요. 이렇게 고통스러운 자리에 놓인 것은 평생 처음입니다. 나는 정말이지 이런 일에는 경험이 없습니다. 하지만 아주 솔직하게 말씀을 드리면 나한테는 어니스트라는 동생이 없습니다. 나한테는 형제가 없습니다. 평생 형제가 없었습니다. 그리고 물론 앞으로도 형제를 둘 생각이 조금도 없습니다.

세실리　(놀라서) 형제가 아예 없다고요?

잭　(명랑하게) 없어!

그웬덜린　(엄하게) 지금까지 형제가 없었다고요?

잭　(유쾌하게) 없습니다. 어떤 형제도 없습니다.

그웬덜린　안됐지만, 세실리, 우리 둘 다 아무하고도 약혼을 하지 않은 것이 아주 분명해졌어.

세실리 젊은 처녀로서 갑자기 이런 처지에 놓이게 되니 별로 유쾌하지가 않네요. 안 그래요?

그웬덜린 집 안으로 들어가자고. 저 사람들이 감히 그곳까지 우리를 쫓아오지는 못할 테니까.

세실리 맞아요, 남자들은 아주 겁이 많아요, 안 그래요?

(세실리와 그웬덜린은 경멸스러운 표정을 지으며 집 안으로 들어간다.)

잭 이 끔찍한 상황이 자네가 번버리 짓이라고 부르는 것이겠지?

앨저넌 그래, 그것도 아주 훌륭한 번버리 짓이지. 내 평생 가장 훌륭한 번버리야.

잭 자네는 여기서 번버리를 할 아무런 권리가 없네.

앨저넌 그건 말도 안 돼. 사람은 어디에서든 원하는 곳에서 번버리를 할 권리가 있네. 진지하게 번버리를 하는 사람들은 모두 그것을 알고 있네.

잭 진지하게 번버리를 하는 사람! 맙소사!

앨저넌 인생에서 즐거움을 누리고 싶으면 뭔가에는 진지해야 하지. 나에게는 그 뭔가가 번버리 활동이야. 자네는 도대체 무엇에 진지한지 모르겠는걸. 모든 것에 진지하리라 짐작이 되긴 하네만. 자네는 아주 경박한 성격의 소유자이니 말일세.

잭 흠, 이 비참한 일 전체에서 작으나마 만족스러운 것이 하나 있다면, 그것은 자네의 친구 번버리가 완전히 박살 나버렸다는 것뿐일세. 이제는 전처럼 뻔질나게 시골로 달려 내려가지 못하겠지, 앨지. 아주 잘된 일이야.

앨저넌   자네 동생은 건강이 좋지 않지, 안 그런가, 잭? 자네는 이제 전처럼 자주 런던으로 사라질 수 없겠군. 자네의 나쁜 습관이 사라지게 되었으니, 그것도 나쁜 일은 아니지.

잭   카듀 양에 대한 자네 행동에 대해서는 그처럼 착하고, 순박하고, 순수한 아이를 속이는 것은 정말 용서할 수 없는 일이라고 말할 수밖에 없네. 그 아이가 내 피후견인이라는 사실을 생각하지 않는다 해도 말이야.

앨저넌   자네가 페어팩스 양처럼 총명하고, 영리하고, 아주 노련한 젊은 숙녀를 속인 것에 대해서는 어떤 변명도 불가능할 것 같군. 그 숙녀가 내 사촌이라는 사실을 생각하지 않는다 해도 말이야.

잭   나는 그웬덜린과 약혼하고 싶었네, 그뿐이야. 나는 그웬덜린을 사랑해.

앨저넌   글쎄, 나도 세실리와 약혼하고 싶었던 것뿐이야. 나는 세실리를 사모하네.

잭   물론 자네가 카듀 양과 결혼할 가능성은 전혀 없네.

앨저넌   잭, 나는 자네와 페어팩스 양이 결합할 가능성이 많다고 생각하지 않네.

잭   글쎄, 그건 자네가 상관할 일이 아니지.

앨저넌   만일 그게 내가 상관할 일이라면, 나는 아무 말도 안 할 걸세. (머핀을 먹기 시작한다.) 자기 일에 대해 말하는 것은 아주 천한 일이니까. 그런 짓을 하는 사람은 주식 중개인 같은 자들뿐이지. 그것도 저녁 식사 파티 같은 데서만 말이야.

잭   우리가 이런 끔찍한 곤경에 처해 있는데 어떻게 거기 앉
       아 차분하게 머핀을 먹고 있는지 이해가 안 되는군. 자네
       는 정말 냉혹한 사람 같아.

앨저넌   글쎄, 나는 흥분해서는 머핀을 먹지 못하거든. 그러다
       보면 버터가 내 소매에 묻을 것 아니겠나. 머핀을 먹을 때
       는 언제나 아주 차분해야 하네. 그것이 머핀을 먹는 유일
       한 방법이야.

잭   내 말은, 상황을 고려할 때, 머핀을 먹는다는 것 자체가
       아주 냉혹한 행동이라는 걸세.

앨저넌   곤경에 처했을 때는 먹는 것이 나의 유일한 위안이네.
       나를 아주 잘 아는 사람이라면 누구나 증언하겠지만 나
       는 정말 큰 곤경에 처했을 때는 먹을 것과 마실 것 외에
       는 모든 것을 거부한다네. 지금 내가 머핀을 먹는 것은
       내가 불행하다고 생각하기 때문이지. 게다가 나는 머핀을
       아주 좋아하거든. (일어선다.)

잭   (일어서며) 글쎄, 그래도 그렇게 탐욕스럽게 머핀을 죄다 먹
       어 치울 이유는 전혀 없지. (앨저넌에게서 머핀을 빼앗는다.)

앨저넌   (과자를 권하며) 자네가 머핀 대신 이 과자를 먹으면 좋
       겠는데. 나는 이건 좋아하지 않거든.

잭   맙소사! 나는 내 정원에서 내 머핀을 먹는 것은 아무 문
       제도 안 될 줄 알았는데.

앨저넌   하지만 방금 자네 입으로 머핀을 먹는 것은 아주 냉혹
       한 행동이라고 말하지 않았나.

잭   상황을 고려할 때 자네가 아주 냉혹하다고 말했지. 그건
       아주 다른 얘기네.

앨저넌   그럴 수도 있지. 하지만 머핀은 같은 머핀이네. (잭에게서 머핀이 든 접시를 빼앗는다.)

잭   앨지, 정말이지 자네가 가 주었으면 좋겠네.

앨저넌   저녁도 안 먹이고 가라고 할 수는 없는 일이지. 말도 안 되는 행동이야. 저녁을 주지 않으면 가지 않겠네. 채식주의자 같은 사람들 빼고는 절대 그런 짓을 하지 않지. 게다가 나는 6시 십오 분 전에 어니스트라는 이름으로 세례를 받기로 조금 전에 채저블 박사님과 약속을 했던 말일세.

잭   이보게, 그런 터무니없는 짓은 빨리 중단할수록 좋다네. 나는 5시 30분에 세례를 받기로 채저블 박사님과 오늘 아침에 약속을 해 놓았네. 물론 나는 어니스트라는 이름을 택할 거야. 그웬덜린이 그걸 원하거든. 우리 둘 다 어니스트라는 이름으로 세례를 받을 수는 없네. 말도 안 돼. 게다가 나는 내가 원한다면 세례를 받을 만한 완벽한 권리가 있네. 나는 누구한테서도 세례를 받았다는 증거가 없거든. 전에 세례를 받지 않았을 가능성이 아주 높네. 채저블 박사님도 그렇게 생각하시지. 자네와는 완전히 다른 경우야. 자네는 이미 세례를 받았잖아.

앨저넌   그래, 하지만 세례를 받은 지가 꽤 오래되어서 말이야.

잭   그래, 하지만 어쨌든 세례는 받았잖아. 그게 중요한 거지.

앨저넌   과연 그렇군. 내가 세례를 견딜 수 있는 체질이라는 것을 알게 되었으니까. 자네가 세례를 받았는지 아닌지 확실히 알지 못한다면 지금 와서 세례를 받으려 하는 것은 약간 위험한 일일 수도 있다는 이야기를 하지 않을 수 없군. 자네 건강이 심하게 상할 수도 있으니까 말이야. 자네와 아주 가까운 사람이 이번 주에 파리에서 심한 오한으로 숨을 거둘 뻔했다는 사실을 잊지는 않았을 것 아닌가.

잭　그래, 하지만 자네 입으로 말했듯이 심한 오한은 유전이 아니라네.

앨저넌　전에는 아니었네, 알아. 하지만 아마 지금은 그럴걸. 과학은 늘 모든 것을 놀랍게 개선하니까 말이야.

잭　(머핀 접시를 집어 들며) 아, 그건 말도 안 돼. 자네는 늘 말도 안 되는 이야기만 하는군.

앨저넌　잭, 또 머핀을 먹으려 하는군! 안 그랬으면 좋겠어. 두 개밖에 안 남았잖아. (머핀을 집어 든다.) 나는 머핀을 특히 좋아한다고 말했잖나.

잭　하지만 난 저 과자를 싫어하는데.

앨저넌　도대체 왜 손님들한테 저 과자를 내놓아도 좋다고 한 건가? 도대체 자네는 손님 접대가 뭐라고 생각하는 거야!

잭　앨저넌! 이미 가라고 했을 텐데. 자네가 여기 있는 걸 원치 않아. 어서 가게!

앨저넌　아직 차도 다 안 마셨어! 머핀도 하나 남았고. (잭이 신음을 내뱉으며 의자에 주저앉는다. 앨저넌이 계속 먹는다.)

(막)

3막

(장면) 장원 저택의 가족용 거실.

(그웬덜린과 세실리가 창가에 앉아 정원을 내다보고 있다.)

그웬덜린   저 사람들이 즉시 우리를 따라 집 안으로 들어오지
      않았다는 사실, 다른 사람들 같으면 그랬을 텐데 말이야,
      이 사실을 보면 저 사람들한테 그래도 부끄러움이 어느
      정도 남아 있는 것 같아.

세실리   저 사람들은 머핀을 먹고 있어요. 그건 회개하는 행동
      으로 보여요.

그웬덜린   (침묵) 저 사람들은 우리 쪽을 전혀 보지 않네. 기침
      소리 낼 수 없어?

세실리   하지만 감기에 안 걸렸는데요.

그웬덜린   우리를 보고 있군. 뻔뻔한 사람들 같으니라고!

세실리 이쪽으로 다가오고 있어요. 정말 주제넘은 사람들이로 군요.

그웬덜린 기품 있는 침묵을 유지하자고.

세실리 물론이죠. 지금으로서는 그것만이 우리가 할 수 있는 일이죠.

(잭이 앞장서고 앨저넌이 그 뒤를 따라 들어온다. 그들은 영국 오페라에 나오는 듣기 싫은 인기곡을 휘파람으로 불고 있다.)

그웬덜린 이 기품 있는 침묵이 불쾌한 결과를 가져오는 것 같아.

세실리 아주 혐오스러운 결과네요.

그웬덜린 하지만 우리가 먼저 말을 해서는 안 돼.

세실리 물론이죠.

그웬덜린 워딩 씨, 특별히 물어볼 게 있어요. 당신 답변에 따라 많은 것이 달라져요.

세실리 그웬덜린, 언니의 사리 분별력은 정말 대단해요. 몽크리프 씨, 다음 질문에 친절하게 답해 주세요. 왜 제 후견인의 동생인 척하셨죠?

앨저넌 그렇게 하면 혹시 세실리를 만날 기회가 생길까 해서죠.

세실리 (그웬덜린에게) 저 정도면 만족스러운 설명 같은데요, 안 그래요?

그웬덜린 그러네, 저 말을 믿을 수만 있다면 말이야.

세실리 믿지는 않아요. 하지만 그렇다고 해서 그 대답의 놀라운 아름다움이 변하는 건 아니죠.

그웬덜린 맞아. 중대한 문제에서는 진지함보다는 형식이 중요하거든. 워딩 씨, 동생이 있는 척한 이유를 어떻게 설명하실 건가요? 혹시 런던에서 나를 가능한 자주 볼 기회를 얻기 위해 그러신 건가요?

잭　그것을 의심할 수 있겠습니까, 페어팩스 양?

그웬덜린　이 문제에 관하여 나는 아주 깊은 의심을 품고 있어요. 하지만 그런 의심은 이제 부수어 버리겠어요. 지금은 독일의 회의주의가 들어설 때가 아니거든요. (세실리를 향해 움직인다.) 이 사람들 설명은 아주 만족스러운 것 같아. 특히 워딩 씨의 설명이 말이야. 내가 보기에는 설명에 진실의 낙인이 찍혀 있는 것 같은데.

세실리　저는 몽크리프 씨가 한 말이 더 만족스러운데요. 저분은 목소리만으로도 절대적 신뢰를 느끼게 해요.

그웬덜린　그러니까 우리가 저 사람들을 용서해야 한다는 생각이로군?

세실리　네. 아, 아니에요.

그웬덜린　맞아! 깜빡 잊었어. 사람에게는 양보할 수 없는 중요한 원칙이 있는 법이지. 우리 가운데 누가 그 이야기를 할까? 유쾌한 일은 아닌데 말이야.

세실리　둘이 동시에 하면 안 될까요?

그웬덜린　아주 좋은 생각이야! 나는 거의 언제나 다른 사람들과 똑같이 말을 시작하곤 하지. 세실리가 내 박자에 맞추어 줄래?

세실리　물론이죠. (그웬덜린이 손가락을 들어 올리고 박자를 센다.)

그웬덜린과 세실리　(함께 말한다.) 세례명은 여전히 넘을 수 없는 장벽이에요. 그것뿐이에요!

잭과 앨저넌　(함께 말한다.) 세례명! 그것뿐이라고? 우리는 오늘
　　　오후에 세례를 받을 텐데.

그웬덜린　(잭에게) 나를 위하여 그 무서운 일을 할 각오가 되
　　　어 있나요?

잭　되어 있습니다.

세실리　(앨저넌에게) 저를 기쁘게 하기 위해 그 무시무시한 시
　　　련과 맞설 준비가 되어 있나요?

앨저넌　되어 있소!

그웬덜린　성(性)의 평등이니 하는 말은 얼마나 터무니없는지
　　　몰라! 자기희생의 문제에 관한 한, 남자들이 우리보다 훨
　　　씬 앞서 있는데.

잭　그렇고말고! (앨저넌과 악수를 한다.)

세실리　남자들은 어느 순간에 우리 여자들에게는 불가능한
　　　물리적 용기를 내곤 해요.

그웬덜린　(잭에게) 내 사랑!

앨저넌　(세실리에게) 내 사랑! (서로의 품에 안긴다.)

(메리먼이 들어온다. 들어오다가 상황을 보고 기침을 크게 한다.)

메리먼　에헴! 에헴! 브랙널 부인께서 오셨습니다.

잭　맙소사!

(브랙널 부인이 들어온다. 두 쌍은 깜짝 놀라 몸을 뗀다. 메리먼이 나
간다.)

브랙널 부인 그웬덜린! 이게 무슨 의미지?

그웬덜린 제가 워딩 씨와 결혼하기로 약속했다는 의미일 뿐이에요, 엄마.

브랙널 부인 이리 와. 여기 앉아라. 당장 앉아. 망설임이란 종류에 관계없이 젊은이에게는 정신적 쇠퇴의 표시이고 늙은이에게는 신체적 허약의 표시란다. (잭을 돌아보며) 내 딸이 갑자기 달아났다는 이야기를, 신뢰할 만한 하녀에게서 들었네. 작은 동전 하나로 그 하녀가 속을 털어놓게 했지. 하여튼 그 이야기를 듣고 바로 화물열차로 쫓아왔네. 이 아이의 가엾은 아버지는, 이렇게 말할 수 있어서 다행이지만, 이 아이가 대학 공개 강의 가운데 고정 수입이 사고에 미치는 영향에 관한 평소보다 긴 강의를 듣고 있다고 생각하고 계시네. 아이 아버지에게 진실을 얘기하자고 하는 이야기는 아닐세. 사실 나는 어떤 질문을 하든 진실을 이야기한 적이 없지. 진실을 얘기한다는 것은 그릇된 행동이라고 생각하네. 하지만 물론, 잘 알고 있으리라 믿지만, 자네와 내 딸 사이의 모든 교제는 이 순간부터 당장 중단되어야 하네. 다른 모든 점에 대해서도 그렇듯이 이 점에 대한 내 생각은 확고해.

잭 저는 그웬덜린과 결혼하기로 약속했습니다, 브랙널 부인!

브랙널 부인 댁은 결코 그런 사람이 될 수 없어요, 워딩 씨. 그리고 이제 앨저넌 이야기인데……. 앨저넌!

앨저넌 네, 오거스터 이모.

브랙널 부인 네 환자 친구 번버리 씨가 사는 곳이 이 집이냐고 물어봐도 되겠니?

앨저넌 (더듬거리며) 아! 아니에요! 번버리는 이곳에 살지 않습니다. 번버리는 지금 다른 데 있어요. 사실 번버리는 죽었죠.

브랙널 부인 죽어! 번버리 씨가 언제 죽었니? 아주 갑작스럽게 죽은 모양이로구나.

앨저넌 (점잔 빼며) 아! 제가 오늘 오후에 번버리를 죽였습니다. 아, 번버리가 오늘 오후에 죽었단 뜻이에요.

브랙널 부인 어쩌다 죽었는데?

앨저넌 번버리요? 아, 박살 났어요.

브랙널 부인 박살 나! 그 사람이 무도한 혁명 행위에 희생되었다는 것이냐? 나는 번버리 씨가 사회 입법에 관심이 있는 줄은 몰랐구나. 만일 그랬다면 그 병적인 관심에 대해 제대로 벌을 받은 거지.

앨저넌 오거스터 이모, 제 말은 그의 진상이 밝혀졌다는 거예요! 의사들이 번버리가 살 수 없다는 것을 밝혀냈다는 거죠. 제 말은 그런 뜻입니다. 그래서 번버리가 죽었죠.

브랙널 부인 그 사람은 의사들의 의견에 대단한 믿음을 가지고 있었던 모양이구나. 하지만 그 사람이 마지막 순간에 단호하게 행동하기로 결심하고 적절한 의학적 충고에 따라 행동했다니 기쁘구나. 자, 이 번버리 씨라는 사람은 마침내 처리했으니, 워딩 씨, 내 조카 앨저넌이 지금 손을 잡고 있는 젊은 아가씨가 누구인지 물어봐도 되겠는가? 내가 보기에는 아주 불필요한 방식으로 손을 잡고 있는 것 같은데.

잭 저 숙녀는 세실리 카듀 양이고, 제 피후견인입니다. (브랙널 부인이 세실리에게 차갑게 고개를 숙인다.)

앨저넌   저는 세실리와 약혼했습니다, 오거스터 이모.

브랙널 부인   뭐라고?

세실리   몽크리프 씨와 제가 약혼을 했다고요, 브랙널 부인.

브랙널 부인   (몸을 부르르 떨더니 소파로 가서 앉는다.) 허트포드셔 지역의 공기에 특별히 사람을 흥분시키는 뭔가가 있는지 모르겠지만, 이곳에서 진행되는 약혼의 횟수는 우리가 지표로 삼을 수 있는 통계상의 적절한 평균치를 꽤 상회하는 듯이 보이는군. 만약을 대비해 내가 몇 가지 물어본다 해도 어울리지 않는 일은 아니겠군. 워딩 씨, 카듀 양은 런던의 커다란 철도역에 있는 어떤 곳과 무슨 관련이 있지요? 나는 단지 알고 싶을 뿐이에요. 어제까지만 해도 나는 기차역 출신의 집안이나 사람이 있다는 사실은 까맣게 몰랐거든. (잭은 화가 난 표정이지만 애써 참는다.)

잭   (분명하고 차가운 목소리로) 카듀 양은 사우스웨일스 벨그레이브 스퀘어 149번지와 서리 도킹 저베이스파크와 노스브리튼 파이프셔 스포런의 고 토머스 카듀 씨의 손녀입니다.

브랙널 부인   그만하면 불만족스럽지는 않군. 주소가 세 개면 늘 신뢰감을 주니까. 소매상인이라 하더라도 말이야. 하지만 그 주소들이 진짜라는 증거가 어디 있지?

잭   그 시기의 신사록을 세심하게 보존해 두었습니다. 언제든지 보실 수 있습니다, 브랙널 부인.

브랙널 부인   (엄한 표정으로) 그 출판물에는 묘한 오류들이 있는 것으로 알고 있는데.

잭 카듀 양 집안의 사무 변호 회사는 마크비앤드마크비앤드마크비입니다.

브랙널 부인 마크비앤드마크비앤드마크비라고? 그 업계에서는 최고 자리를 차지한 회사인데. 사실 그 마크비 씨들 가운데 한 사람이 가끔 저녁 식사 파티에서 눈에 띈다는 이야기를 들었어요. 거기까지는 만족스럽군.

잭 (아주 화가 나서) 정말 너무도 친절하시군요, 브랙널 부인! 이 말을 들으면 기쁘실 겁니다. 저는 카듀 양의 출생, 세례, 백일해, 호적 등록, 예방 접종, 견진성사, 독일 변종과 영국 변종의 홍역 등등에 대한 모든 증명서를 다 가지고 있습니다.

브랙널 부인 아! 다사다난한 삶이었군. 알겠어요. 젊은 처녀에게는 지나치게 자극적이라는 느낌도 약간 들기는 하지만. 나는 때 이른 경험은 찬성하지 않는 쪽이에요. (일어서서 손목시계를 본다.) 그웬덜린! 우리가 떠날 시간이 다가오는구나. 잠시도 지체할 수 없어. 형식적인 문제지만, 워딩 씨, 카듀 양에게 적으나마 재산이 있는지 물어보는 게 좋을 것 같네.

잭 아! 공채로 십삼만 파운드 정도 있습니다. 그게 다지요. 그럼 안녕히 가십시오, 브랙널 부인. 뵙게 되어서 무척 반가웠습니다.

브랙널 부인 (다시 자리에 앉으며) 잠깐만, 워딩 씨. 십삼만 파운드라고! 그것도 공채로! 가만 보니 카듀 양이 아주 매력적인 아가씨로군. 요즘에는 정말 견고한 자질을 갖춘 아가씨가 드물지. 늘 그대로이고, 또 시간이 갈수록 나아지는 특질들 말이야. 안타깝지만 우리는 겉치레의 시대에 살고 있어요. (세실리에게) 이리 와 보거라. (세실리가 그쪽으로 간다.) 예쁜 아이로구나! 아쉽게도 옷은 소박하고, 머리는 거의 손대지 않은 상태 그대로지만. 그러나 이런 것은 전부 금세 바꿀 수 있어. 철저하게 경험을 쌓은 프랑스 하녀라면 아주 짧은 시간 안에 정말 놀라운 결과를 만들어 내지. 젊은 랜싱 부인에게 그런 하녀를 한 사람 소개해 준 일이 기억나는구나. 석 달이 지나자 남편도 못 알아보더라니까.

잭   여섯 달 뒤에는 아무도 못 알아보았겠군요.

브랙널 부인   (잠시 잭을 노려본다. 이윽고 숙련된 웃음을 지으며 세실리를 돌아본다.) 한 바퀴 돌아보겠니, 착한 아이야. (세실리는 완전히 한 바퀴 돈다.) 아니, 내가 보고 싶은 것은 옆모습이야. (세실리가 옆모습을 보여 준다.) 그래, 내가 예상한 대로구나. 네 옆모습에는 사교의 가능성이 분명히 보이는구나. 우리 시대의 두 가지 약점은 원칙의 부재와 옆모습의 부재야. 턱을 약간 높이 들어 봐라. 맵시는 대체로 턱을 어떻게 드느냐에 달려 있지. 요새는 턱을 아주 높게 든단다. 앨저넌!

앨저넌   네, 오거스터 이모!

브랙널 부인   카듀 양의 옆모습에는 사교의 가능성이 분명히 보이는구나.

앨저넌   세실리는 이 세상에서 가장 착하고 사랑스럽고 예쁜 아가씨예요. 저는 사교의 가능성에는 전혀 관심이 없어요.

브랙널 부인   사교에 대하여 절대 무례하게 말하지 마라, 앨저넌. 오직 사교계에 들어갈 수 없는 사람들이나 하는 말이다. (세실리에게) 얘야, 물론 너도 앨저넌이 빚 외에는 아무것도 기댈 것이 없다는 사실을 알고 있겠지. 하지만 나는 돈을 바라고 하는 결혼은 찬성하지 않아요. 나도 브랙널 경과 결혼할 때는 재산이 하나도 없었어. 하지만 나는 잠시도 그것이 장애가 될 것이라고 생각한 적이 없어. 음, 내가 결혼에 동의를 해야 할 것 같구나.

앨저넌 고맙습니다, 오거스터 이모.

브랙널 부인 세실리, 나한테 입 맞추어도 좋아요!

세실리 (브랙널 부인에게 입을 맞춘다.) 고맙습니다, 브랙널 부인.

브랙널 부인 앞으로는 나를 오거스터 이모라고 불러도 좋아요.

세실리 고맙습니다, 오거스터 이모.

브랙널 부인 결혼은 아주 빨리 하는 게 좋을 것 같군.

앨저넌 고맙습니다, 오거스터 이모.

세실리 고맙습니다, 오거스터 이모.

브랙널 부인 솔직히 말해서, 나는 약혼 기간이 긴 것에는 찬성하지 않아. 그렇게 되면 결혼 전에 서로의 성격을 알 기회가 생기는데, 내 생각에 그것은 결코 권할 만한 일이 아니거든.

잭 말을 끊어서 죄송하지만, 브랙널 부인, 이 약혼은 절대 불가능합니다. 저는 카듀 양의 후견인이며, 카듀 양은 성년이 되기 전에는 제 동의 없이 결혼할 수 없습니다. 그런데 저는 이 결혼에 절대 동의하지 않을 것입니다.

브랙널 부인 무슨 근거인지 물어봐도 되겠는가? 앨저넌은 매우, 거의 과시를 해도 좋을 정도로 훌륭한 자격을 갖춘 젊은 청년일세. 앨저넌은 아무것도 없지만, 마치 꼭 모든 것을 가진 것처럼 보이지. 그 이상 무엇을 바랄 수 있겠는가?

잭 　조카 되는 분에 관하여 솔직히 말하려니 아주 고통스럽습니다만, 브랙널 부인, 사실 저는 그의 도덕적 인격을 전혀 인정할 수가 없습니다. 저는 그가 진실하지 않다고 생각합니다. (앨저넌과 세실리는 놀라고 분한 표정으로 잭을 본다.)

브랙널 부인 　진실하지 않다고! 내 조카 앨저넌이? 말도 안 돼! 저 아이는 옥스퍼드 대학 출신일세.

잭 　안타깝게도 제가 말씀드린 점에는 전혀 의심의 여지가 없습니다. 오늘 오후에 제가 중요한 로맨스 문제로 잠시 런던에 가고 없을 때, 그는 거짓으로 제 동생인 척하면서 제 집에 들어왔습니다. 방금 집사한테 들은 바에 의하면, 그는 가짜 이름을 대고 들어와 페리에주에를, 브뤼트 89년산 일 파인트들이 병을 완전히 비웠습니다. 그 포도주는 제가 혼자 먹으려고 특별히 아껴 둔 것이었습니다. 그는 수치스러운 기만행위를 계속하여 오후에는 제 유일한 피후견인의 애정을 딴 데로 돌리는 데 성공했습니다. 게다가 차 마시는 시간까지 계속 머무르며 머핀을 하나도 남김 없이 먹어 치웠습니다. 처음부터 저에게는 형제가 없다는 것, 형제가 있던 적이 절대로 없다는 것, 제가 어떤 종류의 형제든 둘 생각이 없다는 것을 그가 잘 알고 있었기 때문에 그의 행동은 더욱 더 냉혹해 보입니다. 저는 어제 오후에 동생 문제에 관해 그에게 분명하게 이야기했습니다.

브랙널 부인 에헴! 워딩 씨, 신중하게 생각해 봤는데 나는 내 조카가 한 행동을 완전히 눈감아 주기로 했네.

잭 아주 관대하시군요, 브랙널 부인. 그러나 제 결정은 바꿀 수 없습니다. 저는 동의하지 않겠습니다.

브랙널 부인 (세실리에게) 이리 오너라, 착한 아이야. (세실리가 다가간다.) 네 나이가 몇이지?

세실리 음, 저는 사실 열여덟 살밖에 안 되었어요. 하지만 저 녁 파티에 나갈 때는 늘 스무 살이라고 하죠.

브랙널 부인 그렇게 약간씩 바꾸어 주는 것은 아주 잘 하는 일이지. 사실 여자란 모름지기 자신의 나이를 절대 정확하게 말해서는 안 돼. 그러면 너무 계산적으로 보이거든……. (생각에 잠긴 표정으로) 열여덟 살이지만, 저녁 파티에서는 스무 살이라고 말한다. 그럼 성년이 되어서 후견인의 제약으로부터 자유로워질 때까지 얼마 남지 않았군. 따라서 네 후견인의 동의는 사실 전혀 중요한 문제가 아니야.

잭 다시 말씀을 끊어서 죄송합니다만, 브랙널 부인, 카듀 양 할아버지의 유언장 조항에 따르면 카듀 양은 서른다섯 살이 되어야 법적으로 성년이 된다는 사실을 이 자리에서 말씀드리는 것이 온당할 것 같군요.

브랙널 부인 내가 보기에는 심각한 문제가 아니로군. 서른다섯 살은 아주 매력적인 나이예요. 런던 사교계는 출신이 고귀하면서도 자신의 자유로운 선택으로 오랫동안 서른다섯 살을 유지하는 여자들로 가득해요. 덤블턴 부인이 바로 그런 예지. 내가 알기로 덤블턴 부인은 마흔이 되었던 아주 오래전부터 계속 서른다섯 살이었어. 우리의 사랑스러운 세실리가 워딩 씨가 말한 나이가 되었을 때 현재보다 훨씬 더 매력이 넘치지 않을 것이라고 생각할 이유가 어디 있을까. 그때가 되면 재산도 더 많이 쌓였을 텐데 말이야.

세실리   앨지, 제가 서른다섯 살이 될 때까지 기다릴 수 있나요?

앨저넌   물론 기다릴 수 있지요, 세실리. 믿어도 됩니다.

세실리   네, 저도 그럴 거라고 자연스레 느꼈어요. 하지만 저는 그때까지 기다릴 수가 없어요. 누구라도 오 분 이상 기다리는 것은 싫어요. 기분이 찌무룩해지거든요. 물론 저 자신은 시간을 잘 지키지 못하지만, 다른 사람들이 시간을 지켜 주는 것은 좋아해요. 아무리 결혼이라고 해도, 기다리는 것은 저에게 절대 불가능한 일이에요.

앨저넌   그럼 어떻게 하면 좋겠소, 세실리?

세실리   모르겠어요, 몽크리프 씨.

브랙널 부인   친애하는 워딩 씨, 카듀 양이 서른다섯 살까지 기다릴 수 없다고 분명하게 말을 했으니, 이것은 약간 참을성 없는 성격을 드러내는 것이라고 말할 수밖에 없지만, 결정을 재고해 달라고 청해야겠군요.

잭   하지만 친애하는 브랙널 부인, 그 문제는 전적으로 부인의 손에 달렸습니다. 브랙널 부인께서 저와 그웬덜린의 결혼에 동의하시는 순간, 저 역시 조카 분이 제 피후견인과 결합하는 것을 기꺼이 허락하겠습니다.

브랙널 부인   (일어서서 허리를 펴며) 그 제안을 받아들이는 것은 불가능하다는 것을 분명히 알아 두게나.

잭   그러면 우리 모두 정열적인 독신 생활을 기대할 수밖에 없겠군요.

브랙널 부인   나는 그웬덜린에게 그런 운명을 제시하려는 게 아닐세. 물론 앨저넌이야 스스로 알아서 선택을 하겠지만. (시계를 꺼낸다.) 가자, 얘야. (그웬덜린이 일어선다.) 5시 기차는 이미 놓쳤구나. 6시 것은 탈 수 있을지 몰라도. 기차를 더 놓쳤다간 플랫폼에서 다른 사람들이 우리를 보고 수군거릴지도 모르겠다.

(채저블 박사가 들어온다.)

채저블   세례식을 위한 만반의 준비가 끝났습니다.

브랙널 부인   세례식이라니! 그건 좀 때 이른 것 아닌가요?

채저블   (약간 어리둥절한 표정으로 잭과 앨저넌을 가리키며) 이 두 분이 즉시 세례를 받고 싶다고 하셔서 말씀입니다.

브랙널 부인   저 나이에요? 괴상하고도 비신앙적인 발상이로군! 앨저넌, 너는 세례를 받지 마라. 그런 무도한 이야기는 차마 들을 수가 없구나. 네가 그런 식으로 시간과 돈을 낭비했다는 이야기를 들으면 브랙널 경이 매우 불쾌해하실 거다.

채저블   그러면 오늘 오후에는 세례식이 없는 것으로 알면 되겠습니까?

잭   현재 상황에서는 그것이 저희 둘에게 별 쓸모의 가치가 없을 것 같네요, 채저블 박사님.

채저블   워딩 씨의 입에서 그런 이야기가 나오다니 비통하군요. 재침례론자들의 이단적 관점의 냄새가 풍기는 것 같아서 말입니다. 그 관점은 제가 아직 강론하지 않은 네 편의 설교를 통해 철저하게 논박한 바 있습니다. 어쨌든 오늘따라 워딩 씨가 유난히 세속적인 것 같으니, 저는 즉시 교회로 돌아가겠습니다. 사실 방금 좌석 안내인으로부터 프리즘 양이 제의실에서 한 시간 반 동안 기다리고 있다는 이야기를 들었거든요.

브랙널 부인   (깜짝 놀라며) 프리즘 양! 방금 프리즘 양이라고 하셨나요?

채저블   네, 브랙널 부인. 지금 그분을 만나러 가는 길입니다.

브랙널 부인   잠깐만 지체해 주세요. 어쩌면 이 일이 브랙널 경하고 저한테 아주 중요할 수도 있어요. 그 프리즘 양이라는 사람이 혐오감을 주는 외모에, 교양과는 거리가 먼 여자인가요?

채저블   (약간 분개하여) 누구보다 교양이 풍부한 숙녀이고 품위의 표본과 같은 분입니다.

브랙널 부인   그럼 같은 사람인 것이 분명하군요. 그 여자가 댁에서 어떤 신분으로 있나요?

채저블   (엄한 표정으로) 저는 독신주의자입니다.

잭   (끼어든다.) 브랙널 부인, 프리즘 선생은 지난 삼 년간 카듀 양의 존경받는 가정교사이자 귀중한 벗이었습니다.

브랙널 부인   지금 이런 이야기들을 들었지만, 나는 당장 그분을 만나보아야 할 것 같군요. 이리 좀 불러 주세요.

채저블   (먼 쪽을 보며) 그러지 않아도 오고 있습니다. 거의 다

왔군요.

(프리즘 양이 서둘러 들어온다.)

프리즘 양 제의실로 오라고 하셨다는 이야기를 들었어요, 대성당 참사회 의원님. 그래서 그곳에서 한 시간 사십오 분을 기다렸죠.

(브랙널 부인을 본다. 브랙널 부인이 프리즘 양을 노려보고 있다. 얼굴이 창백해진 프리즘 양이 움찔한다. 도망가려는 듯이 불안한 표정으로 두리번거린다.)

브랙널 부인 (재판관 같은 엄한 목소리로) 프리즘! (프리즘 양은 부끄러운 듯 고개를 숙인다.) 이리로 와요, 프리즘! (그녀가 공손한 표정으로 다가온다.) 프리즘! 그 아기는 어디 있지? (모두 깜짝 놀란다. 신부는 겁에 질려 뒤로 물러선다. 앨저넌과 잭은 세실리와 그웬덜린이 끔찍한 사건의 내용을 자세히 듣지 못하게 하려는 듯 행동한다.) 이십팔 년 전, 프리즘, 당신은 남자아이가 탄 유모차를 밀고 어퍼그로스베너스퀘어 104번지에 있는 브랙널 경의 집을 나섰지. 그리고 당신은 돌아오지 않았어. 몇 주 뒤, 런던 경찰의 치밀한 조사 결과 한밤중에 베이스워터의 외딴 모퉁이에서 유모차만 발견되었지. 유모차에는 대단히 역겨운 감성으로 쓰인 세 권짜리 소설 원고가 들어 있었어. (프리즘 양은 자기도 모르게 분개한다.) 하지만 아기는 없었어. (모두 프리즘 양을 본

다.) 프리즘! 아기는 어디에 있지? (침묵)

프리즘 양   브랙널 부인, 부끄럽지만 저도 모른다고 말씀드릴 수밖에 없습니다. 정말이지 저도 그걸 알고 싶어요. 그 사건과 관련된 분명한 사실들은 이렇습니다. 브랙널 부인께서 말씀하신 그날 아침, 제 기억에 낙인처럼 찍혀 있는 그날 아침, 저는 평소와 마찬가지로 아기를 유모차에 태우고 나갈 준비를 했습니다. 저는 약간 낡았지만, 아주 큼지막한 가방도 가지고 갔지요. 제가 하루에 불과 몇 시간 쉬는 동안 써 놓은 소설 원고를 담아 둘 요량이었습니다. 하지만 정신이 약간 왔다 갔다 하는 사이에, 저 자신도 용서할 수 없는 일이지만, 원고를 유모차에 넣고 아기는 가방에 넣고 말았습니다.

잭   (주의 깊게 듣고 있다가) 그 가방을 어디다 두었습니까?

프리즘 양   묻지 말아 주세요, 워딩 씨.

잭   프리즘 양, 이것은 나한테 아주 중요한 일입니다. 아기가 든 가방을 어디에 두었는지 꼭 알아야겠습니다.

프리즘 양   런던의 커다란 기차역 수하물 임시 보관소에 맡겼습니다.

잭   어느 역이죠?

프리즘 양   (완전히 무너지면서) 빅토리아 역이에요. 브라이튼 노선이었어요. (의자에 주저앉는다.)

잭   잠깐 내 방에 갔다 와야겠습니다. 그웬덜린, 여기서 기다려 줘요.

그웬덜린   너무 오래 걸리지만 않는다면, 평생이라도 여기서 당신을 기다릴게요. (잭이 흥분해서 나간다.)

채저블 이 사건이 무슨 의미가 있는 것이죠, 브랙널 부인?

브랙널 부인 감히 어떤 추측도 하지 못하겠군요, 채저블 박사님. 지체 높은 집안에는 이상한 우연의 일치가 일어나지 말아야 한다는 것은 굳이 말씀드릴 필요도 없겠죠. 이번 일이 그런 것이라고 생각하지는 않아요.

(가방들을 여기저기 내던지는 것 같은 소리가 들린다. 모두 위를 올려다본다.)

세실리 잭 숙부가 이상하게 흥분하셨네요.

채저블 네 후견인은 아주 감정적인 분이란다.

브랙널 부인 아주 불쾌한 소리로구나. 저 사람이 무언가 주장할 것이 있는 것 같아. 나는 어떤 종류든 주장은 싫어하거든. 언제나 천박한 데다 가끔은 설득력까지 있어서 말이야.

그웬덜린 이 긴장은 끔찍해. 계속되었으면 좋겠어.

(잭이 손에 검은 가죽 가방을 들고 들어온다.)

잭 (프리즘 양에게 달려가며) 이게 그 가방인가요, 프리즘 양? 말하기 전에 잘 살펴보세요. 프리즘 양의 대답에 한 사람 이상의 행복이 달려 있습니다.

프리즘 양 (차분하게) 제 것인 것 같군요. 그래요, 젊고 행복했던 시절 가우어 가에서 마차가 뒤집히는 바람에 생긴 흠집이 여기 있네요. 여기 안감에 있는 자국은 음료수 병이

터지는 바람에 생긴 거예요. 리밍턴에서 일어난 사건이
죠. 그리고 여기 자물쇠에 제 이름 머리글자가 새겨 있네
요. 갑자기 낭비벽이 생겨 그것을 새겼는데, 그 사실을 까
맣게 잊고 있었어요. 이 가방은 분명히 제 거예요. 이렇게
예기치 않게 찾게 되다니 정말 기뻐요. 그동안 이 가방이
없어서 아주 불편했거든요.

잭 (애처로운 목소리로) 프리즘 양은 가방보다 많은 것을 찾으
신 겁니다. 제가 프리즘 양이 가방 안에 넣어둔 아기였습
니다.

프리즘 양 (놀라서) 워딩 씨가요?

잭 (프리즘 양을 포옹하며) 네……. 어머니!

프리즘 양 (놀라고 분개하여 뒤로 물러서며) 워딩 씨! 저는 미혼
이에요!

잭 미혼이라고요! 그 말이 저에게 심한 충격이라는 점은 부
인하지 않겠습니다. 하지만 사실 고난을 겪은 사람에게
돌을 던질 권리가 있겠습니까? 회개로 씻을 수 없는 어리
석은 행동이 어디 있겠습니까? 왜 남자에 대한 법과 여자
에 대한 법이 따로 존재해야 합니까? 어머니, 저는 당신을
용서합니다.

(잭이 다시 프리즘 양을 포옹하려 한다.)

프리즘 양 (더 분개하여) 워딩 씨, 뭔가 착오가 있어요. (브랙널
부인을 가리키며) 워딩 씨가 누구인지 말해 줄 수 있는 분
이 여기 계셔요.

잭   (침묵) 브랙널 부인, 캐묻는 것처럼 보이는 것은 싫어하지
      만, 제가 누구인지 알려 주실 수 있겠습니까?

브랙널 부인   안됐지만 내가 알려줄 소식이 꼭 즐겁지만은 않겠
      군. 너는 내 가엾은 언니 몽크리프 부인의 아들이며, 따라
      서 앨저넌의 형이란다.

잭   앨지의 형이라고요! 그럼 저한테 진짜로 동생이 있는 거
      네요. 나도 동생이 있을 줄 알았어! 늘 나한테 동생이 있
      다고 그랬잖아! 세실리, 나한테 동생이 있다는 것을 어떻
      게 의심할 수가 있었던 거야? (앨저넌을 붙들며) 채저블 박
      사님, 이 사람이 제 불행한 동생입니다. 프리즘 양, 내 불
      행한 동생입니다. 그웬덜린, 내 불행한 동생입니다. 앨지,
      이 어린 악당, 앞으로는 나를 좀 더 존중하도록 해. 너는
      평생 나한테 동생처럼 행동한 적이 없었어.

앨저넌   어, 오늘까지는 그랬지, 형, 인정해. 하지만 나는 최선
      을 다 했어. 연습이 부족했어도 말이야.

(잭과 앨저넌이 악수한다.)

그웬덜린   (잭에게) 나의! 그런데 나의 무엇이라고 불러야 하나?
      이제 다른 사람이 되었는데, 당신 세례명이 뭐죠?

잭   맙소사! 그 점을 깜빡 잊었군. 내 이름 문제에 대한 당신
      결정은 돌이킬 수 없는 건가요?

그웬덜린   나는 절대 변하지 않아요. 애정 문제만 빼면요.

세실리   정말 고귀한 성품이로군요, 그웬덜린!

잭   그럼 당장 그 문제를 깨끗이 정리하는 게 좋겠네요. 오거

스터 이모, 잠깐만요. 프리즘 양이 저를 가방에 넣고 잃어
버렸을 때 저는 세례를 받은 상태였나요?

브랙널 부인 너를 사랑하고 너한테 푹 빠진 부모가 너를 위해
서 세례를 포함하여 돈으로 살 수 있는 모든 사치는 다
부렸지.

잭 그럼 세례를 받은 거로군요! 그럼 됐네요. 자, 제 이름이
뭐였죠? 최악을 대비해야겠군요.

브랙널 부인 너는 장남이니까 당연히 네 아버지 이름을 따랐지.

잭 (애가 타는 얼굴로) 그랬군요. 그럼 제 아버지 세례명은 뭐
였어요?

브랙널 부인 (생각에 잠긴 표정으로) 장군의 세례명이 무엇이었
는지 바로 떠오르지 않는걸. 하지만 세례명이 있었던 것
은 틀림없어. 사실 기묘한 사람이기는 했지. 하지만 그건
나중에 가서 그렇게 되었던 것이고. 그리고 그것은 인도
의 기후, 결혼, 소화불량, 또 그 비슷한 다른 것들 때문에
일어난 결과였어.

잭 앨지! 우리 아버지 세례명이 무엇이었는지 기억나지
않니?

앨저넌 형, 나는 아버지와 이야기를 나누어 본 적도 없어. 내
가 한 살도 되기 전에 돌아가셨거든.

잭 당시 육군 인명부에는 그분 이름이 나올 거야, 그렇겠죠,
어거스터 이모?

브랙널 부인 장군은 기본적으로 평화를 사랑하는 사람이었지.
가정생활만 빼면. 하지만 군대 인명부에는 틀림없이 이름
이 나올 거다.

잭   지난 사십 년간의 육군 인명부가 여기 있어요. 이렇게 재
      미있는 기록인 줄 알았으면 꾸준히 공부를 해 둘걸. (서가
      로 달려가 책들을 잡아 뺀다.) 장성…… 맬럼, 맥스봄, 매글
      리……. 무시무시한 이름들이 많았네. 마크비, 믹스비, 모
      브스, 몽크리프! 1840년에 중위, 대위, 중령, 대령, 1869년
      에 장군, 세례명 어니스트 존. (아주 조용히 책을 내려놓으
      며 차분하게 말한다.) 그웬덜린, 늘 내 이름이 어니스트라고
      하지 않았나요? 자, 실제로 저는 어니스트입니다. 손댈 필
      요도 없이 어니스트예요.

브랙널 부인   그러고 보니 기억이 나네. 장군 이름은 어니스트
      였어. 나는 몇 가지 특별한 이유로 그 이름을 싫어했지.

그웬덜린   어니스트! 나의 어니스트! 나는 처음부터 다른 이름
      일 수 없다고 느꼈어요.

잭   그웬덜린, 갑자기 한 남자가 자신이 평생 진실만 말하고
      살았다는 사실을 발견한다는 것은 무서운 일이로군요.
      나를 용서해줄 수 있나요?

그웬덜린   있어요. 당신이 틀림없이 변할 거라는 느낌이 드니
      까요.

잭   나의 사랑!

채저블   (프리즘 양에게) 레티시어! (그녀를 포옹한다.)

프리즘 양   (열정적으로) 프레더릭! 마침내!

앨저넌   세실리! (그녀를 포옹한다.) 마침내!

잭   그웬덜린! (그녀를 포옹한다.) 마침내!

브랙널 부인   조카야, 너는 경박한 모습을 드러내는 것 같구나.

잭   그 반대죠, 오거스터 이모. 저는 평생 처음으로 진지해지

는 것*이 얼마나 중요한지 깨달았어요.

(모든 인물 동작 정지.)

(막)

---

* being earnest. earnest와 이름 어니스트(Ernest)의 발음이 같으므로 '어니스트가 되는 것'이라고도 들린다.

작품 해설

문단에서 좋은 쪽으로든 좋지 않은 쪽으로든 작가 개인의 삶이 조명을 받는 경우는 적지 않지만, 오스카 와일드를 따라갈 사람은 많지 않을 것이다. 오스카 와일드에 관한 어떤 자료를 찾아보더라도 그가 시인, 소설가, 극작가, 평론가였다는 것에 그치지 않고, 그가 재사였다든가 재담가였다든가 당대 최고의 유명 인사였다는 말이 따라붙는다. 오히려 후자의 표현 뒤에 전자의 표현이 덧붙는 경우도 눈에 띈다. 오스카 와일드 자신도 말년에, 자신이 인생에는 천재성을 쏟아부었고 글쓰기에는 그냥 재능만 투여했다고 말했을 정도이니, 그의 삶 자체가 얼마나 화려했고 또 수많은 논평의 대상이 되었는지 짐작할 만하다. 그렇게 오스카 와일드는 젊은 시절부터 죽기 얼마 전까지도 빅토리아 여왕 시대 말기의 통념을 깨는 말과 행동으로 영국과 미국의 문단뿐 아니라 사회 전체를 뒤흔들어 놓는 인물이었다.

오스카 와일드가 처음 세상의 주목을 받게 된 것은 유미주의(唯美主義) 운동의 대변인 역할을 하면서부터다. 유미주의란 아름다움을 최고의 가치로 보고, 삶을 포함한 세상의 모든 것을 아름다움이라는 기준에서 평가하는 태도로, 이런 태도는 아름다움을 추구하는 예술을 지고의 가치로 삼는 "예술을 위한 예술"로 이어질 수도 있고, 다른 한편으로는 예술이나 아름다움과 관계없는 현실은 무시하며 허무주의에 빠져들 수 있다는 점에서 데카당과 통하기도 한다. 실제로 이런 태도들은 모두 19세기 말에서 20세기 초에 이르는 세기의 전환기에 유럽을 풍미했다. 19세기 중엽에 태어나 청년기에 이런 사회문화적 분위기에 접촉한 오스카 와일드는 곧 영국과 미국에서 유미주의 사조를 선도하는 대표적인 예술가로 손꼽히게 되었다.

오스카 와일드는 1854년 아일랜드의 좋은 집안(아버지 윌리엄 와일드는 의사이자 학자로 작위까지 받았고, 어머니 제인 와일드는 시인이었다.)에서 태어났다. 그는 총명한 학생으로 장학금을 받으며 옥스퍼드 대학에 진학했고, 재학 시절 시인으로서 이름을 얻기 시작하는 한편, 존 러스킨과 월터 페이터의 영향을 받아 유미주의적 태도를 확립해 갔다. 그리고 무엇보다도 그런 유미주의적 태도를 자신의 삶에 그대로 대입하려 하면서 사회적으로 주목을 받고 이름을 떨치게 되었다. 우선 사람들의 눈길을 끈 것은 그의 옷차림이었다. 당시 빅토리아 말기 중간계급 남성의 옷차림은 칙칙한 검은색 양복이 대부분이었다. 그러나 멋쟁이 오스카 와일드는 화려한 색깔의 옷을 좋아했으며, 단추 구멍에 꽂은 녹색 카네이션, 벨벳 재킷과 짧은 바지, 검은 비단 양말과 같은 독특한 옷차림은 그의 상징이 되다시피

했다. 여기에 나른한 표정과 자세가 더해져 오스카 와일드 하면 떠오르는 특유의 모습이 완성되었다. 이것은 당대의 보수적인 중간계급에 대한 반발의 상징으로 추앙되기도 했지만, 그에 비례하여 엄청난 사회적 반발도 불러일으키면서 오스카 와일드는 자주 조롱거리가 되기도 했다. 특히 외모나 태도, 또 거기에 유미주의자에 대한 선입관까지 가세하여 그는 남성성이 제거된 여성화된 존재라고 비난을 받는 경우가 많았다. 나중에 동성애 문제로 인한 재판은 이런 비난의 불에 기름을 붓는 격이 되었다.

오스카 와일드는 옷차림뿐 아니라 뛰어난 말솜씨로도 유명했다. 당대의 시인 예이츠는 일상 대화에서 그렇게 완벽한 문장을 구사하는 사람은 처음 봤다면서, 마치 밤새 열심히 써서 준비한 것을 이야기하는 듯한 느낌을 주었지만 그것이 또한 자연스럽기 짝이 없었다고 평했다. 그는 특히 재치 있는 표현을 구사하는 데 탁월한 솜씨를 발휘하여 많은 경구와 일화를 남기고 있다. 1882년 유미주의 강연을 하기 위해 미국으로 들어가면서 세관에 "신고할 것이라고는 내 천재성밖에 없다."라고 말한 것이 (실제로 그가 한 말인지 확인되지 않았다고는 하지만) 대표적인 예다. 이런 재치 있는 말솜씨는 그가 글로 남긴 작품들에서도 유감없이 발휘된다. 뛰어난 언어 감각, 말의 형식미의 추구는 실제로 다른 어느 것보다도 두드러지는, 그의 작품의 특징이라고 볼 수 있으며, 특히 재기 발랄한 말장난 솜씨를 마음껏 드러낼 수 있는, 소설 속의 대화 부분이나 주로 대화로만 이루어지는 희곡에서 그의 장기는 유감없이 발휘된다. 많은 사람들이 그의 희곡을 대표작으로 꼽는 것은 우연이 아니다.

오스카 와일드는 말년에 다시 한 번 세상을 흔들어 놓으며 주목을 받는데, 앨프리드 더글러스와의 동성애 혐의가 인정되어 이 년간의 중노동형을 선고받은 일이 그것이다. 당시에 동성애는 형사 사건이었다. 오스카 와일드는 명예훼손으로 맞고소를 하는 등 애를 썼으나 별 소용이 없었다. 이것은 그가 유명한 변호사의 딸 콘스턴스 로이드와 결혼해서 자식을 둘이나 낳은 뒤인 1895년, 그러니까 그가 마흔을 넘긴 뒤에 벌어진 일로, 오스카 와일드는 한 개인으로서 또 한 작가로서 결정적인 타격을 받는다. 그는 1897년에 감옥에서 석방되지만 무일푼으로 파리로 건너가 삼 년 뒤인 1900년 갑자기 뇌막염에 걸려 빈궁한 상태에서 마흔여섯 살의 길지 않은 삶을 마감한다.

하지만 그가 세상을 떠난 지 거의 백 년 만인 1998년에 트래펄가 광장에는 「오스카 와일드와의 대화」라는 동상이 세워진다. 생전에는 그의 작품이 사회적인 논란도 많이 일으키고 열렬한 지지와 함께 격렬한 비난도 많이 받았지만, 뒤늦게 재평가되면서 그 가치가 확실하게 인정되고 있음을 보여 주는 상징적인 사건인 셈이다. 실제로 그를 둘러싼 온갖 시끌벅적한 소란이 다 세월 밑으로 가라앉은 지금, 영국에서 오스카 와일드의 작품은 셰익스피어 이후 가장 많이 읽히는 작품으로 꼽힐 정도로 독자들의 사랑을 받고 있다.

오스카 와일드의 특출난 외모나 동성애를 둘러싼 소문에 대한 호기심만으로 그의 작품에 매력을 느끼는 독자는 드물 것이다. 그렇다면 그의 작품의 어떤 면이 요즘 독자들에게도 매력으로 다가가는 것일까? 『오스카 와일드 작품선』은 그의 작품의 다양한 특징을 고루 맛봄으로써 그 비밀을 알 수 있는 기회를 주려는 의도로 마련되었다. 유일한 장편소설이자 중요한 작품으로 꼽히는 『도리언 그레이의 초상(*The Picture of Dorian Gray*)』(1890)은 그 자체로 한 권의 책이 될 만한 분량이므로 다른 기회에 소개하기로 하고, 오스카 와일드가 자신의 재능을 주로 뽐냈던 단편소설과 희곡 가운데서 작품을 골라 보았다. 먼저 오스카 와일드가 1884년에 결혼을 하고 1885년과 1886년에 두 아이를 낳은 뒤 작가로서 본격적으로 발을 내딛은 시기인 1888년에 출간한 소설집 『행복한 왕자(*The Happy Prince and the Other Tales*)』에 실린 동화 「행복한 왕자」를 골랐다. 이 작품이 우리나라에서 오스카 와일드의 또 다른 대표작 역할을 한다는 사실도 고려했지만, 작품 자체에서 깔끔한 형식적 아름다움과 더불어 우리가 잘 몰랐던 오스카 와일드의 사회적 관심이 드러난다는 점도 염두에 두었다.(그는 자신을 사회주의자 또는 무정부주의자라고 일컬었다.) 물론 동화로뿐만 아니라 알레고리로 읽어도 무방한 작품이다.

그다음은 소설집 『아서 새빌 경의 범죄(*Lord Arthur Savile's Crime and Other Stories*)』(1891)에 수록된 네 작품, 「아서 새빌 경의 범죄(*Lord Arthur Savile's Crime*)」 「캔터빌의 유령(*The Canterville Ghost*)」, 「모범적인 백만장자(*The Model Millionaire*)」, 「비밀 없는 스핑크스(*The Sphinx Without a Secret*)」를 골랐다. "예술을 위한 예술"이라는 표현을 따라 "이야기를 위한 이야기"라고도 부를 수 있는 이 소설들에서는 짧은 이야기를 탄탄하고도 짜임새 있게 꾸며 내는 그의 탁월한 능력과 더불어 기존의 장르를 비틀면서 매끈하게 아퀴를 짓는 솜씨를 확인할 수 있을 것이다. 「아서 새빌 경의 범죄」에서는 상류사회를 조롱하고 풍자하는 그의 장기를 볼 수 있을 것이고(성공적인 풍속희극『윈더미어 부인의 부채(*Lady Windermere's Fan*)』에 나오는 윈더미어 부인도 등장한다), 「캔터빌의 유령」에서는 고딕 소설이라는 장르를 익살스럽게 비틀어 놓은 점에 주목할 수도 있을 것이고, 「모범적인 백만장자」에서는 「행복한 왕자」에서 풍겼던 동화의 느낌과 온기를 다시 확인할 수 있을 것이고, 「비밀 없는 스핑크스」에서는 미스터리라는 장르를 묘하게 뒤집어 놓는 솜씨를 느껴 볼 수 있을 것이다.

『살로메(*Salomé*)』(1893)는 원래 프랑스어로 쓰고 프랑스 양식으로 구성된 작품으로, 영역본은 후에 앨프리드 더글러스 경(오스카 와일드와 동성애 사건을 일으킨 그 인물이다.)의 번역으로 1894년에 출간되었다. 이 작품은 오스카 와일드의 장기인 풍속희극, 즉 주로 상류사회의 풍속을 묘사하면서 재치 있게 그 속을 드러내고 위선을 풍자하는 희극에 속하지는 않는다. 오스카 와일드의 말에 따르면 병적인 정열을 묘사하여 관객을 전율시킬 목적으로 이 작품을 썼다고 하는데, 바로 그런 점에서 이 작품은 그가 대변했던 유미주의나 데카당의 분위기를 맛보는 데 적절한 것으로 보인다. 영역본에서는 19세기 말 데카당 예술을 대표하는 화가 오브리 비어즐리의 작품을 삽화로 사용하여 그러한 분위기를 한층 강조했다.『살로메』는 예수가 살아 있던 시절 유대 땅에서 동생의 부인 헤로디아와 결혼한 헤롯왕과 세례 요한 참수 사건에 대한 성경의 내용(마태복음 14장, 마가복음 6장)을 퇴폐적으로 묘사했다는 이유로 상연이 금지되어 오스카 와일드의 '악명'을 높이는 데 일조하기도 했다.

『진지해지는 것의 중요성(*The Importance of Being Earnest*)』(1899)은 오스카 와일드의 대표적인 풍속희극일 뿐 아니라, 그의 전 작품 가운데서도 중요한 대표작으로 꼽힌다. 이 작품은 연극으로 널리 오랫동안 공연되었고 현대에 와서 영화로도 만들어졌다. 제목에서부터 알 수 있듯이(대사로 내용을 전달하는 연극 공연에서 진지하다는 뜻을 가진 'earnest'는 발음이 같은 어니스트(Ernest)라는 이름으로 받아들여질 수 있기 때문에, 이 작품의 제목은 '어니스트가 되는 것의 중요성'이라는 또 다른 뜻을 가진다.) 이 작품은 말을 자유자재로 다루는 오스카 와일드의 재치가 돋보이며, 그가 속속들이 알고 있는 상층 계급과 그 주변 인물들의 적절한 배치, 그리고 그들 사이의 작용과 반작용이 그야말로 '잘 짜인 드라마'를 보는 쾌감을 만끽하게 해 준다. 그러나 한 번 가볍게 웃으며 지나갈 수도 있을 듯한 이 작품이 그의 대표작으로 꼽히는 것은 여기에 당시 사회의 겉면을 가차 없이 잘라 내어 속을 드러내고 풍자하는 무시무시한 칼날이 숨어 있기 때문이다. 그의 재치와 재기가 그 칼날의 일부가 되어 제대로 자기 자리를 잡으면서 그야말로 눈부신 광채를 뿜어내게 된 것이다.

혹시 남자답지 못한 유약한 취향을 과시했던 당대의 나른한 멋쟁이 오스카 와일드도 사실은 그런 번쩍이는 칼을 품고 다녔던 사람이 아닐까? 그렇다 해도 그는 절대 그 칼을 눈에 보이게 드러냈을 것 같지는 않다. 그렇게 드러내는 것은 아름답지가 않기 때문에. 대신 오스카 와일드는 그때그때 다채로운 빛깔의 광채만 슬쩍 보여 주며, 사람들이 놀라고 황홀해하는 모습을 저 구석에서 감상하고 있었을 것 같다. 나른한 표정으로.

2009년 9월
정영목

작가 연보

1854년   10월 16일 더블린 출생. 아버지 윌리엄 로버트 윌리스 와일드는 고고학과 민속학에 관심이 많은 저명한 의사였고, 어머니 제인 프란체스카 엘지 와일드는 스페란자라는 필명을 쓰는 시인으로, 신화나 아일랜드의 민담에 관심이 많았음.

1867년   열 살짜리 여동생 이졸라 프란체스카 와일드 사망. (와일드는 죽은 여동생의 머리칼을 아름답게 장식한 봉투에 넣어 평생 애지중지했다고 함.)

1871년   장학생으로 더블린 트리니티 대학에 입학. 형 윌리와 함께 방을 쓰며 그리스어를 공부하고 존 매허피 교수의 수업을 들으며 고대 그리스 문화에 심취.

1874년   장학금을 받고 옥스퍼드 맥덜런 대학에 입학. 유머주의자였던 교수 존 러스킨과 월터 페이터의 영향을 깊게 받음.

1875년   존 매허피 교수와 함께 이탈리아를 여행.

1876년   아버지 사망.

1877년   매허피 교수와 그리스를 여행.

1878년   매허피 교수와 방문했던 도시 라벤나를 찬미하
는 시 「라벤나(*Ravenna*)」로 뉴디게이트 문학상을
받음. 이 무렵부터 "예술을 위한 예술"을 주창하
는 유미주의를 표방. 옥스퍼드 대학을 졸업.

1880년   첫 희곡 『베라, 혹은 허무주의자(*Vera: or, the
Nihilists*)』를 출간.

1881년   첫 시집 『시집(*Poems*)』을 출간. 이 무렵 독특함 옷
차림과 언행으로 유명세를 떨치며 여러 인사들
과 어울림. (그 모습이 길버트와 설리번이 쓴 오페
라 「인내(*Patience*)」의 등장인물, 유미주의자 청년 번턴
을 연상시켰기 때문에 「인내」의 제작자는 그를 이 오
페라의 미국 홍보를 맡을 인물로 고용하기도 함.) 런
던에서 후일 아내가 될 콘스턴스 로이드를 처음
만남.

1882년   미국과 캐나다를 오가며 유미주의에 대한 강연을
함. 순회 강연을 하는 동안 헨리 워즈워스 롱펠
로, 올리버 웬델 홈스, 루이자 메이 올콧, 찰스
엘리엇 노턴, 월트 휘트먼 등의 문인들을 만남.

1883년   뉴욕에서 「베라, 혹은 허무주의자」를 상연. 하지
만 일주일 만에 공연이 중지되는 등 흥행에 참
패. 아일랜드와 잉글랜드에서 자신이 본 미국에

대해서 강연을 시작. 11월 더블린에서 콘스턴스 로이드와 다시 만남. 파리에서 희곡 『파두아의 공작 부인(*The Duchess of Padua*)』을 완성.

1884년   5월 콘스턴스 로이드와 결혼.

1885~1886년   여러 매체에 리뷰와 에세이를 발표하고 강연도 계속함. 1885년과 1886년에 아들 시릴과 비비언이 각각 태어남.

1887년   《숙녀 세계(*The Lady's World*)》 편집장을 지냄. 편집장으로서 그의 목표는 이 잡지가 "문학, 예술, 그리고 현대의 삶이 포함하는 모든 주제에 대하여 여성들이 자기 견해를 자유로이 표현할 수 있게 하는 것"이었으며 후에 잡지의 제목을 《여성 세계(*The Woman's World*)》로 바꿈. 「캔터빌의 유령(*The Canterville Ghost*)」과 「아서 새빌 경의 범죄(*Lord Arthur Savile's crime*)」를 《코트 앤드 소사이어티 리뷰(*Court and Society Review*)》에 발표.

1888년   소설집 『행복한 왕자(*The Happy Prince and Other Tales*)』를 출간.

1889년   《여성 세계》 편집장에서 해직.

1890년   『도리언 그레이의 초상(*The Picture of Dorian Grey*)』을 《리핀콧 먼슬리 매거진(*Lippincott's Monthly Magazine*)》에 연재.

1891년   스물 한 살의 옥스퍼드 대학생 앨프리드 더글라스 경을 처음 만남. 뉴욕에서 「파두아의 공작 부인」 상연. 발표했던 것을 약간 수정하여 장편소

설 『도리언 그레이의 초상』을 출간. 소설집 『아
서 새빌 경의 범죄(*Lord Arthur Savile's Crime and Other
Stories*)』와 『석류나무 집(*A House of Pome-granates*)』을
출간. 문학예술에 대한 에세이집 『의향(*Intentions*)』
을 출간. 에세이 「사회주의에서의 인간 영혼(*The
Soul of Man under Socialism*)」을 발표.

1892년　　「윈더미어 부인의 부채(*Lady Windermere's Fan*)」를
상연. 「살로메」가 런던에서 상연 금지 조치당함.

1893년　　파리와 런던에서 『살로메(*Salomé*)』를 불어로 출
간. 「보잘것없는 여인(*A Woman of No Importance*)」을
상연. 『윈더미어 부인의 부채』를 출간.

1894년　　런던에서 앨프리드 더글라스 경의 영역으로 『살
로메』를 출간. 『보잘것없는 여인(*A Woman of No
Importance*)』을 출간.

1895년　　「이상적인 남편(*An Ideal Husband*)」을 상연한 후, 이
어 「진지해지는 것의 중요성(*The Importance of Being
Earnest*)」을 런던의 세인트제임스 극장에서 상연
하여 큰 성공을 거둠. 이때 앨프리드 더글러스
경의 아버지 퀸스베리 후작이 와일드를 남색 혐
의로 고소. 미성년자 학대 죄로 재판을 받은 그
는 1심의 불일치 배심을 거쳐 2심에서 이 년의
중노동형 선고를 받음.

1896년　　어머니 사망. 「살로메」가 파리에서 상연.

1897년　　사후에 『절망의 구렁텅이에서(*De Profundis*)』(1905)
라는 제목으로 묶여 출간되는, 앨프리드 더글러

스에게 보내는 긴 서한을 씀. 5월에 석방된 와일드는 세바스천 멜머스라는 가명을 쓰기 시작.(이 이름은 와일드의 어머니 쪽 종조부가 쓴 책이자, 악마에게 영혼을 판 뒤 기나긴 세월 동안 자기 영혼을 구제해 줄 사람을 찾아 세상을 떠돌기만 했던 사나이의 이야기 『방랑자 멜머스(*Melmoth the Wanderer*)』의 주인공 이름임.) 앨프리드 더글러스와 다시 만나지만 곧 헤어지고 프랑스와 이탈리아 이곳저곳을 전전함.

1898년   시집 『레딩 감옥의 노래(*The Ballad of Reading Gaol*)』를 자신의 죄수 번호로 출간. 아내 콘스턴스가 사망.

1899년   희곡 『진지해지는 것의 중요성』과 『이상적인 남편』을 출간. 형 윌리가 사망.

1900년   로마 카톨릭 교회에서 세례를 받은 다음 날, 11월 30일 파리의 알자스 호텔에서 뇌수막염으로 사망.

세계문학전집 **222**

오스카 와일드 작품선

1판 1쇄 펴냄 2009년 9월 18일
1판 25쇄 펴냄 2023년 8월 9일

지은이 오스카 와일드
옮긴이 정영목
발행인 박근섭, 박상준
펴낸곳 (주)민음사

출판등록 1966. 5. 19. (제 16-490호)
서울특별시 강남구 도산대로1길 62(신사동) 강남출판문화센터 5층 (우편번호 06027)
대표전화 02-515-2000 팩시밀리 02-515-2007
www.minumsa.com

ISBN 978-89-374-6222-1 04800
ISBN 978-89-374-6000-5 (세트)

* 잘못 만들어진 책은 구입처에서 교환해 드립니다.

세계문학전집 목록

세계문학전집은 계속 간행됩니다.